I0659116

www.ingramcontent.com/pod-product-compliance
Lightning Source LLC
Chambersburg PA
CBHW0808[illegible]4250626
47159CB00010B/3378
9781939123244

سربازنامه
اهورا
آتما
الیا
مجتبی عبدالهی

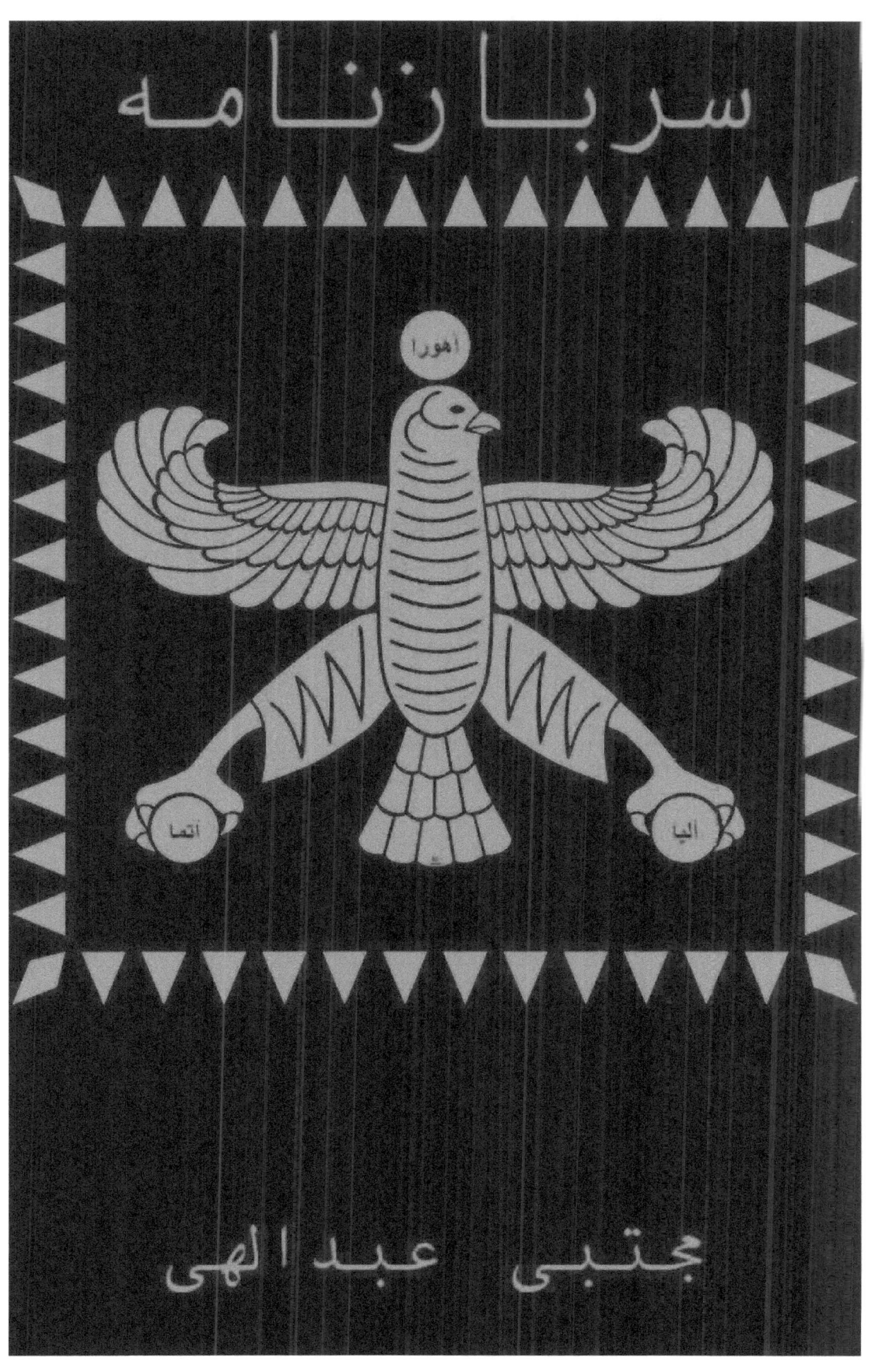

سربازنامه

سروده سُرا(و نگارگر نقش سربازها): سرباز، مجتبی عبدالهی

ولا تحسبن الذین قتلوا فی سبیل الله امواتا
سربازها

به نام خدای علی. درود. این نگارستان پانزده ساله را پیشکش می نمایم به دل و دلبر و دلدارم، خداوندگار. خدای مادر و برادرم. خدای سربازان جاویدان، ایران و قرآن. یزدان پاک رستم و بابک و مختار و هرآن سرخ سربدار. خدای کوروش و مزدک و هیدار. امید که سروده سُرای راستین دبیری را خشنود باشد.

سربازنامه، در بیست دی نود و یک و پس از پانزده سال تکاپو پایان پزیرفت و به نام پیشوای ما علی و مام ما فاطمه گردید. امید که این کتاب زمینه راهنمیی، جنبش، خروش و آگاهی باشد. امید که دلبر و دلدارم را این خشم فروخورده و این سینهِ سوخته پسند آید و بر خونبازی و کینخواهی و نبرد شایسته ام سازد. امید که

مغز این نگارستان را همه جویندگان دریابند و مهرش بر دل های پاک و بی آلایش بنشیند و یاریشان کند. امید که سستی من در سرنوشت این نگار پویا واژه ای نتند و راهی نبرد. این کتاب، سربازنامه، این امیدنامه را در پناه امیدها و آرزوها و به خواه خدا، به زنان پاک میهن پروردگار آدمیان، جَم می سپارم. امید که بپزیرند و بپویند و او را چون کودک خویش بپرورند. امید و نوید. امید که نگارش درست و بی کژی پارسی من در جلوه گاه خوانندگان راستگو بی پایه ننماید. امید که فاطمه و علی دوستش بدارند. سپاس خدا را که چراق نمرد و سپس، سپاس که دبیری به من سپرد. سپاس که به سربازی فاطمه و علی ز من دل برد. سپاس که شال شیعه سرخ به رخت نژاد برتر سبز و سپید خورد. سپاس که سرباز برگزیده به کین شد.

به نام خداوند ایران زمین

خداوند قرآن، خداوند دین

خداوند خشم و خروشین خَشا

خداوند خونخواه خون خدا

خداوند گرگان و تهران خدا

خداوند شبنم، خدای ندا

خداوند قزوین و سربازها

به نام خداوند پیروز ما

شیوه نامه زبان پارسی: در این کتاب بنا بر دساتیر درست زبان ما، همه واژگان پارسی ای که با دستور تازی نوشته می شوند به چهره درست خود آورده شده و وردهای{حروف} تازی آن هایی نیز که با نوشتاری بد بیگانه پسند گردیده اند به گونه نخست و درست بازگشت داده و یا برداشته و افزوده شده اند، مانند: اسپ و

کتاب و گیژی و گواهر و گیهان و ماس به جای اسب و کتاب و گیجی و جواهر و کیهان و الماس. یا: سد و گزر و مرق و بگزار و توفان و کیومرس و تهمورس و زهاک و آقاز و قنچه و باقبان و مقز به جای صد و گذر و مرغ و بگذار و طوفان و کیومرث و طهمورث و ضحاک و آغاز و غنچه و باغبان و مغز و چندی دیگر از همین دست و به همین شیوه. در پارسی این بیست ناآشنا(که در فارسی بسی آشنایند!)؛ ث ص ح ط ذ ض ظ ع غ ة، ء ئ أ ؤ إ ۀ، ـّ ـً ـٌ ـٍ، به هیچ روی کاربرد و مقز و چَم و بار و جایگاهی ندارند. اینان به دست تازیان در زبان ما و به ناروا و از سر ناتوانی ایشان در گویش و بیان درست پارسی تنیده شده اند. وانگهی واژگان و نیز نام های سراپا تازی بایستی به گونه و چهرهِ بی کم و کاست خود نوشته شوند و دستور یاد شده یکتا در زمینه زبان پارسی و نه نام ها و واژگان از ریشه تازی باید انجام پزیرد، اگرچه می توان به گاه از آواگزاری تازی{إعراب} در آن ها نیز چشم پوشی نمود. واژگان بیگانه ای هم که از زبان دیگری مگر تازی آمده اند در نگارش بایست با دساتیر پارسی نوشته شوند و نه تازی، مانند: تالیس و افلاتون و ارستو و بقرات به جای تائیس و افلاطون و ارسطو و بقراط. باید گام به گام و با پارسایی و امیدواری و همدلی واژگان پارسی را تا آنجا که در گویش مردمان امروز می گنجد ساده و روان شده و آنگونه که دگرگونی و نیازهای کاربردی زبان ها در دوران های گوناگون را پاسخگو باشد، به گود فرهنگ ایرانی بازگردانیم. چندی از آن دساتیری که باید و شاید به کار گرفته شوند را یادآور می شوم:

- می و نمی هرگز به پس از خود نمی پیوندند و همواره به یک چهره پایدارند، مانند: می شاید، نمی خواهد، نمی روم، می توان.

- ها و را به پیش از خود در هیچ گونه و ساختی نمی چسبند، مانند: خویش را، من را، نوشته ها، سختی ها، خوب ها. آن و این و همه شاخه هایشان به مانند چنین و همین نیز به را و ها نمی توانند بپیوندند، مانند: این را، چنان را، آن ها، همین ها، همان را.

- است در پس هیچ واژه دیگری سَت نمی شود و به هیچ ساختی نمی چسبد مگر در دو گونه دستور چهارم، مانند: من است، راه است که نادرست آن می شود: منست، راهست. خواننده خودش باید اینگونه ساخت های پارسی را بنا بر شور{حس} سخن{جمله} درست بخواند. خودمانی یا دو پاره.

- در جایی که است، به هیچ روی و روش - ست خوانده نشود می توان آن را ست نوشت و با پیش از خودش پیوند داد، مانند هموست که در آن آهنگ است دیگر از سین و نوای - پیش از آن شنیده نمی شود و نمی توان گفت هموست همان همو است می باشد. این دستور بر ساخت های دیگر اینچنینی که به ویژه در سروده ها کاربرد دارند هم جاری است. وانگهی، نیز از دو الفِ پشت سرهم که دو آن ها بی نوا{بی صدا} باشد در پارسی و فارسی یک دانه نوشته می شود مگر آنکه یکیشان از برای نامی ویژه باشد.

- اِی هرگز به واژگان{کلمات} پس از خود نمی چسبد، مانند: ای دل، ای دوست. نادرست: ایدل، ایدوست. باید از این دست درهم نویسی ها و پوچ انگاری ها، دوری کرد. چنین ساخت هایی نه دستورپزیرند و نه مقزدار.

- به جای ء{حمزه} از ی در میان واژه ها استفاده نشود چراکه درستِ واژه ترانه ی یا ترانهء همان ترانهِ است و آوای ورد{حرف} هِ باید در هنگام خواندن نیز شنیده شود.

- واژگانی که ورد پایانیشان ه یا ی است را نمی توان به ساخت هایی که نشانه داشتن هستند پیوند زد، مانند: خانه مان، کوچه شان، نیکویی تان. ه و ی در این ساختار پیوندپزیر نیستند وانگهی در بیشتر واژگان اینگونه پیوند دادن ها دستور است و اینجا نه.

- به نیز در راستای بربست پیشین به پس از خود هرگز نمی تواند بپیوندد، مانند: به خود، به دست، به یاد، به کار که بخود و بدست و بیاد و بکار نباید نوشته شوند. در نمونه هایی چون به ویژه و به همراه و به راستی و به زودی و به هنگام هم باید به جدا باشد وگرنه کم کم به سرنوشت را دچار خواهد شد. تر و ترین نیز به واژه پیش از خود نمی چسبند همانند بی که به پس از خود نمی پیوندد، مگر در واژگان ویژه ای مانند: بیکار، بیداد، بیشتر، بهتر، کوچکتر(در هندسه) که از چم و بار بی کاری و بی دادی و ... جدا گردیده یا در نوشتار و گفتار نوین پایگاه تزه ای یافته اند و چون بیش و به در زبان نو، چهره و مقز جداگانه ای ندارند. وانگهی این سه به بیش از چهار ورد هرگز نمی پیوندند.

- هِ و اِه می توانند در پایان سخنان{جملات} خودمانی به جای است آورده شوند، مانند واژگانی در گفتارهای دوستانه چون: این کار گناهه. چرایی آن این است که

در گناهه میان دو ه هیچ آوایی همچون گناه اِه شنیده نمی شود. در؛ این خواست تواه و نمونه های دیگری مانند؛ پاسخ من نه اِه باید از الف پیش از ه استفاده نمود مگر اینکه دو الف پشت هم بنشینند همچون خداهِ که در آنگونه یکی از الف ها پاک می شود و خواننده باید درست بخواند.

- هنگامی که یک واژه به گونه درست و نخست خود خوانده می شود باید به همانگونه نیز نوشته شود، مانند: ازین که از این باید نوشته شود زیرا به هنگام خواندن این جدا و درسته شنیده و دانسته می شود یا به مانند اینست که بایستی این است نوشته شود وانگهی در واژه وین که کوتاه شده وَ این می باشد، این شنیده نمی شود و باید همان وین نوشته شود و یا در زین که کوتاه شده از این است هر دو الف دیگر سراپا ناپدید گردیده اند و همان زین در نوشتار هم درست است. روشن است که همانندهایی چون ترا نیز باید جدا نوشته شوند: تو را. نباید ورد کارآمد و روشنی را به چهره آوایی اش دگرگون ساخت. گزشته از این؛ زآن و کزآن و وآن و ... باید با آ در میانه نوشته شوند. نادرست: زان، کزان، وان

- بربست: آن دو واژه که با هم به گونه ای پیوسته اند که یک مغز شناخته شده گردیده و جدایی ناپزیر شده اند، مانند: بیداد، بیراه که خود یک واژه و مغز جدا دانسته می شوند و نمی توان جدایشان کرد باید به همان رویه پیشین پیوسته نوشته شوند، مانند: همانجا، اینجا، آنکه، آنچه، همانکه، چنانچه، آنگونه، اینچنین که دیگر نمی شود آن ها را همان جا، این جا و آن که و آن چه و همان که و چنان چه و آن گونه و این چنین دانست. دو واژه با یکدیگر یگانه و یکی گردیده و از بار و چمی که باید با همراهی یکدیگر بسازند دور گشته و ساخت و بار تازه ای را بنا بر نیازهای زبانی به پا کرده اند که به زیبایی نوشتار هم یاری می رسند، مانند: آن چه که گفتم، که پشت هم آمدن چه و که، ساختار نوشتاری و زیبایی نگارش را برهم می زند و آن را خسته کننده و پیچیده می کند. به مانند: من هم هم چنین، این همه همه از آن من است، ما هم هم این گونه ایم. یا در سخن "این این چنین است" دوباره آمدن این، همه ساخت نوشتار را برهم می ریزد و زشت و بی دستور می نمایاند. وانگهی دیگر ساخت ها چه با مغز و چه نه، اگر در این بربست نگنجند باید جدا نوشته شوند. در نامی چون شاهنامه هم بربست نپیوستن ه در زمینه آن روا نیست زیرا نامی یگانه و ویژه{اسم خاص} شده است و باید پیوسته نیز نوشته شود تا دانسته و شناخته گردد. از سوی دیگر این گونه به هیچ روی همان اینگونه یا خشم اند همان خشمند یا آن کس همان آنکس نیست و جدا

ننوشتن این ساختارها بار و بافت دیگری می سازد. نباید بر این ساخت ها افزود مگر در برگردان نام ها و کردارهای{افعال} به ویژه بیگانه و یا نورَس.

- باید بنگریم که بسیاری از واژگان دیگر زبان ها به ویژه تازی و انگلیسی پارسی یا از ریشه های آشکار آن هستند، مانند: عرش(ارش)، اسلام(سلم)، ایمان(پیمان)، حوری(اهورا)، دین، نزاکت، کتاب(کتاپ)، احمق(اشمق- اشموق- اشموخ = نسناس) و بی شماری دیگر در تازی. چراکه تازی هم، چون دیگر زبان های زنده مگر چینی و شاخه های آن(که گونه ای نقاشی اند و نه زبان) از گوهر دساتیر و اوستا زاده شده است. در انگلیسی: ران(راندن)، تانک(تانگ، تنگ)، هیرو(هَرو)، دوتر(دختر)، مُودر- مام(مادر- مام)، وُرد(ورد)، دیویلز(دیو- اهریمن)، جم(جای تنگ- برگرفته از فشردگی جانداران در سرزمین آریایی جم) و بی شماری دیگر. باید این ها را بازگردانیم و بیگانه نشماریم و همینگونه، واژگانی که دانشمندان بی شمار ایرانی پس از اسلام برای ما سازیده اند. واپسین گوشزد اینکه واژگنی چون مُثله یا لواط را باید به همانگونه تازیشان به نگارش آورد و نه همانندی برای آن ها جست و نه وردهای تازیشان را به وردهای پارسی دگرگون ساخت گرچه پارسی بوده باشند. اینان همیشه باید بیگانه بمانند.

- به کاربردن ـَ ـُ ـِ ، ؛ : ؟ ! " ( ) {} . و خالچین{نقطه چین} در پارسی درست به سان فارسی انجام می گیرد. آهنگ واژگان در پارسی با همانندآوری و نه با شیوه تازی{فَعَلَ فاعلٌ فِعل} و هر راه نزدیک به آن انجام می پزیرد، همانند: گرشاسپ مانند براسپ، رستم مانند مُردم.

- هرکجا که آ در واژه ای به واژه دیگری برسد مانند آهنگ در شباهنگ یا نماهنگ دیگر نباید آ برداشت شود و شبآهنگ و نمآهنگ نوشته شود. یکتا در هرکجای دستور زبان ما که از این پیش آ به جای الف آورده شده، همان ساخت ها باید نگهداری شوند که در بیشتر آن ها آ، الفِ ابتدای هر واژه ای است با نوای آ(که رو به فراز است)، گرچه واژه ای بیگانه مانند آرسنال باشد. وانگهی در نام های ویژه ای همانند قرآن ما با یک سخن درسته{جمله کامل} و نام ویژه رو به روایم و نه با دو واژه یا دو نام.

- دو تا "ی" پشت سر یکدیگر می توانند بنشینند و خوانده هم می شوند، مانند: پرتویی. نادرست آن می شود پرتوای یا پرتوی. یکتا در جایی یی به ای دگردیسی می یابد که واپسین وردِ واژه و ساخت ه یا ی باشد: چاره ای، آوازه ای، کودکی

ای، زندگی ای، آمادگی ای، پریشانی ای. مگر اینکه در خواندن یک ی شنیده و دانسته شود یا الف زیبایی نوشتار را بر هم زند: خودند، خوبید. در اینگونه نمونه ها، ی نقش یی و یا ای را بازی می کند. ایم و اید و اند چون گزشته و با دستور پیشین باید نوشته شوند که همه بربست های ناب فارسی در پارسی هم بر همان پایگاه اند، مگر در دساتیر یاد شده. باید دانست هرآن و هرکه و مهرآور و دیگر نمونه های همانند، هر آن و هر که و مهر آور و سَوا از هم نیستند(نه در بار و نه در نوشتار). آن دو واژه که تند و پشت هم خوانده می شوند و نمی توانند به یکدیگر بچسبند و بار و مغز یگانه ای را نیز می سازند بهتر است کنارهم و بی دوری نوشته شوند تا شناخته و دانسته گردند. وانگهی از آن رو که یکی نشده و نمی توانند بشوند، آی با کلاه آن ها را الف نمی نگاریم.

دو یادآوری و دوباره گویی از شیوه نامه نگارش درست پارسی سربازنامه:

- ث ص ح ط ذ ض ظ ع غ ة، ء ئ أ ؤ إ ۀ، ـّ ـً ـٌ ـٍ، به هیچ روی کاربرد و مغز و چَم و بار و جایگاهی ندارند مگر در واژگان تازی که درسته آورده می شوند.

- واژگانی که با دستور تازی نوشته می شدند به چهره درست خود آورده شده و وردهای تازی پسند به گونه نخست می گردند: اسپ، کتاپ به جای اسب، کتاب.

نیک و پیروز باشید.

پناهم به یزدان ز خواهان بد "به نام خداوند جان و خرد"

سربازان جاویدان

به نام پاک یزدانم به نام نامی دلبر، یگانه جان بی همتا به نام جان و جانانم

به نام خاک پاک سرخ سامانی که از مهر خدا خاک خدا خوانم به نام خاک سامانم

به نام پهلوانان و به نام مادران مادر پاکیزه دامانم

به آیین دساتیر و به کیش پهلوانانم نه راه تازه تازی که من اسلام آدم را ز دست پاک زردشت و کیومرس و مه آباد و زبان پاک قرآن و دهان پیشوایان و بزرگان

جهان چیدم و هر نیکی و خوبی را رها بی اندکی خودبینی و خودخواهی و اینجا و آنجا کردنی یکباره خواهانم

به اسلام علی گویم ز گاه باستان آری که نام دیگر ایران ز پیدایی این گیهان همی اسلام می بود و همی در جنگ دیوان بود و من در جنگ دیوانم

نماز در شب و در روز روزه بوده از روز نخستین کار ما آری کزین سر گشته در یکتا و یکتا اندر این کشور به این گوهر به این آباد بوم و بر نشان پرچم سبز پیمبرزاده بی یاور حیدر درفش کاویانی ها خروش پهلوانانم کجا همسنگ اینانم کجا در چنگ دیوانم

به نام کوثر قرآن، به نام بی بی آب و به نام بی بی آن دشت سوزانم

به نام آن سر بی تن که بودی نیزه ای را سر، سرود برتر جاوید قرآنم

سر آن پیکر بی سر، سر پوینده سرور بود تا زنده ام جانم

مبادا رهبر و راهی مگر آهی که پهلویی شکسته پشت دردی سرد، تا آنجا که شد آهسته تر لب زد، مبادا خانه ای آباد و گنجی در و در باز و همی روشن، چنان آتش به جان من، خدای خانه ای بی تن، و من در دیر ویرانم

منم سرباز جاویدان، منم سرباز جاویدان قرآن و منم سرباز جاویدان ایرانم

ز سربازان جاویدان، ز آن پاکیزه زن ها و از آن پوشیده مردانم

نمی پوسد تنم گر خفته ام در خاک، نمی گردد یکی بی من کم از اردوی یارانم

که بی من زنده بودم من، که بی من زندگی کردم، منی کو تا شود بی من، نباشد این من از آن من که می دانی ز اهریمن، من از مهر و درخت و بار و بارانم

هزاران پهلوان راستی هستم، منم مرقان جان بر کف و هم موج خروشانم، منم مرقان توفانم

هزاران مرد و زن در من، هزاران هوش مستانم هزاران دست هستانم

چو من یکتاپرستم پس چُنان یکتاپرستانم، سیامک باشم و ایرج، سیاوش باشم و چون پور دستانم

دساتیرم اوستایم منم آن هوش هوشنگی تهمورس، منم شهرسپ جاویدان و پیر پهلوی خوانم، منم ایرانی ایرانی ایرانی و پابند پیمانم

زمین را شش برادر هست کوچک تر و یا بی آب تر ما را بهشتی خواهر و خونی برادر هست باور هست او می گوید و من ورد ورد اینهمه ناگفته می خوانم

که من سرباز جاویدان ز سربازان جاویدان همیشه پاک می مانم همیشه پاک می مانم، نمی خواهم مگر مهر نگارم را مرا دلدار و دلبر پاک یزدانم، و او دستور می دارد علی را خویشتن دارم نخست از خویشتن دانم

"به نام خداوند جان و خرد　　　پناهم به یزدان ز خواهان بد"

آینده

من مرد شبم ای دوست با من نتوان خفتن

بر رخش سخن بنشین، تا کی نتوان گفتن

کاری کن و راهی رو بیهوده چرا زیدن بیهوده چرا مردن

دانی ز چه رو باید خاموشی و خون خوردن

آینده منم چون تو، فردا نتوان دیدن

یک راه بر این دشوار یک دخمه در این دیوار کوشیدن و کوشیدن

آن چیز که می خواهی آن چیز که می خواهم فردا شود و بودن

گل را چه کسی دیده پیش از شدن و رُستن

یک دانه از این گیتی بر باد ستم دادن

پیوسته به پا دارد، آیین دژم زادن

این خرمن هستی را آتش به سر سوزن

تا پایه بسوزاند یکباره و بی روزن

آینده گیتی را من در سر تو دیدم

آن چیز که باید را آینده پسندیدم

فردای زمین را هم مینوی برین خواهم

مینوی برین یا جَم، فردای زمین خواهم

من خشم خداوندی بر ابروی چین خواهم

نی سیل و زمین لرزه، کین هست، کمین خواهم

سرباز نمی خواهد مردم خوری مردم

در گرسنگی و ترس، آینده کودک گم

پناهم به یزدان ز خواهان بد   "به نام خداوند جان و خرد"

ای دوست

نمی خواهم بگویم آه، تو خود رنجیده تر باشی

تو خود بیگانه تر باشی ز ما بی خانه تر باشی

اگر گویی که بی دستی ز من آماده تر باشی

وگر گویی نه سرمستی ز ما مستانه تر باشی

چنان اِستاده ای گویا ز من افتاده تر باشی

چنین افتاده ای بی چون ز ما اِستاده تر باشی

نمی گویم چو چون تو بوَد چون چون من چون چون، چنین چونان و همچون چون، ز من پیچیده تر باشی

چو بی چون دوست می داری ز ما هم ساده تر بالیده تر باشی

به دل دیدم تو را ای دوست، بَسا ژولیده تر باشی

تو از این چاره جو در بیدلی بیمارتر درمانده تر بیچاره تر باشی

درود و آفرین بر تو که پودی توده تر باشی و از ما ویژه تر باشی

به مردم در، به کار اندر سراپا شادی بی سر تو را در دل بود گوهر چه سر بر سر بود افسر ز هر خوشاب نابِ تر سری شاهانه تر باشی بَری افسانه تر باشی، ز اینگونه سرودن های من اینگونه تر باشی

روان خود نگر گوهر بود سرتاسر و یکسر، هنر باشد تو را بی مر، به هر پندار و هر باور، ز من جانانه تر باشی، نه کرمی پیله ور باشی ز ما پروانه تر باشی

جوانمردی نه مردی تو، تو شیری نی زنی نی زن، ز من بودن به جان و تن ز من افزوده تر باشی

کبوتر باشی و آزاد و خم با باد و همچون باد و اندر باد و دم بر باد و بادآباد و هم بادیده تر باشی، ز ما با باده تر آباده تر آزاده تر باشی

نه چون بیراهه ای راهی نه چون تاریکی و ماهی، نسوزی و نمی سوزی نه امروز و نه اینجا و نه فردا و نه فرداهای فردا و نه آن فردای بی فردای فردا و نه در آیینه دوزخ ز آن رویی که دلسوزی، تو فردایی نه امروزی نه دیروزی نمی گنجی تو در روزی نباشی رنجه سوزی نیاید کینه ای توزی نگردی بنده دوزی، چه پیروزی زراندوزی دلی سوزی زبان آرزو دوزی تو پیروزی که دلسوزی و سازی آرزو روزی و گیتی را بَرافروزی و دار بی خدا ریزی و داد بینوا خیزی و با نیکان درآمیزی و با دیوان درآویزی و بربستی برآویزی،

دلاهنگی، دلاویزی، کجا ناباوری در هیچ پیچانی به آهی پوچ افتانی و خیزانی، چنان آسودگان آن سَرا آسوده و ببسوده و ببسوده تر باشی

به مهر پاک یزدان و به شور دلبری آسیمه تر باشی، چه سان آسیمه سر باشی و هم فرخنده تر باشی

به ما خندیده ای گویا که خود خندیده تر باشی

تو از ما و من و ایشان خدای خانه تر باشی

به دیهیم خدا از ما هزار آواره تر باشی

مرا دیوانه پنداری؟ تو از دیوانه هم دیوانه تر باشی

چو مردم آشنا دانی ز ما از گیتی گردون بسی بیگانه تر باشی

ندانستی تو خود گویا ز یزدان دلبری ها را، ز هر هنگامه ای شیرین تر و هنگامه تر بَردیده تر باشی

به هر هنگامه دیدی تو دیدی دیده تر باشی خدا را چیده تر باشی

به سربازان جاویدان ز نام تو دژی باید که از ما اندر این باور سخن فرسوده تر باشی دَمَن پیموده تر باشی گوَن پرسیده تر باشی

نگر دیگر نگر باری، تو خود دانسته تر شایسته تر بایسته تر باهسته تر باهوده تر باکیده تر باشی

چو فردا رو کند آن رو، یگانه او، بیابد مو، شود ابری همین ابرو، به هر ناسو رود ناخو، همه ناگو شود واگو، گواهی می دهد بازو، بیابد گو، چو بیدی می شود زانو، چو تاکی می شود پهلو، چو نخلی می شود گیسو، چو بآری می شود گردو، چو کاجی می شود وارو، چو سیبی می شود بی بو، بدن رسوا و ریزد مو، همه آهو بگردد رو، دم دد چون دم آهو، شود مُرق شَلی راسو، نه هالوچه است با هالو، نه یارانند با یارو، نه نیرنگ است با عمرو، نه با معاویه ها جادو، نه یک

دانه شود خودرو، نه کاری می کند برزو، همه رستاخزان ترسو، همه بر پا و بر پا هو، چه نیکو باشد از امروز از دیروز خود سنجیده تر باشی، ز آرامیده ای آهو همی رامیده تر باشی

به پرهیز فراوان خوار و خواهش خیره تر باشی از این هم چیره تر باشی و در پوشیدگی کوشیده تر پوشیده تر باشی

زمن آری ز من بهتر، ز ما و از همه برتر، تو از هر ما و من باید خدا را بنده تر باشی، روان و زنده و پوینده و پاینده و جوینده و ژوهنده و داننده و تابنده تر باشی

جوان و تازه تر باشی و از پیران بیدل هم کمی دلداده تر باشی و سربازی همیشه زبده تر باشی و از خون شیعه تر باشی

پناهم به یزدان ز خواهان بد "به نام خداوند جان و خرد"

قنوت شهریارجهان

کوروش آن شاه شاهان

ذوالقرنین، در قرآن

میوهِ ایران و توران

پادشاه جهان، پادشاه جهان

قانونگزار بزرگ شاهین خدا

او که یکسره برچید، برده داری را

او که کیش سلام یزدان

او که نام بلند ایران

از همه خوان و خانه برتری بخشید

پشت جهان از سپاه ما لرزید

مرد گهر، مرد هنر

مرد خدا و داور برتر

یکسره دست در قنوت و راز و نیاز

ایستاده در نگاره اش به نماز

افسر ذوالقرن با مو نموده یاز

واژه واژه کتیپه اش به سوز و گداز

جاودانه ای که زود آید باز

خسروِ کی ای که خفته در خم ناز

کوهزاده ای دوباره بی سرباز

آرمیده در دل شکوه و فراز

"به نام خداوند جان و خرد"   پناهم به یزدان ز خواهان بد

جامه سبز

یا حسین ابن علی، شیر خدا

خون و کشتی رهایی ده و شمشیر خدا

پشت عباس به تو گرم و تو را

پشت عباس یگانه گرما

کمرت تا که به خاک افتاد او

تا که آن کوه بیفتاد به رو

بشکست و به تو او گفت مرا

سوی خیمه مبر ای مرد خدا

من ز شرمندگی کودک تو روسیهم

تشنه لب باشد و من مَشک فتاده به رهم

هر دو دستم اگر از کف برود

تیرباران شوم و این لب و دندان نتواند که چنان مشک تو را از خم میدان برهد

بی سر و دست و دهان باید و باید که می آوَردمش ای پور علی

من نه سرباز به شایستگی ام سرور من کوتهی های مرا بخش به شوریده دلی

زین چه بهتر که منم خفته به دامان تویی

گرچه شرمنده ام و هیچ ندارم که کنم یکسره قربان تویی

گفت ای جان برادر چه بگویی ما را

تو کجا کوتهی و روی سیاهی به کجا

کمر و پشت و سپاه من بی یار تویی

که گره بازکن هرچه گرفتار تویی

یا حسین ابن علی، شیر خدا

خون و کشتی رهایی ده و شمشیر خدا

"دختر روشن دلی شعری سرود

سحر گویی کرد و فکرم را ربود"

از همان روز، سرودم همه جانبازی شد

سربرآوردن و سردادن و سربازی شد

وانگهی مانده ام اندر سر تو

آن سر بر سر نیزه چو مه سرور تو

لب و دندان تو قرآن خدا می خواند

دل ما را به ره مزدکی کربوبلا می خواند

سر بباید داد چون تو در ره دلدادگی

بی بدن قرآن بباید خواند با آزادگی

بس سرودم از همه سربازها بر چیرگی

بابک و عبدالله و مختار و ابراهیم را با سادگی

مانده ام من بر سر عباس تو

کهنه دیوان مرا سازیده نو

اینهمه سرباز را جانم علی پرورده است

مسلم و عباس و زینب را ز او آموزه است

جنگ با سُفیان دوران را علی بنیانگزار

دادخواهی از سر او زنده شد، در کارزار

اوج اسلام و مرام بی کژی

از علی شالوده شد، وز کودکی

شاد باش ای جان من ای حیدر کرار ما

پای عباس تو کی لرزید، در راه خدا

تیرباران گشت همچون پیکر بی جان سربازت حسن

لشگر دیوان ز بیم او همی می شد شکن اندر شکن

دست او افتاد و پیمانش کجا

برگزیده آن ره پاک تو را تا خواه یزدانش کجا

برگزیدندی همه خوبان تو را

هرکه بینا گشت دیده پیکر قرآن تو را

یا حسین ابن علی، شیر خدا

خون و کشتی رهایی ده و شمشیر خدا

آن که سرباز هر آن گرسنه و تشنه شدم

تا ز دلداده و دلباخته و شیعه شدم

تازه چشمی نگشوده به جهان خیره شدم

پیرو راه علی و سر بر نیزه شدم

پیرو آنهمه هوش و خرد و چاره شدم

شیعه فلسفه بی کژی و خرده شدم

او که زیرینه همه کهنه و پاره پوشید

آبرو را به پس از مردن خود می کوشید

او که خون دل نوزاد گلوپاره خود

بر هوا پاشد و بر ریش کشد پنجه خود

او که خواهر یکه بر پور خودش گفت برو

پیش روی دل و سالار سپه، رو به جلو

تا که سر داری و شمشیر حسینم دریاب

مکنی مام، تو شرمنده این سرور آب

نکند تشنه لبی پای تو را سست کند

پای انگیزه و آوای تو را سست کند

یا حسین ابن علی، شیر خدا

خون و کشتی رهایی ده و شمشیر خدا

گفت در خیمه که ای جان برادر عباس

تو برو گر که بخواهی به رهی در، عباس

گفت با چهره درهم شده ای وای به من

با من اینگونه چرا یادِگر فاطمه فرمود سخن

پاسخ مادر خود را چه دهم رستاخیز

که به سربازی تو بود چو من او هم نیز

هرکه در راه خدا بی سر و سامان برود

به ره سروری من نه که گیهان برود

دانی ای دوست هرآنی که برای من و تو از سر و از جان برود

به ره دلبری مردم ایران برود

یا حسین ابن علی، شیر خدا

خون و کشتی رهایی ده و شمشیر خدا

هرکه هرکار که می خواست نمود

هرکه هرچیز که می خواست ربود

نینوا گشته همه گیتی ها

آب گردیده همی یاد خدا

دیو کودک ببرد، زن ببرد

پاکی از چهره و دامن ببرد

ساده پرواز کند بر سر ما

سایه اش روی سر باور ما

مشت حیدر چو جهان را نبود کار همین

اهرمن را به دهان تا نخورد بار همین

کو تبردار علی سرخ به سر بسته کجاست

دار آن کس که فسانه به خدا بسته کجاست

خیزش او که بخواندند چو ما خارجیش، پارسیش

بوده همراهی ایرانی و ایران نگری ویژگیش

گر که می شد ز من و مای جدا شاه به تازی می شد

پشت بر ما ننمود و به خدا، خاندانش هم اگر پی می شد

چشم زیبای سیاوش به کجا می نگرد

اوست بر کربوبلا بنیامین، یوسف خویش به چا می نگرد

آتشی دیده چو خود، خویش کجا می نگرد

چشم سرباز دو سر رو به خدا می نگرد کم و دَم می شمرد

کینه خواهی نه چو رستم نه چو مختار دمید

پشت گیتی نه چو ما شیعه، سیاوش گو دید

جوشن تازی، زره توری، یکی

هرکجا شِمر و تو و آزاده، زی

یا حسین ابن علی، شیر خدا

خون و کشتی رهایی ده و شمشیر خدا

بر علی یاد و درود من و ما را برسان

پیشوا را تو بگو از سرباز، جان بگو می کند از دوری جان

<pre>
پناهم به یزدان ز خواهان بد   "به نام خداوند جان و خرد"
                    اوستا
</pre>

تا کی ادامه دارد آزار ما خدایا

با دوست وار بی مقز، با کینه دار دانا

همسایگان بی شرم تا کی دهند ما را

آزار شامگاهی، بیگاه و گاه پروا

از رنج ما بپوسد دیوار سنگ خارا

وز درد ما بریزد اورنگ کوه بالا

کر گشتم از نوای زشت بلند و گیرا

دیوانه گشته ام از خوانندگان بیرا

همسایه مان اگر بود دیو سپید و افرا

از نیو مردم آزار خوش تر هزار بر ما

همسایه مان اگر بود افسونگر گزرها

آنکس که می خورد خون در کاسه های سرها

بهتر ز مردم آزار در سیری است و گرما

کان ترس و مرگ و سرما خوش تر ز تخت دیبا

پَر کنده دیو آزار ارژنگ مُرق ترسا

مهر و بزرگمردی افسانه پری ها

یزدان او چنین شد بت واره های میرا

سرباز را ربودی دیگر درنگ و درجا

اندر درستی ما این خود که ما به کوشا

یکسر به دار مهریم بی مر به کار مهریم، یکرنگ و مردم آسا

در روزه و نماز و قرآن و در شکیبا

کین خواهی از ستمگر، اپوَش کشی و بیتا

چون ایل گیومرتا پیرای و پاک و پویا

سازندگی و سازش با مُردگان سرپا

آموزگار کژخو، جویندگان بی پا

ماییم و کودکان بی پاسخ دلارا

ماییم و نوجوان و آموزش و الفبا، سرباز و ب چو بابا

قرآن و تور و انجیل، هر آنچه او بفرمود در هرچه چون اوستا

"به نام خداوند جان و خرد"   پناهم به یزدان ز خواهان بد

ژاله بودن

ما را بیاور از نو ای شاه خوب سیما

پروردگار هستی، ای داور توانا

امید تنگدستی آوردگار زیبا

ای خاک درگه تو پروای روی دانا

اندر نماز و اندرز، کی می توان نمودن

از ماه بی نیازی کی می توان سرودن

ای شهریار دوران، آیین و باور من

ما را به شورش آور ای شاه و سرور من

دیباانگار قرآن، ای راز زنده بودن

ما را دوباره آور بی رستخیز و رُستن

بختی به ما بیفکن امروز روز و فردا

در هر دو روز ما را پیروز کن خدایا

امروز و خیزش و هم فردا و بازگشتن

امروز کار و دانش سازیدن و نوشتن

یاری فر و فرهنگ، اندر هنر بزیدن

با کار روز و شب ها ناز تو را کشیدن

فردای بازگشت و اندر هزاره بودن

گِرد سران جاوید پروانه گونه بودن

فردای با گواهان مست ترانه بودن

اندر همین خرابات هم آشیانه بودن

آنان که پاک خشنود، باشی ز بنده بودن

آنان که سر بدادند در راه ژاله بودن

شادی نماند ای دل بی شادمانه بودن

باری که یاد مردم بی یک بهانه بودن

سرباز می خرامد اندر انوشه بودن

دلدادگی یگانه، راه یگانه بودن

پناهم به یزدان ز خواهان بد   "به نام خداوند جان و خرد"

سلام ناب

سلام من، کیش جاودان سلام، پیامبرم سد و بیست و چهار هزار جان دارد

باید اندر زادروز هر کدام از ایشان، شادمانی کرد و چون من خندید، آدم و نوحم

یکی باشد چنان عیسی و موسایم یکی، یکسره گونه یاران خدا سرخی قرآن دارد

پاک زن های زمین مادر من، خواهرم دختری پاکی یکتا، تنگدست و خم و سیلی خورده، خانه اش سردی زندان دارد کودکِ گرسنه نازک بی جان دارد

گم شده در شب بی دستی من، زلف بی شانه بی ناز پریشان دارد

روی من باد سیه گر که نجنگم روزی، خانه ام باد خراب، دفترم باد بر آب، سینه ام تنگ بود تنگی روی نداران دارد، ریشه کارگر و پیشه دهقان دارد

پشت هر مرد بود سدها زن، نام فردوسی اگر می شنوی نام ابوالقاسم نیست نام یک راه و گروه است و منش، دختر و مادر و همسر همه فردوسی شد، چند شهنامه و چندین دفتر، بی شمر یاد و بسی رازدبیری نامه که همه پشت به دلسوزی زن ها دارند نامه توسی شد، نام من پشت به پشت زن دربند کتک خورده گریان دارد

سینه ام سوخته از درد خدا می داند گریه چهره من چشمه خندان دارد

سر سرباز بود یکسره بر دامن اندیشه تو، کی بخوابد مگر از هوش رود، اینهمه ویژگی دارو و درمان دارد خانه در بارگه مینوی یزدان دارد

ویژه آن گاه دگردیسی ما نزدیک است چشم ما یکسره باران دارد تبر تشنه و سرباز بیابان دارد

هرچه بگزشته به ما پیله ما بود هنوز، آن درستی و قشنگی که به فردا برسد ویژه به ایران برسد گفتن شایان دارد گریه شادی و دلشوره فراوان دارد

"به نام خداوند جان و خرد" پناهم به یزدان ز خواهان بد

جاویدان ترین

نمی آه از نی چون چاه، از این نیزار پُربیراه، تراوش می کند بیرون

چنان از خیسی و نمناکی دیوار تار خود برون آید که با کردار خود گوید دگر هنگامه ای باید، دگر گوینده ای شاید، نوایی در شنود خون

دگر آوای قوها هم، بخار آه در سرما

به قوقوی کبوترها شکسته مستی گرما

خروس شب شکن دیگر ز فردایی نمی خواند، که از دیروز می خواند

کسی آن فرش دیبا را ز دیبایی نمی بافد سواری اسپ زیبا را به زیبایی نمی راند

سراپای زمین در خون، پرنده در هوا ماند، نمی بارد

بود ننگش که چنگش را سر و بالا و رنگش را به این گیژی سزا آرد

که گیژی بود نام این و گیتی خوانده اندش کژ

چو کژ کژ مهر کژ بودش به کژ گردانده اندش کژ

ندیدم در کژ این کژ یکی خوبی که جان در تن

شود از کوتهی پاک و بشوید از بدی دامن

نه سیمرقی نه درویشی چو هدهد پا کند کیشی

نه ققنوسی دوباره زاده از خاکسر خویشی

مرا ما را نباشد یاوری، یاری، پیمبر، پیشوا، سرور

مگر قرآن بی یاور، مگر آن جان یاری گر

نه ققنوسی بدیدم من به چشم خویشتن هرگز

نه سیمرقی به پرواز است در دوران من هرگز

مگر قرآن که از سیمرق و از ققنوس بالاتر درخت و آشیان دارد

مگر یاری که در دستان من هر شب ز سیمرقان و ققنوسان سر و نام و نشان دارد

مگر این دستگیر دست در دستم که هرگز برنگردانده است از بار و در خویشش
چو من آشفته زندان ها

مگر این روشنا در کف نباشد هیچ آیینی، که هرگز سر نچرخوانده است دلسوزان کم دان شب افروزان نادان را

نه هشیاری که بی تابی نه بیداری که بی خوابی

نه دریایی که سردابی، نمی از رنگ بارانی به پشت چشم میرابی

نه بی هدهد تو را امید فردایی که پاک از هر بدی باشد سراپا زندگی باشد

یکی هدهد به این دوران بیالوده است دست و جان بیاورده به این گیهان دوپای زر زرینش را، دو بال آتشینش را، که او دستور یزدان را پر و پا بندگی باشد، امام ما علی باشد

پیمبر باشد و در هرکجا و ناکجا در دسترس باشد

به هر خوان و به هر خانه به هر بی خانه و خانه نشین فریادرس باشد

مگر بیهوده کوشان و دگر، آیین فروشان را

مگر آن دیگ از گفتار بی کردار و کردار کژ گفتار جوشان را

بهشت ویژه و بی تاب بر دیدار ایشان را

بهشتی گشتن آسان و ارزان را همان آزادی آزار در پندار دیوان را

خدا را خوشه ای از بهر نان خویشتن چیدن، چنان فرزانگان اندر نما و روز و شب را در ادا زیدن، ردایی گنگ پوشیدن، خود خود را چنان مردم فریبیدن، ببستن راه یزدان را

یکی بازیچه کردن یاد قرآن را

یکی بیگانه کردن نام ایران را

خدا سرباز می خواهد نمی خواهد کسی چون دام

خرد می خواهد و دانش ز جام پیرو کوری نمی گیرد خدا هم کام

بود آیینه روی علی قرآن، و آیین روی بر من کرده می گرید، همه رو روی و

راهش گریه گردیده است چون باران ز دوری پدر از جان، و یا کشتی ز خاموشی

فانوس و ز خواب تلخ کشتیبان، به روی موج های رام و ناآرام شب هنگام

کجا بینیم روی او و بی گنجور گوهر را، چه بهره می دهد سربازی ما در ستیز

موی زال و سام و کی برهم زند آدم برای خود به گیهان نام، بود بی پیشوا گمراه

و گنگ و گوشه و گمنام

"به نام خداوند جان و خرد"   پناهم به یزدان ز خواهان بد

نماز

به گرد کعبه می گردم خرامان

به گرد خانه یزدان پرستان

بگردم گرد دستوری ز قرآن

که وی در هرکجا باشد نمایان

هرآن جانان بفرماید کنم آن

گر از گردیدنم گردیده خندان

بگرد تا بگردی بگرد تا بگردی

بچرخ تا بچرخی، نه رنجی هست و دردی

در اینجا خرقه را بر دیده می پوشم

در آنجا خرقه بر دوشم

در اینجا سخت می کوشم

در آنجا با یکی جوشم در آنجا باده می نوشم

در اینجا خویشتن داری

در آنجا از گناه و کوتهی بی بازدم، بی بازدر زاری

در اینجا هرکجا هردم در اندیشیدن کاری

به سازیدن، به هر آیین و دیداری کنار خون و خِشت و خشم و دیناری و دیواری

در آنجا چند روزی بی گرفتاری و هر انگار و ابزاری

دگر کاری مگر خودسازی و بینش مگر اندیشه در هرآنچه می کردی و می داری
نمی داری و اندر یک نیایش باشی و از درگه یزدان هرآنچه بهره را بر خویش و
بر مردم، به خوان تنگدستان و گرفتاران و بیماران به همدوشی آن کوشیدن و
سازیدن خاکی و اشک و آه، باز آری

مرا بیگانه پنداری گریزانم اگر من از گنهکاری

به گورستان فرو رفتن ز خودخواهی و خودخواری

در اینجا همدم و همسایه و هرکو که بی یار است را تا می توانی می دهی یاری

در آنجا در پی دستور آن یاری، چرا از دستگیری دست برداری

در اینجا در نماز و روزه و پرهیز و مهر و داد و نیکی و خداداری

به امید سبکباری

در آنجا یک نوا گشتن به یکرنگی و همکاری

به شب خیزی و بیداری

چه پنداری خردمندی اگر اندیشه یزدان نداری پاک بیماری

چنین بازیچه ماری

گرفتاری به کف برهم زدن هایی به روی موج بی باری

که بی همراهی یزدان بدان پیوسته بی یاری

چه می خوانی نمی بینی که وی از بنده می خواهد چنین کاری

چنین چرخیدنی در تنگی و بی دستی و خواری

چنانچه توشه یک سال خود داری و این خرمن که می کاری و برداری نیاید هیچ بر کاری و بر یاری بیماری و بر درد گرفتاری چنین داری و یک باری شوی آنجا که دستوری به جای آری

نه آویزان دیواری و تاجرخوی بازاری و گردش می روی، آری

تو این حاجی که می گویی بگردد یکسره گرد گناه و مردم آزاری

دمی آنجا چشد شیرینی پاکی و بیند چهره خوبی، هم اینجا مردم از او یک دم اندر رامش و آسایش و حاجی شبی خوابد به بی آزاری و زاری و شاید زیر و رو گردد بدین آیین از هر زشتی و ما و منی دوری و بیزاری

چه پیغامی مگر با این زبان دل سر گفتن نمی داند

شهنشاهی که در هر خانه برپا باشد و خفتن نمی داند

چه دیداری مگر دل را ز ما جُستن نمی داند

چه ماه دلبری بر من مگر دست نوازیدن مگر بخشندگی و مهر ورزیدن نمی داند، ز ما ایرانیان گویا برآشفتن نمی داند

به دنبال همو می گردم و خود را کنم پیدا در این دریای توفانی

خرد گم کرده ای و خود نمی دانی، سخن ناپخته می گویی و نیشی می کنی افزون به نیش تازیان پیشانی اسلام از آدم به تا امروز ایرانی

چو لبیکی به تازی گویم ای نادان به راه و خواه یکرنگی

چو می گردم به گرد خانه ای از درد دلتنگی

چو با هم کیش خود همدوش گردیدم

تو پنداری که من خاموش گردیدم

چنان خامی به آوایی به دم مدهوش گردیدم

تو پنداری که من با یک زبان گفتن چنین رام و پیام و سر به پا چون گوش گردیدم

چه می دانی که من با چشم سر از چشمه قرآن چه ها می بینم و دیدم

چه نیکی ها و سبزی ها، چه گون اندیشه هایی را چنان حافظ چنان فردوسی و سعدی و مولانا و هر اندیشمند و هر خردمندی که می دانی به ژرفای دلش دیدم

نگو مرقی ز مرقانی و گاو و شیر و شاهینی و چندی دانه می چینی

نگو افزون تر از اینی به بام و شام بیداری نگو هشیار هشیاری نگو بتخانه چینی

کجا خوانی نماز و روزه ای گیری که دانی گرسنه روزی و رنجی را ز مردم کم کنی یا راه را روشن کنی آری نمی بینم شما را هیچ آیینی

تو از آیین یزدانی چه می دانی چه می خواهی چه می خوانی چرا در آتش کینی

اگر از جان خود سیری به تیزی نگاه من چرا جانت نمی گیری

اگر پرواز می جویی چرا در دوزخ بیهوده انگاری، یکی دانستن هرکو که گرد آن نخستین خانه می گردد چنین بندوی زنجیری

کجا در آن سر گیتی لبانت را کسی دوزد

کجا اندیشه ای از خویشتن داری که بالی را در آن سوزد

هزاران دشنه و دشنام از این آوازه ات خیزد

اگر بر سر در میخانه این آوازه آویزد

اگر سرباز بنشیند، رواق آسمان ریزد

کسی دیگر کجا چون او درست از نادرستی را چنین بی همنوا بیزد

ندانستی که در میدان سواری همچو سرباز است

نمازش یاور و تکتاز در اندیشه و باور، گرفته سرورش بر سر، میان بنشسته و جنگی میانش بسته و در گفتن این واپسین واگفتن راز است و در پیمانه اش اشکی ز بی آبی اهواز است

پناهم به یزدان ز خواهان بد "به نام خداوند جان و خرد"

بیدارتر بیدار

کسی می خواند و پا کوبد و گوید خدا خواب است

سراپا بوی دود و مستی و بیهوشی و بیکاری و بی دردی و بی رگ تر بی رگ، به دانایی و نه از روی نادانی و بی نانی همی گوید چرا خواب است

تو با زن های پتیاره به بام و شام در خوابی

تو مست باده و خشم و جهانخواری و خودخواهی به نام و کام و فام جام و خام رام و خوار مام و خار گام و دام بام و وام گوشه آرام در خوابی

ستم کردی که اندر لانه ماری بلولیدی و در خوابی

خدا بیدارتر بیدار هستی را دگر سر بر نمی تابی

همه یاران اهریمن به همیاری یکدیگر به زیر پرچم یک چشم در برزخ، چنین کردند گیتی را یکی دوزخ، و تو در خواب مینویی

همه کودک به در چشمش بخشکیده است و سد افسوس، تو در پیرایش مویی و در برچیدن زیر و بر افسرده ابرویی، تو امید و بت اویی

نکردی کاری و باری نبردی و نخواهی برد و می دانی ز این راهی که گشتی در

به بیداری کجا بودی، کجا رنجور و دانا را گرفتی زیر بال و پر

به کار و بار تو گیتی بسی باید سیه تر بود و مهر او همی روشن ترش کرده است می دانی

همه آباد و آبادانی گیتی بود بر ما و من ای شب، چرا این را برای مردم پایین به جای آن نمی خوانی

نمی سازی چرا چیزی، چرا روشن نمی سازی تو راه روشنی گویا

دگر دشنام بر پروردگار خویش و یار خویش می خواهی، بگو هر روشن چون روز را تا می توانی ترجمان یاوه و بی جستجوی پاسخی آیا که خود بازنده بازندگانی دشمن دانا و خود سرباز را جوشانده ای شورانده ای خیزانده ای از جا

مکن با واژگان بازی که جادویی دراندازی

خدا او باشد و بنده تویی ای مست، چگونه جابجا سازی

تو خودخواهی و هر خوبی که داری را ز خود می دانی و بر مرگ می تازی

بدان در بندگی شرمندگی پایندگی و پایه دلدادگی باشد اگر چشمی بیندازی

اگر زیبایی و نیرو و مهرش را ندیدی پاک ناسازی به این بازی تو هم بازی همه دارایی ات بازی و در چنگ و جَر بی بازدر بازی چنان گنجشککان پیش بدرودی کنی آهسته لب با زی و پر ریز و دهان بازی

وگر شرمنده مهرش شدی و باورت گردیده شد دادش بیا این سو، بیا این سو که سربازی به نیروی هنر با دانش و کوشش توانی دید آن روزی که پرچم های اهریمن ز گیتی نه، ز نُه گیتی براندازی

پناهم به یزدان ز خواهان بد "به نام خداوند جان و خرد"

جهان پهلوانی

خدا را بخوان تا خدا خواندت

چه بالندگی بیش از این اهرمن باخدا خواندت

"فریدون فرخ فرشته نبود

ز مشک و ز عنبر سرشته نبود

به داد و دَهِش یافت آن نیکویی

تو داد و دهش کن فریدون تویی"

مگو آن سخن های پیچیده را

مرو راه بی سنگ بیهوده را

چه می دانی از می که حافظ سرود

و یا گفته خیام، او را درود

چه می دانی از آن نبیدی که هست

به شهنامه بر هر سر و هرچه دست

چه می دانی از روزه و از نماز

چرا دشمنی می کنی با نیاز

اگر تنبلی در پرستش چرا

چنین فلسفه بافی آری به جا

بود ساده این راه یزدان پرست

علی می فروش است و ماییم مست

خرد می بود در مُقان تلاش

نماز است میخانه کندوکاش

کجا برتر از او که دل آفرید

بود دلبری خفته اندر نبید

کجا از خرد چیز شیرین تری

به انگور، یا میوه دیگری

خرد می بود در نگاه درست

همان نوش دارو که رستم بجست

همان می که رستم چو شیران نمود

بزرگان ایران به میدان نمود

اگر بود چیزی ز خاک زمین

بسی بوده در دست دشمن همین

اگر می همین شهد تلخ است پس

شود رستم داستان هرچه کس

شود حافظ هرکس که می می خورد

چنین پایه با باده کی می خورد

همان حافظ اندر نماز هخا

ز قرآن پیوسته و شب نوا

بشد آن خردمند جاوید ما

که پایان نگیرد از او چید ما

چه می دانی از می که می می، کنی

چه اندیشه می پروری، پی کنی

چه چیزی بود نزد قرآن شگفت

کجا هست بی نام یزدان شگفت

کجا چیز پیچیده ای در ره است

یکی ره، ره بینوا و شه است

تو خود هیچ دانسته ای راز می

که اینگونه خوانی ز آواز می

یکی راز در هستی است و خدا

یکی پشت آن مستی است و خدا

یکی دوست در خانه پنهان شده

که نامش خداوند گیهان شده

یکی شمس و لولی بود هرکجا

که قرآن بود نام این یار ما

یکی باب و مامت بود یاورت

یکی خانه دلبری کشورت

مکن این همه گیژ، مردم که تو

ندانی درشتی این کار نو

که سربازی از هر مرامی سر است

ز هر کیش و آیین رهی بهتر است

یکی راه ساده رود بی کژی

ستمگر نیابد در او آشتی

ره روشن فاطمی راه ما

فزون باشد از پایه ای جاه ما

خدایی تر از راه و خواه علی

ره راستی، بی به مویی کمی

کجا دیده درویش و مست خراب

جهان پهلوانی بود کیش ناب

چو درویش هم بیندی تنگنا

"کس به میدان در نمی آید سواران را چه شد"، سازد به پا

ز سربازپرور، گل رآی ما

ز آن پیر دهقان یکتای ما

از آن پهلوان ساز پویای ما

ز فردوسی آن کوه بالای ما

ز دریای آن جام زیبای ما

ز سیمرق دانای گویای ما

از آن پیرمرد جوان پای ما

ز فرزانه نیک سیمای ما

بخواند چو سرباز، سی ساله را

بیابد ره خویش و بیگانه را

پناهم به یزدان ز خواهان بد "به نام خداوند جان و خرد"

به نام کودک

ای درد با من بخواب و بیدار شو

ای دل بسوز به روز کودک و شب زنده دار شو

ببین چهارده سگ تازی آدم نمای را به گرد دختر کوچک، به گرد دختر ایران و خوار شو

ببین دختر چهارده سال در خانه زندانی را و چشم برنبند و بیمار شو

دلا بسوز به آب و به آتش کودک، به یاد بیاور که چگونه ده سگ سپید نوجوان سیاه گرفتار را کشتند و گرفتار شو

به یاد بیاور که چگونه پدری مست دو ده بار نوباوه اش را به دیوار کوبید و خندید، کودک از هوش رفته را ببین و هشیار شو

ببین، کودکان کار را که شانه های نازکشان هزار باره به زیر سنگینی هزار بار شکست و دست به کار شو

ببین همسران خردسال هزاران کهن را و زار شو، ابر بهار شو

ببین، مادری که کودکش را شکنجه می دهد ببین، او که به نوزاد فرو دادن دود آموزش می دهد ببین و کینه دار شو

ببین که چه دوران بود کنون و دشمن ماسُون و یار زار یار شو

ندیدی که کودکان چگونه به بازار این سگان؟ ای روز! بی بهانه شب تار شو

اندام کودکان همه داد و ستد شود، کودک بپرورند که اندام او به تن کودک توانگر بیمار آورند، یک دل ز سینه گرم جوانه دزدیده گشته ای تو ندانی که چند و چون؟ ای آسمان هوار شو، هوار شو

ببین دوازده سگ درنده کنام کدخدا و دخترک دوازده ساله را، دخترک دوازده ساله چشم بادامی و دامن های کوتاه اهریمنی، ببین هزاران هزار چنین و ننشین و نزار شو

دریدن قنچه ببین و باقبان قنچه نگهدار شو

چه اندازه از شمارش و اندیشه افزون بود خداوندا، به کودکان چه می کنی ای چرخ گردون کنار شو، کنار شو

از گریه های شامگهی شوره زار شو

ای دل بجوش و دشمن این بی شمار شو

شکیبا رها کن و با من به جار شو؛

کجاست پنجه رستم که سر خمیر کند

کجاست گرزه سامی که مهره زیر کند

کجا به خون شود اهریمنی اگرهم چند، هزار نوگل و نوزاد کام شیر کند

هزار کودک بیچاره پیر کند

"مباش در پی آزار و هرچه خواهی کن که در شریعت ما غیر از این گناهی نیست"

اگر تو به این یک گناه آلودی بدان که برتر از آزردگان سپاهی نیست

کیش آزار و کشور آزار

هست بر دشمنی هامان، هار

ماسون از یو نشان دهد دندان

لندن و موسکوی و واشینتان

باور و مهر و پاکی دامان

تا که باشد نباشد او آسان

هارپ می سازد و هزار چو آن

هرچه زیبا بود کشد به لجان

تا بسوزد به زهر، سبز جهان

جنگل و رود و دشت و آدمیان، آب، آرال خشک و زهرآگان

یو بدانید دشمن یزدان

یو بدانید مهد اهریمان

او چه خواهد؟! شکنجه می خواهد

کودک زرد رنجه می خواهد

باز، دروازهِ ستاره می خواهد

زآن بزی که خدای می خواند بردگی سگانه می خواهد، نیستی بی گلایه می خواهد

یو زنان زمین برهنه می خواهد

یو دهان ددان گشوده می خواهد

یو مگر خانواده می خواهد

یو مگر خویش و ریشه می خواهد

یو که دیویدیان به آتش خورد جنگل جونز را به دَم پژمرد

از برای جهانگشایی خویش مردمش را درون واروها، بی یهودا به دود و خاک سپرد

کودکی را ز چشم کودک برد

زن پتیاره را به دست هنر، به سفره هر خانواده ای آوُرد به سفره هر خانواده ای آوُرد

خواجه راهو نموده این گیتی

چنگ شیوا گشوده بر هستی

زن شده بنده نمایش او

برده بی بهای خواهش او

چو سگی کودکی به زیر کشد

دو سه ماهی کند به زندان بند

وای بر تو که اینچنین پستی یوتر از خوی اهرمان هستی

با خود انگاشتی بدین آسان راه سربازی خدا بستی چاکر نوفرشتگان خستی

پناهم به یزدان ز خواهان بد "به نام خداوند جان و خرد"

کاوه

خدا فرموده در قرآن اگر مرد خداباور نجنبد تا نجنباند تن بیهوش هستی را

تباهی و سیاهی سخت پوشاند سراپا روی گیتی را

زمین گردد ز خون گلگون و ناآرام چون دریا

شود بیهودگی کیش و خدای مردمان پتیاره زیبا

هنر افسون شود چون دانش دانا

همین هایی که می بینی به دورادور خوان ما

خرد در کار ما مردم دگر بیچاره افتاده

کسی گوید که در ویرانه های خانه ای دیوانه افتاده

کسی دیگر بگوید کز من و کز ما دگر بیگانه افتاده

و من گویم که او در کار ما مردم دگر از چاره افتاده

دگر از بس که گفته پند و کس نشنیده می دانم که خود از چانه افتاده

زده پَر بر بیابان و ز آب و دانه افتاده

چه می گویی تو از آینده و فردا و روز دیگر و سازش

که می باید بود سر تا به پا اندیشه ات امروز با ارزش

شود فردا هرآن چیزی که ما خواهیم با کوشش

همه پیدای گیتی را به روزی هست پیدایش

بود باید تو را نیرو و خودآگاهی و ارتش

بود باید تو را ما را سراپا هرچه از دانش

که دشمن پشت در باشد درون خانه افتاده

که آتش همچو بیماری بدین کاشانه افتاده

اگر چشم من و ما هم به خواب و خواهش و خمیازه افتاده

همی جوشیدهِ آهی که هر کودک کشد امروز از دوزخ به ما چون سایه افتاده

هزاران درد و بیماری و رنج و سختی دیگر به جان توده افتاده

هزاران مار زهرآگین ز تردستی بی آیین درون جامه افتاده

به کیش خشک تاریتن، دوسَد پروانه افتاده

زبان خامی و خامُش ز چشم و پایه افتاده

پلشتی های اهریمن اگر یکباره افتاده

کجا از دست سربازان درفش کاوه افتاده

پناهم به یزدان ز خواهان بد "به نام خداوند جان و خرد"

چشمخون

چهارشنبه سوری آمد هیچکس، این نمی داند که آن باشد چه چیز

از چه رو این کارها می کرده اند از چه رو آتش بیفروزند نیز

گرچه آیینی بُد از زردشتیان

شور و گرمایش نبودی اینچنان

تازه ایران مسلمان بی گمان

از سوی یزدان نمی دانست آن

تا که مختار آمد آن شاه بزرگ

خواست تا کوته نماید دست گرگ

همچو رستم گرد ایران گشت شاه

گرد او پروانه شد ایران سپاه

چون سیاوش در بیابان کشته شد

فروهر بار دگر افرَشته شد

پرچم قرآن به نام ایلیا

آن سپید این سبز، یکتا گشت تا

واپسین جنبش به جوش آید ز ما

نوفروهر چنین گردید، پا

چون درفش خونی از کوفه رسید

روی آرامش دگر ایران ندید

برخروشید از هرآن سو لشگری

در ره خونخواهی پور علی

همچو دریایی خروش مرد و زان

چشمخون مختار و آن مختاریان کشتن بسیار ما از سلم و تور تازیان

خیزشی برخاست چونان رستخیز

سرخ دهقان داس خود می کرد تیز

تا به دجله موج خونخواهان رسید

کوفیان کردند پیمانی جدید

تا که آتش برفروزندی به دید

هر گهی هنگامه ای آید پدید

چهارشنبه گشت گاه داستان

تا به زر پیمان شکستندی ددان

لشگر اهریمنی بیدار شد

چهارشنبه دام و کوفه دار شد

ناگهان شب زنده داران دم زدند

آتشی در هرکجا برهم زدند

در سه شنبه شب که واپس از چهار

نیمه روزی مانده تا شام شکار

تا ز شام و بصره آید موج دیو

دوره را وارونه گرداند خدیو

هرکه ایرانی به بام خانه او

آتشی افروخت بر کیش اشو

جست بر هر بام همچون مرق، مرد

آتشی انداخت در هر بام سرد

تا که مختار از شب و آتش شنید

راز آن میدان آتشخانه دید

چون سپاه از جای خود جنبان نمود

بس شبیخون سوی دیوستان نمود

پیروان مزدک سرخینه پوش

نه ز ده از لشگرش، دوشایدوش

نه ز ده زیشان به راه کین و داد

کشته گشت و بر مگر این هم، نمی گردید شاد

آن سپاهان سرخ، با دستور جنگ

کوفه را با سرخ خون کردند رنگ

کار را آورد بر دیوان به تنگ

نازنین مختار، آن زخمی پلنگ

کوفه بگرفت و به دهقانان سپرد

بوته های هرزه و آن داس تند

گرچه این ها بود و سرداری چنین

رفته از یاد همه ایران زمین

بوده ابراهیم اژدر یار او

وآن سپاس پور دخت شاه ایران نزد یزدان از خروش و کار او

چون ابابیلان ز کعبه، او نگهبانی نمود

مرز رستم، چون زواره، او نگهبانی نمود

او درفش ما جدا کرد از بدی

جنبش آزادی از او سر زدی

تا در خودباوری را در زدی

بر درفش کاویانی سر زدی

پهلوانی را به بال و پر زدی

کرکس باژ و موالی پر زدی

وینکه همچون شاه مختاری و باز

هرچه را خواهی توانی کرد یاز

بینش قرآن ز او گردید باز

کاوه و رستم دوباره شد نیاز

دور ایران را دوسَد افزون مدان

در پس از او دوره تازیکیان

وآن دوسَد هم روز و شب پیکار بود

بابک و بومسلم و مختار بود خودشناسی خواستن برخاستن بیزار بود

ورچه تازی بود ایرانی شمار

خاک ایرانش بُدی پروردگار

بوده سربازی ز سربازان او

همچو رستم بود کینخواه نکو منتقم کرّار و کیز تازگو

او فرستاده بُد از سوی حسن

تا در ایران شیعه گردد یک سخن

ناگزیری نیست در کیش خدای

خواستن هست و گزینش هر کجای

چون حسن او را فرستاده گزید

وی به ایران چاکری، سربازی شیعه گزید

گر درون پرده ها این راز بود

پروراندن های او، هفت خان او، بیست سال او به ایران را نه در یک دفتر و دیوان یکی آواز بود

گرچه آن ناشد که او کرده است وارونه تر از وارونه اندر دفتر هر تاز بود

کار کیسان هم نه از او کم، فسانه ساز بود

راه سربازی همیشه باز بود

کوه چون سر باز زد مانند رود آدمی تا سیب جاویدان ربود

"به نام خداوند جان و خرد"   پناهم به یزدان ز خواهان بد

گِلشاه

مپنداری که آن شاهان ایرانی همه ناشاه بودندی چنان قاجار بودندی

اگر شاهی ستم سازد بود ناشاه و کی شاه است، که دیوان سرور و شاه هرآن ناشاه کژکردار بودندی و یزدان شاه و مردم سرور گِلشاه مردم دار مردم یار بودندی

مه آباد پیمبر را، کیومرس پیمبر را، شهرسپ پیمبر را

کوروش آن شهنشاه پیمبر را، زردشت پیمبر را، رخشسپ دلاور را

کجا گِلشاه و هر ناشاه را یک کاسه می شد کرد

چرا همسنگ باید دید آن ناشه که درد اندازد و آن شه که گیرد درد

بگو ذوالکفل و ذوالقرنین در قرآن چه می گویند از ایران

چرا اهلُ الکتب دانـ چرا از ذمّه می خواند همه زردشتیان قرآن، چه ها گوید علی از آن و از پر دادن آویستا در دوره گشتاسپ، به نیرنگ یهودی های دستور و گناه خامُشی مردم نادان

چه بی کیشان بدین سامان به خاک افتاده اند ارزان

چه دستانی ز تن افتاده در انگاره برچیدن این خوان دگرگون کردن یکتاپرستی تا نماند نامی از یزدان

چه سرداران ز روی دیدن روی پر از خشنودی جانان گزر می کرده اند از جان

چه مردان و زنانی دست یازیدند بر سربازی هامان

سرای کیش یزدانی همه ایران بُد و جانان

همه گوهر سپُردستی به گنجوران این سامان

نه گلشاه است هر ناشاه و هر مردی علی باشد، همه فرزند ابراهیم، حسین ابن علی باشد، ستمگر را کجا پیمان یزدانی رسد ای دل که گوهر ایزدی باشد

غزالی را چو بسیاری از این بیگانه پوشان به کیش اشعری چندی، هواداران و یارانش، امامش نام می دادند آیا بر امامان دوشِش آن پیشوایان خدایی خرده ای باید، خدا را خوش نمی آید، چنین با دشمن مردم کجا سرباز جاویدان دمی همپایه می شاید دمی همخانه می پاید

که میهن نه، جهان را نه، که آن گیهان گزاران را پری و آدم و دام و دد و هرکو گواه پادشاهی بود و اندر بندگی هاشان گواهی بود

نه سرباز خدایی هیچ بر دستور دیگر کس به جنگ دیو راهی بود، در بوم زمین هفت، نقش آریا بر بال شاهی بود

ز هر شهری و سَتراپی، نمایندهِ مردم بود اندر بارگاه شاه مرد زبده و ورزیده و سنجیده ای چون رستمان، گودرزیان، از زابل و از اِسپَهان، وز هرکجا و ایلخان و موبدی دژبان و دژبان موبدان

به دوران هخایان پهلوانانی که با رآی و دَم مردم ز شهر خود بدان انجامن پیران ز دوران منوچهری یکی همواره می گشتند شه را برگزیده یا ز کار و برکنارش می نمودند و به هر دستور با او همنوا بودند و یا دستور و بردستور می شد گفته آنان و پیش از آن، نه مردم خویشتن کان چار شاه پیشدادی و فریدون را گزیدندی ز زنجیر مه آبادان؟ چه بیدادی به بردادان؟

به خود گفتم چرا خود را ز خود کردی جدا بیخود که خود خود را ندانی خود، چرا دشمن شدی با خود، چرا با دشمنان شادی چرا دشمن ز تو شادان

که خوبی نام ها را یک کند در شیوه اندیشه سرباز جاویدان، خدا می داند و ایشان، چرا خود را رها کردی و بی خود را بدانی خود بدین اِنگاره بیگانه بیخود، چرا از چاله اندر چاه افتادی، چرا اسلام را دیدی تو از انگار بربادان

همه سربازهای پاک یزدان یک تن و جان اند ای آشفتگی زادان

خدا را مهر خونی نیست بیهوده، همه خون ها یکی باشد به مینوهای جاویدان

نه خوی دام و دد آنجا نه ماد و نر، همه اندر خوشی یکسان، خودی گردان خداگردان

نه حوری زن بود ای تازی نادان نه سربازی شود زن بان، که آنجا هم شود زندان

زن و مردی و نزدیکی نه می دانست آدم، دان

به آن دوران که در مینوی یزدان بود با حوآی، سرگردان

چه شیرین تر بود جانا ز سربازان جاویدان ز یکجا دیدن کانی که از آن کنده شد قرآن

ز خشنودی یزدان و سخن گفتن به بی آزاری و ارزش، به دم دیدار با گردان،
زنان پاک و مادرها، جوانمردان و شبگردان

چه شیرین تر ز سوزانیدن ماسُون

چه شیرین تر بود از کشتن سَهیون

نبرد از هرچه پنداری بود شیرین تر و بایسته پایان خوش، افسرده افسون

نه مرگی هست در گردون نه از سرباز ریزد، کم شود، یک چکه اشک و خون

پناهم به یزدان ز خواهان بد   "به نام خداوند جان و خرد"

ایلیا

آن دلبر جانی ما

آن ماه ایرانی ما

همخون هامانی ما

تکتاز اشکانی ما

این چشم بارانی ما

وین خشم توفانی ما

آن نوش یزدانی ما

وآن هوش دیوانی ما

دست نگهبانی ما

انگار پایانی ما

آن شاه گیهانی ما

مزداک ساسانی ما

پژواک فرهادی ما

شاهین آزادی ما

آن چشم ما را روشنا

روشن ترین روشنگرا

وآن هوم اندر کوه ما

لولی وش نستوه ما

آن مرد مردان خدا

سردار گردان خدا

وآن پینه دوز کفش گر

داروگر و تیمارگر

آن روشن روشن نگر

مهران آینده نگر

آینده میهن نگر

از یورش دشمن نگر

آن خسرو شیرین ما

وآن وامق و رامین ما

فرهاد و آن مجنون ما

لیلای اندر خون ما

هشیار و بیداری ما

شادی گفتاری ما

راز شکوفایی ما

بی باک، پویایی ما

همپای بی پایی ما

گیرای بینایی ما

اورنگ و گیرایی ما

ارژنگ و زیبایی ما

آن رهبر جاوید ما

آن اختر امید ما

بهرام و آن ناهید ما

مهر مه و خورشید ما

آینده نادید ما

آیینه شایید ما

نی هدهد و شیر و هُما

سیمرق و مانندی فرا

آن ماه رندان رها

وآن آدم مانند، نا

کی شاه مرقان هوا

بر روی پیل و اژدها

زیبنده اورنگ و فر

بر قاف فرهنگ و هنر

آن یوسف کنعان ما

آزادی زندان ما

یعقوب چَه گریان ما

سوز زلیخاخوان ما

آن خوشنویس کوفه ای

داوود داد و داوری

همچون سلیمان سروری

لقمان دانش پروری

بخشنده انگشتری

بایسته فرمانبری

شایسته یزدانگری

وارسته پیمانگری

شب خیزی و نان آوری

گنجور میدان آوری

آن حمزه جنگاوری

وآن کاوه روشنگری

آن شبرو خورشید رو

با تنگدستان خورد و خو

دهقان دیوی بند ما

زردشت دانشمند ما

تن چون گزان لوت زی

نیرو، نژاد زابلی

یکتا پسند دیلمی

آن پهلوان پهلوی

اوج جوانمردی سری

ارش مه آبادی گری

آن سربدار جان به کف

خوشاب بی سخت و سَدف

خیام و فارابی ما

سینا و بیرونی ما

سقرات و افلاتون ما

اِشراق آتشگون ما

بودای با افسون ما

دییوژن دلخون ما

از راستگویی پیش تر

وز هرکسی درویش تر

تازی گرفته از پسر

نانی برای آن پدر

از بهره بهر کان زر

وز میوه سوی چیده گر

خشکیده نان آبگر

همکار او درد کمر

آن شکر شکر شکن

آتش به ریش اهرمن

بر کیش خشک تارتن

بر بنده باد سخن

هر بستهِ زندان تن

هر زنده اندام زن

آن خنده روی پهلوان

ورزیده دست قهرمان

کشتی و شمشیر و شنا

از هر سواری او سوا

تیری همیشه بر نشان

یکتای در تیر و کمان

آن پارسای گفتمان

راه آور گردن کشان

کی دست بی شمشیر و جو

کردی ز بازویی به سو

بی دست از او هم بدو

دلداده و دانش پژو

پیکار او را پندگو

پیکان نمودندش چو مو

تا کودکی از پیشوا

افتد به خاک نینوا

سیراب او گردد روا

کوفی ز خون جوید نوا

پیک درود و مهر آن

در خون هزاران شد چنان

هر کس کزو شد میهمان

در خاک و خون تشنه لبان

مسلم شد و مالک بدان

راه بزرگ جاودان

وز اختران راهدان

از چشمه های کوستان

ابن ابوبکری که در

آن پوستین زشت خر

از چَرب بینش بر گهر

خواه و گزینش بر گهر

اِبرام دشمن با پدر، بی لرز و تر

نوحی رها کرده پسر، وارونه گر

تا آدمیت آبرو

دیدی ز پیکار همو

بی بینی و چشم و زبان

بی گوش و هر سویی کشان

گفتا که من هستم همین

مَولا امیرَالمؤمنین

قرآن با دست و دهان

قرآن نویس نامه خوان

بی اسپ و شمشیر و کسان

آمد به ایران بی نشان

کی کشته ایرانی یکی

کی نادرست کوچکی

آسایش و آرام ما

آورده با خود کام ما

قرآن ما اسلام ما

هر آنچه باشد آن ما بر کام ما بر نام ما

آیین رستم تا کیو، اسلام هوشنگی ما

با پهلوانی زنده شد افسانه جنگی ما

با آن دم همچون مسیح، دیرین فرهنگی ما

واپس ز بهمن هرچه بُد دوران یکرنگی ما

هرجا به سنگی پنجه زد

پنجاه چشمه گریه زد

هر روستا را شادمان

خاک مرا آبادگان

یاران او از موریان

در پشت دشت اِسپَهان

چون کودکی بر پشت او

بر خاک چون پا مشت او

درماندگی زیرکان

بازی نشین کودکان

نی پشت او شیر ژیان

خردان سواری کردگان

وآن همدم بی همنوا

آن ویژه توده گرا

بقرات و جالینوس ما

دهقان پیر توس ما

آن باقبان کارگر

بارآور و آبادگر

بسیار آبادی او

دارد هنوز آب نکو

هر کو که با او گفت و گو

گویا به رو چون چاه جو

آمد جوانی بَس گنا

گفتا علی کردم زنا

گفتا علی پاکم نما

آری درنگ و نا، چرا

گفتا بیندیش و بیا

فردا و فردا کرد تا

دیگر نیاید آن جوان

این است راه راستان

آن پیشگیری و سخن

نی دشمن بی انجمن

قاموس رفتاری ما

حافظ سخن؛ ساقی ما

آن شاه بازیده زره

در دادگاه خودا! به یک پیر یهودی بی گِله

با دود و آتش سوخته

هر کو که او را همچو یزدان می پرستیده، همه

آن آهن افروخته

نزدیک دستان برادر کرد که

دوزخ به کوری دیده شد

زرینه برگردانده شد

او گفت با دشمن که من

آن آتش سوزان تن

را دوست دارم بیشتر

او چیز دیگر هست و مر

آن بهتر و شایسته تر

دیدم فرای چشم سر

بی نانی ام باشد بتر

کان از بها اندازهِ همیان بر همیان زر

وآن چشم بسته بر گنه

دشمن برهنه شد به ره

چون خانه که دیدی نزد

گفتا ندیدم من ز بد

آزاد از گیتی گرا

فریاد بر سختی گرا

با دیدن آن سرسرا

سرداد بر آن دو، نوا

از خویشتن آزاردن

دوری ز کار انجمن

انبوه چیز اندوختن

در گوشه ای انبوهدن

یا هرچه داری سوختن

خشم علی افروختن

وآن پایه آن بت شکن

بر دوش سروی یاسمن

الوند و بینالود ما

کوه و درخت و رود ما

بر کودک بی مادرش

سرباز و یار و همسرش

در تنگِ فرزند تنی

چرخید و می گفتی همی

بر پور بی بی پور من

این آرزوی دور من

چون بنده جانبازی کند

بی باک، سربازی کند

بر پای جانی جان دهد

کی آب بی ایشان خورد

بوزرجمهر کاردان

دیدی چو گنجشک نهان

چون ماجرای گوهران

در دوره نوشین روان

آن بند بر گردن زده

چون برده گردانده شده

رستم که در بند آمده

از مهر مردم سوخته

آموزگار همنشین

آن بنده آنی که این
آموزد او را دانشی
یا پاسخ هر پرسشی
اخترشناسی، کیمیا
بیماری آوردن به جا
از هندسه تا جستجو
در نقشه های راستگو
خورشید کی پنهان شود
از او همه جوشان شود
در زیر آن بار گران
از گندم و خرما و نان
آن رستم بی خواب و خور
نانی درون آب و خور
بر رخش داد و راستی
کی نام و کامی خواستی
داده شهی شمشیر خود
بر دست او روز احُد
خویی ز خوی خویشتن

بر روی شمشیر کهن

بخشیدن دشمن بسی

بالاتر از کشتن بسی

مهر آور و بخشنده شو

آن مهربان را بنده شو

گفتا به جنگی تنگ رو

بی دانش و بیهوده گو

شمشیر زیبادَم تو را

گفتا نمی خواهم تو را

افکنده شد بر پای دد

افتاد و آن را بوسه زد

گفتا مسلمان می شوم

راه شما را می روم

آن بی دل و وابستگی

آن چهره پر خستگی

آن تیر بر پا دوخته

خسته نمازی دوخته

از کعبه زاییده شده

وز باد، نامیده شده

از مردم آسوده شده

شاداب فرسوده شده

سد گونه سنجیده شده

نانوای بی دیده شده

خیبر به دست او سپر

شاهان به پای او به در

آن لاله بشکفته سر

رزمنده بی بازدر

آهنگر و آهنگ ما

رنجیده رنجیده ها

آن اهرمن را بسته پر

وآن حمزه بی چرم و پر

از شیر یزدان حمزه تر

تهمورسی افسانه تر

آن دیو را سر کنده گر

سر را به مردم جلوه گر

در بدر و بسیاری چنان

در کوفه را گوری سِتان

بر آتش گردان شده

اندر هوا پران شده

تا راهی گیهان شده

در گیتی دیوان شده

دیوانه را چون دیو کش

دید آن جوان یک روز خوش

از اهرمن فرزند کش

با یک ز دشمن چند کش

در مردمان شادان و خوش

پیوسته می خندان و خوش

بر او سه خرده گفته بد

نادان کوته بین به رد

گفتند می خندی چرا

دانی تو خوش رویی روا

از بام کارت کار ما

کو شیوه بسیار ما

اندر نماز و در نما

کندن ز کار مردما

هر دم به کاری می رسی

کار کسی دلواپسی

کی کار رستاخیز را

آن روز ترس انگیز را

دلدل سوار شاه ما

کهنه سوار راه ما

گفتا که خفتن گور را

از تنگدستی به، بسا

می جویمش در دشت تب

می خواهم او را من ز شب

وز بستر دورا چهل

خنجرگزاران خجل

از نهروان پنجاه ده

تازی زدن بر پشت مَه

گفتا که من دارم سپه

گفتا تو هم مانند که

چون می خوری تازی خوری

تا کودکی بازی خوری

افیون بنوشی تازیان

آزار کوشی تازیان

چون می خوری فریاد کش

در شهر گردی بدکنش

آزار داری تازیان

در کوچه خواری تازیان

ما را به تو کاری نبُد

در خانه می خوردی چه شد

چون کم فروشی تازیان

افزون بدوشی تازیان

چون رهزنی دستت برم

مستی کنی مستت برم

دارا و بی شرمی و هم

پتیاره ای چوبت زنم

بی خانه ای جایت دهم

آواره ای بر سر نهم

بی نان شدی نانی مرا

مهمان شدی جانی مرا

زخمی شدی در راه او نادیده مهمانی مرا

خواندن بیاموزی اگر ناخوانده بر خوانی مرا

شمشیر ابراهیم بر

زینش درخشد چون گهر

آن دلبر ایرانیان
قرآن بر قرآنیان
آموزگار این و آن
در هرچه آموزی نشان
سرباز جاویدان او
ماه دلیرستان او
آن خسته روی خسته دوش خسته پا
آن رستگار از مردمان بی خدا
رند شمارشگر درون کوزه ها
داننده کم و زیاد خانه ها
هندسه دان، دیبانگار نقشه ها
شاه خردمند گروه شبرو یاری گر بیچاره ها شبگیرهای کوچه ها
بر پیکر جان و برادر ایستاده پارسا
او بر نماز و جای دیگر مردمانی بر نوا با کینه های آریا
خون، مادر امیدِ ما در جامه سبز رها
اسلام هوشنگی کیا کیش دساتیری نیا
آن کودک بی مادر گوشه نشین کم نوا
دیدی که سربازی چه سان او را نمودی ایلیا
وآن مادر امید را امید و دلداری نما

ام البنین را خوانده مام کودکان فاطما

جانم علی مرتضی آن ایلی و آن هیدارا

سرباز جان برکف، سروش رهنما

فرمانده سرباز جاویدان علی، تازی؛ ولی

هر پیشوا را پیشوا و رهبر هامان علی، فرمان علی

گیهان کیان واپسین، افزون تر از گیهان علی

یزدان یکتا را ستایش خوان علی

فریادگو می گردد و بیداد کو می گوید و شمشیر می چرخاند و هُو

دستار بر می دارد و دشمن به خود می خواند و یاهُوی می فرماید و هُو

خورشید، بر سنگ آمده

کوه احُد از چار تن از آتش چشم علی، خشم علی، بر چنگ و بر تنگ آمده

سد زخم از جنگ آمده

جا بر برادر داده و واپس ز اِسپاهی خَسو دارو و اورنگ آمده

آن شاه شاهان شه شاهان علی

آن آدم بی یک کژی سردار سربازان و جانبازان علی، ماهان علی

بر سنگ بیژن از همه هرگز تکانی نامدی یا باهم و یا یک یکی

هر پهلوانی هم که نه هر مرد جنگی آمدی پنهان کزو شد زندگی

آن چاه را رستم نبُد

سام یل و نیرم نبُد

یاران بر پیمان نبُد

گیوی ز گودرزان نبُد

دیری که در توران نبُد

سنگی که از اکوان نبُد

برکند و آب باستان

چاهو و سیر اباستان

کان حیدر کرار ما

از چاه چشم زار ما

سردار ما سالار ما آن میثم تمار ما

منصور سر بر دار ما مقداد ما عمار ما

اندر ره اِستاده سوار

برخیز تا باشی هزار

سرباز باید بردبار

با درد و افسوست چه کار

برخیز با بابک بیا

با پیرو مزدک بیا

مختار یا مسلم بیا

سَنباد بومسلم بیا

با کوروش و کاوه بیا

با رستم و گودرز و آرش، پهلوانانه بیا

با برزن و بهدیس و سورینا بیا

با خیزش و خونخوا بیا

میهن پرست کشور ایلا بیا

جانم علی باز آ بیا

ای آپ و آتژ خاگ و چار، زروان و هم آخشج چهار، جرجیس نامیرا بیا

چاره، چلیپا، سامسار، گردون مهر بازگشت بی شمار، فرمانده، سربازا بیا

پناهم به یزدان ز خواهان بد "به نام خداوند جان و خرد"

نبردِ ما

من کیم، سرباز او، سرباز اویم دوستان

همدلان، همسنگران، هَمپوستان

تا توان سربازی قرآن کنم

این جهان را یکسره ایران کنم

کو که بی جان است پاسی بان کنم

او که گریان است شادی خوان کنم

هرکجا ویران چنان آزاد و آبادان کنم

هرکه سرگردان بود شادان کنم

دست بی دستان مگر دستان کنم

داستان دست گیران جهان، دیوان کنم
هرکجا از خوبی خوبان نوایی ران کنم
هر سخن بهتر بود اندر بزرگی های آنان، آن کنم
پیشکش این زندگی بر درگه یزدان کنم
ناله ای در پیش او از سختی زندان کنم
جان من ای خوش که از بلوای رنجیدن گزشت
سد سپاسم مُرقک سرباز بر آتش نشست
ورزش و خندیدن و خوابیدنم
خوردن و پرهیز و از خود دیدنم
یکسره دلدادگی و مهر او
هر دم اندر این نبردم، کام جو
فلسفه راه خدا باشد همین
از خرد کیش علی گردید این
راه سربازی نه راهی هست نو
در سر سربازها هم نیست دو
هفت گیتی را پُر از دنباله رو
مردم ایران همیشه پیشرو
من چه گویم چار نامردم به تو
پاسخ آزار نامردم به تو

نادَمی مقزش شود مانند اندیشیدنش

مُهر یزدانی چنین کوبیده شد بر باورش، بر دامنش

هم که چون کردار می گردد تنش

پیر و بُرنا و مَه و مرد و زنش

چون دگرگون می شود مقزی به پندار و سخن

نامه های باستان بیند کهن، زر بسنجد چون بدن

از فراموشی خون ها دمِ زند

هرچه دم مانند باد زم زند

یا که رو گرداند از گفتار تو

یا که می خندد به هر رفتار تو

نیست این ها تازه اندر جنگ تو

هرچه اهریمن کند آهنگ تو

دل بده، سرباز شو، باکی مکن

هوش را آلوده و خاکی مکن

ای که بیداری و هشیاری تو را

وی که از سرباز خودداری تو را

پناهم به یزدان ز خواهان بد "به نام خداوند جان و خرد"

وی پرستان

کرم آدم نمای پست کجا و خداپرست کجا

خوش ناخورده مست کجا و نواپرست کجا

دیو بر کار بَست و جست کجا و رهاپرست کجا

نیو در کارزار رست کجا نارواپرست کجا

زن افسونگر پلشت کجا زیر پا بهَشت کجا

شیر بی یال و دست کجا و هژبر دشت کجا

گل و گلزار راز کجا مار کینه ساز کجا

گلشن ناز کجا و زبان باز کجا

سر با هوش، در فرود و در فراز کجا سر بی نماز کجا

شکم چاره ساز کجا دل در سوز و در گداز کجا

گیسوی ریس ریس یار کجا گیس در این و آن دیار کجا

دم پاییز خاکسار کجا و بهار کجا

خفتن بی امید کجا خیزش و رهید کجا

سرخ چون شمبلید کجا سبز نارسید کجا

دل پیوسته جنگ کجا مهر بی درنگ کجا

پرچم ناوک سه رنگ کجا دستمال سپید ننگ کجا

هوش شاهین تیزچنگ کجا خِرد تیره بال لنگ کجا

ماهی چنگ تانگ تنگ کجا هفت دریا نویدن نهنگ کجا

زیب پروانه قشنگ کجا کرم زیر سنگ کجا

مُرقدل مردمان منگ کجا ببر بی باک و هم زرنگ کجا

کهتَر خُرد کی پرست کجا شاه آزاد نی پرست کجا

سوز و افسوس کی پرست کجا روز و فانوس نی پرست کجا

پیر پرشور می پرست کجا دیر رنجور دیٔ پرست کجا

پیه و پتیارگی پرست کجا کهنه سربازِ وی پرست کجا

کشتن دیو پست کجا دست دست بر روی دست کجا

سردگویی و گرم آزاری، یکسره بد است کجا کنجکاوی به هرچه هست کجا

فاطمه و علی نشست کجا دوزخ شکست کجا

شیعهِ سرخ و رست کجا جامهِ تار و زار و بست کجا

داد سرباز داد کجا خودپسند وٕ باد کجا

تبر خشم بامشاد کجا خواب بامداد کجا

"به نام خداوند جان و خرد"   پناهم به یزدان ز خواهان بد

مزدک

دو راه و گزینش، دو گونه کار

دو چهره و گویش دو بینش و بار

یکی که جان تو را جاودانه می سازد

تن تو را به در از خاک و خانه می سازد

نپوسی و نخورد مور پیکر و کفنت

ز هرچه خسته بود خوب می شود بدنت

همه به گور تن دانه ات جوانه زند

به شادمانی تو آسمان ترانه زند

اگرچه زندگی و مرگ تو خدایی بود

فراتر از آهنگ خودستایی بود

چنان ز خدا و ز خود شوی خشنود

که واپس از تو توگویی یکی میانه نبود

چنان به خوبی و خوشی و راستی هر دو جهان

شوی انوشه مستی، همیشه میان

که زندگانی تو آزمون زنده شود

به دیدهِ خود تو، هرکه با تو سنجه شود

یکی بود این ره، دگر، زه گیتی

چشم بربستن و کژی، پستی

در جوانیش، هزار گونه گنه

در تب و تاب بی شماران ره

مست و دلداده هزاران مه

نیمه سرباز سَد هزاران شه

سی که بگزشت بیم پژمردن

بیم بیماری و یکی مردن

مار افسردگی فرو بردن

شهده و زهر را یکی خوردن

ناله هایی درون خنده زدن

دیو را سرسپرده، بنده شدن

هر دم و دم به دم به زیر شدن

با سخن های یاوه پیر شدن

پایکوبی و جشن های شگفت

پای دوران باد را نگرفت

راه نیکان کجا و پیرسران

چاه دیوان کجا و پورسران

دوزخ زندگی بی یزدان

پیری و زخم های سخت روان

آنکه یزدان ما نمی بیند

جان جانان ما نمی بیند

اینهمه بی کران نمی بیند

بیدلان، راستان نمی بیند

پرده و داستان نمی بیند

باور باستان نمی بیند

روز گردنکشان نمی بیند

زشت بی ارزشان نمی بیند

خوبی جاودان نمی بیند

تا همیشه جوان نمی بیند

گریه کودکان نمی بیند

خیزش مزدکان نمی بیند

پرچم بابکان نمی بیند

پیری خردکان نمی بیند

دیو دیوان و اهرمن باشد

مای سرباز بی تو من باشد

راه سرباز فر و تن باشد

بی چَهِ راه و راهزن باشد

"به نام خداوند جان و خرد"   پناهم به یزدان ز خواهان بد

ایستاده مردگان

هزار هزار هزار گرسنه در آفریقا، شرم و شرم و شرم بر ما. وای بر منی که آزاد است و در دشوارترین دوران پایان دوران، ناتوان. ناتوان از کمک به کودکانی که در نیجر به دست مادران خودشان به پندار جادوگری سوزانده می شوند، گویند اهریمنانند و نه فرشتگان! ناتوان از کمک به مردم سومالی لند که با چشمه اشک خود را سیراب می کنند و هنوز ایستاده اند و به خدا سوگند تا زمانی که سواری از ما به پا خیزد و دادشان بستاند ایستاده خواهند مرد و نخواهند شکست. ناتوان از کمک به آن مسلمانان راستین و برادران و خواهران خونین و

دیرین. پتیاره های زرین مو و زنان جادو و تازه اهریمنان خوش آب و رنگ پیکارجو بر چهره فرشی سرخ با چکیده خون گرسنگان آفریقا و دیگر سیه روزان و تیره بختان نگون و رهی یکپارچه گلگون، مستانه چون گرازان انگور خورده گام می زنند و به کژی روان و ستم روا بر کودکی خویش و آنکه نباید می کرده اند و چندی کرده اند و می توانسته اند نکنند دیوانه وار می بالند و می خندند، آنچنان که گویی شادمانند. ستم دیده و ستم کرده اند. از نونهالی و خردی بر سروده های پوچ و پایکوبی های اهریمنی و نه ترانه و شادمانه های یزدانی گماشته و شناخته شده اند و خود را شناخته اند و با چشمان پدران خویش دریده و بنده کام نامردمان گشته و دیگر هم نمی خواهند چیز دیگری باشند و یا با کودکان دیگر، دیگر کنند. بر گوش، ماس خاک آنان دارند که بر گوششان زنگ نیست، بر همه جامه هاشان یک رنگ نیست. ستمدیدگان کوچک از گرسنگی بر خود می پیچند و به مانند مترسکان کشتزاران ناآباد سری بزرگ و دست و پایی باریک چونان پیکر گل آفتابگردان بی جستجویی هرچند اندک و ارزان یافته اند، نادَمیَن هم در این میان می چرخند و می چرند و می بالند! هولناک ترین چهره که در همه جهان ها و روی و درون زمین ها و میان و برون آسمان های خدا و هر هفت گیهان می توان دید؛ کودک بادکرده سیاه و بی مو و زردرو که از گرسنگی بی مانندی خاک را چنان گاوآهن کند و کهنه آن پیردهقان بی پسر چنگ می زند تا شاید دانه ای بیش از گرسنگان دورادور خویش از درخت سوخته، سوزانده شده، خاک خشمگین بی هنر زیر سرش بچیند و با نگاهی از بالا و سراسر فرید به گرداگرد سیری ما می نگرد و شرمساری های بی ارزش را خشمگین تر می گردد و در درون، بی چند و چون سرخ تر می شود. بهراسید از او. بهراسید از ما. زنی از همان بوم و بر که او و پدران و مادرانش را بیش و پیش از همه چپاول کرده، تنگ در برش می گیرد و لقمه نانی را آلوده به همه نیرنگ های اهریمنی در کام او چون درفشی فرو می برد تا نه بمیرد و نه نیرو بگیرد. آنکه می خواهد به او نان دهد ای کاش و به راستی سامان می داد به نبودن خویش!

زنی که به کشورش، سرزمینی که نکرده مگر ستم و دوباره و هزارباره و همواره ستم همیشه می بالیده و می بالد و به پندار پوچ خود خون ستمدیدگان را به

درشتی با رهبران گهواره پلشت خویش از دستان ایشان و دامان مردمان و پیروانشان پاک می شوید و اشک و نه بی مهری که ستم را با خنده مردگان ایستاده. آوازه خوان نیمه برهنه می فرستند برای کمک به مردمان زلزله زده و سیل بُرده و گرسنه و مرده و نیمه زنده! وای بر اندیشه بیمارشان. شکم پارگانی که خود بیش از همه نیاز به کمک دارند، پای کوبندگان و دور ریزندگان بهره های خدادادی. بازیگرانی که بر نمایش بی شمار و خودنمایی های خوار و پس زمینه هایی تازه و ویژه و نمایی از رویدادهای خیره و یکباره و تکان دهنده اندیشیده و به سوی آرزوها و سرگرمی شگفت خویش پر گشوده اند. به درستی که آن ها هرچه باشند همه بازیگرانند، مگر شماری اندک. افسونگران نیکو روی زشت خو ز چه رو برای افسون گرسنگان بی جان آشفته روان آمده اند؟ که فرشته بپندارندشان؟ آن زن ها که چون گریه کنند از افسونی که بر چهره اندوده اند اشک هایشان سیاه و آلوده شود. آری اهریمن به کردار اهریمن است و شوربختی و امید بازیچه نیست. این چه بازی کودکانه ای است که هزار بار می توانند آنچنان که روزی ویران کردند و در نادانی و نادان پرستی نگاه داشتند و چشم به راه نابودی شدند، آباد کنند و بسازند. روزی برسد که به راستی بیچارگان را یاری رسد، به راستی روزی برسد که ابرهای آهنین دمنده ایرانیان بر فراز سرزمین سیاه به پرواز در آیند و پرچم ایران و ایرانی، چلیپای علی، که واپس از کاوه و درفش کاویانی و از همان روز یک، نشان و پرچم ما بود را بر بالاترین نگاه چشمان بینندگانی بی باک بی پروا برافراشته سازند. با دانش ایرانیان و تابش مهر یزدان، بارش باران مهربان بر مردمان آن سامان چنان سازد که آبادی بسیار پدیدار گردد و روشنایی های زرد و نارنجی از تنورهای وارونه زمین را بارور سازد. می بینم به چشم هوش راستگو و خداجو و نه خودگو و چاره جو که خرد پرورد و به ژرفای هر نیک نیکو برد، به راستی چنین شود و نادیده پیدا بود.

مردان سیاه با ردا و سربند سپید فریدونی به یاران پیشوا می پیوندند و روز به روز در آن روزگاران بر آنان که با شور به نماز ایران و ستایش قرآن می ایستند افزوده خواهد شد. فغانستان چون دیگران که از جان و تن ما با نیرنگ اهریمنان بریده و بیگانه شدند شتابان خواهد پیوست. بدانید، دانش کیمیا باز گردد و راز

مقطعه ها فهمیده شود و قرآن همه چیز را آشکار سازد. پس از خیزش نخست، با راهبری او که پسر قرآن است و اوستا، فرزند فرزندان بی همانند پور دخت سیاوش و پور حسین ابراهیم، به خواه شاه آدمیان و آفریدگار آشکار و نهان و پروردگار جان، گلستان نو از جهان کهن خواهیم رویانید و دگردیسی بزرگ را خواهیم زید. پس از بازگشت زندگانی چون کوروش و مسیح و فرزندان او و یوحنا و یکی شدن جهان به شاهی ایران، در سومین خیزش علی به همدوشی دیگر جاویدان ها باز خواهد گشت و ما پولادین گروه سربازان جاویدان، همه هامان، علی بان شویم. آنگاه جهان ها را با پرچم زمین و آدم، با پرچم خواست خدا می گشاییم. سپس، یک کشتی از جاویدان ها که دم به دم علی دارند فرای سپهرها و سپهریان و داستان رستاخیز، به خواست خدا و آنگونه که در قرآن فرموده به سوی بودهای ناشناخته خواهند خرامید. به روزی که زمین ها و آسمان ها در هم پیچیده گشته اند. چه، بهشت ایشان نبرد در راه خداست. بهشت ایشان زدودن تاریکی است و برافراشتن پرچم سرخ و چلیپای علی است. بهشت ایشان آرام در گوشه ای نشستن و بهره بردن بی درنگ نمی تواند باشد که شرم دارند از خدا. زنده اند که در راه خدا خون دهند و گریه کنند و بخندند. سازندگی کنند، از خود بگزرند. به زمین باز خواهند گشت که کار ایشان با برپایی رستاخیز تازه آقاز خواهد شد و آفرینش اگر بدانید هنوز نوزادی است.

می توان میتان شد و هرچند میتان در زبان شهر من خود می رساند می توان

زر شود با کیمیا بس بی بها، وز سیاهان زن بجوید هر جوان در آن جهان

می توان میتان دوباره زاد و هامان نام میتان باد، هامان باد

می توان نیروی برتر بود و چونان باد، چونان باد

چون سیاهان را خوراک و خواب و آرامی رسد

پیکر بی تابشان تابان شود

مرد زیبایی شناس و رهبران سرشناس

آن سپیدان سپید همچو یاس

همدم و همسر بخواهندی سیاه

چون شدی روی سیاهان همچو ماه

زر شود هرچیز از یزدانیان

سر زند آوازه میتانیان

کیمیا هرچیز ما را زر کند

ترک و تازی، افغن و هندی، بربر و پاکی سپاه ما بود

مقز آن جوشیدن باور شویم

تا جهان های دگر بالا رویم

مهدی از آن پس بیاید با گروه

بازگشت خسرو و آرش ز کوه

رهبر سرباز جاویدان شود

از علی پرسیم و او گریان شود

شاه ایران نه که شاه جان شود

جان جانان همه ایران شود

زآن سپس آید علی تا اهرمن

ارتش از هر سو برآرد مارتن

بر زمین جنگی بسازد با دمی

در همه گیهان و گیتی ها همی

کشته با شمشیری از آتش شود
خامُش آن آواده آواره سرکش شود
یاورانش یک به یک در هرکجا
دستگیر و کشته و پا در هوا
گیتی و سرباز جاوید و علی
گوشه در نابود رستاخیز، زی
جان جانم جان جانم پیشوا
جان که من سرباز آن جان خدا

"به نام خداوند جان و خرد" پناهم به یزدان ز خواهان بد

آزادگی

زندگی می گزرد زود، دمی باکی نیست بینش نازک آزاده بی میهن را

مرگ، آشفته ترین خواب شماست نمک سُفره آزاده سرا

گرچه بر ریشه و کاشانه و سرمایه و گهواره خود می بالد

مردم خوب هرآن سامان را همه چون همدم و همسایه خود می داند

خاک از آن خداوند بود، او هرآن خاک زمین را پر از سبزی و زیبایی و روییدن و هم مردم آن را همگی شاددلان خوشه بران پیشه وران می خواهد

این سر و رآی و دل و اندیشه در سر هرچه توانگر باید، بر خداسوی و خداجوی و خداگوی چنین می شاید

با همه خویش بود از پدر و مادر خویش، آدم او را پدر و مادر او حوآ بود

مادرش پاک و پیمبر همسر، پدرش یکسره در کار خدا، چه گناهی به زمین کرد بگو، بخشش و مهر خدا را همه جا بودن او گویا بود

همه خوبان جهان را ز خود خویش بدان تک سخن آزاده، رود آزاده چنین است روان

همه کودک همه خردان و نهالان جهان را چو تن خویش بدان، دختر خویش بدان، پسر خویش بدان، بی گناهی که به هر جای جهان بر سر دار است جوان

بخشی از پیکر او سبزی و گلزار و درخت است و خرد

به چنین رای خردمند به هوشنگی و بیداری و هشیاری و شیرینی ژرفای سراپرده تالار نکودار نکوسار نکوبار نکویار نکوکار هم آوای هم اندیش، ز این تلخی دیدار بداندیش، برد

او شباهنگ بود شب بر او افسر و اورنگ بود همه گون یکسره با دیو درون، پرچم زار نگون، مار زبون، خواه اهریمن در گوشت و خون، خون دل خورده و همسنگر هر بی سر بی یاور دلخون نوان، بی زر و نان، بی بر و جان، تیره روان، خرد و کلان، خوندل خون به دل خون به دلان، خو نِگه نا به هرآنجا نگر نانگران، با جریان، آب روان، باد وزان، شاد دوان، بیدل و بی دودلی، بی ز یکی خوبی خوبان زدگی، سوگ و درجا زدگی، بی دمی از دل و از دامن یزدان شدگی در شدن و جنگ بود

او چو برگ گل لاله است هنوز، همهِ جان و روانش کودک، به شب آوای کبوتر دارد، همه جا و همه رو با همه کس در همه کار و همه گو یکدل یکرنگ بود

نوجوان را به سر و دوش نهد، گوش دهد آن همه بی پروایی

کودکان را چو یکی بنده بی پایه شاهان که شهنشاه ببینند به پابوس رود، مگر این راه رود راست بگو چاره نجو بَرده با تودهِ دل مرده پژمرده افسرده واخورده

پیوسته به شرمنده ناآگاهی، که تو خود چون دگران، آدمیان، بر همه چیز همگان دانایی

نامِ آزاده بلند است به بی آزاری، بندگی هشیاری، چه کسی ترس ز دست و ز زبانش دارد مگر آنی که کسی، بی گنهی ترس ز دست و ز زبانش دارد

همه آهی که ندیدی به نسیم، همه ماهی که نبینی به هزاران دریا، همه گسترده گلیم، همه کس تا به جهان های دگر نالان است از ستمگر همه کس در کردار به خدا آمده و گریان است، ناخوشی دیده ز هر بر ستمی تا بود پیکر یکپاره و همبسته دمی، کینه از کرده و از نام و نشانش دارد دیده بر خم شدن جان گرانش دارد، خشم آزاده و سرباز به جانش دارد

"به نام خداوند جان و خرد"   پناهم به یزدان ز خواهان بد

جانباز

شرمساری خانه ما بود و رفت

روسیاهی کوچه ما بود و رفت

اشکِ خون دُردانه ما بود و رفت

گریه چون دلداده ما بود و رفت

بی نوایی چشمه ما بود و رفت

گوشه گیری گوشه ما بود و رفت

ناتوانی واژه ما بود و رفت

بی زبانی قنچه ما بود و رفت

روز پیروزی رسید و روز نو

بامدادانی دمید و خیز نو

فر یزدانی در این نوروز نو

مهر سوزانی کند شب سوز نو

کار ما بر کام و کام ما به کار

پیک نوروز و فراخوان بهار

مهربانی آمد و مهراوژنی

جنبشی جوشیده از جنبیدنی

گاه جان بازیدن آزادگان

گاه دندان کندن درندگان

گاه پرواز به سوی آسمان

زیر و رو گرداندن سدها جهان

گاه اهریمن کشی و سروری

گاه یزدان گفتن و یاری گری

زود از این روز است، روز و روزگار

می شود آن گلشن بی مار و خار

زادروز این نخستین روز ما

مرگ ناامیدی هر باخدا

زنده جاوید و جاویدان شدن

زندگی را تا خدا مهمان شدن

مژده مژده ز آنکه نوروز آمده، سرباز و بهروز آمده

مژده آن بخت خدایی سر زده، ایلی و پیروز آمده

پناهم به یزدان ز خواهان بد   "به نام خداوند جان و خرد"

شهرَسپ

درد می باید که درمانی بود

سخت می خواهد که آسانی بود

آنکه بی درد است می گردد ز جان

وآنکه آسان است می ماند نهان

زنده باید تا که بی جانی بود

بی سری آید که سامانی بود

زندگی می جوشد از دیگ روان

بی سری نانی بیفزاید به نان

رنج بی تابی فراموشی بود

گنج دانایی به مدهوشی بود

آن فراموشی که جانان پرورد

مهر بی اندازه بی جان برد

آن نکوکاری که سربازی کند

هر نکواندیشه را جای آورد

آن سبکباری که بی باری بود

بس گرفتاری و بیماری بود

آنکه در گرداب بیکاری بود

همدم و همراه بیزاری بود

آبروداری خودآزاری که نیست

باخدا بودن به کم کاری که نیست

او که هم می گیرد و هم می دهد

کی دمی از مردم آزاری زند

هرکه دل از درگه یزدان کند

بودن و نابودنش یکسان شود

آن نمازی را که سدرنگی بود

میوه اش کوری و دلسنگی بود

او که از خشم خدا ترسان بود

یاد رستاخیز ناآسان بود

هرکه می پیچد به خود از درد تو

سرخ می خواهد بَروی زرد تو

نی به نیرنگ است و از اهریمن است

اینهمه از رنگ و رویش روشن است

روز و شب سربازخانه خانه اش

سرنگون گردیده شاه شانه اش

چُو که داناتر نمی آید ز او

پیرمرد رستگار راستگو

دست دیوان را برید از هر سه دوش

توده و بیگانه و قرآن فروش

تخت او بر دوش ما ای کاش باد

پای او بر چشم مایان فاش باد

پیکر لولیده اش بر ساج باد

روی او بر موی ایران تاج باد

بود دستور خدا دستور ما

ای خوش از آن بخت خوب دور ما

در حسنک های دستور بهشت

باقبان سربازتر از او نکشت

هرچه ما داریم از او گشت کشت

بر رخ خشکیده این دشت، کشت

در جهان دوران آزادی نوشت

با لب خشکیده آبادی نوشت

با تن چوبینه رستم زنده کرد

همچُنان شهرسپ، دیوان بنده کرد

از مصدق مهر یزدانی دمید

وز مصدق پشت اهریمان خمید

تخت بیماری او اورنگ شاه

چشم بگشایید سربازان به ماه

پناهم به یزدان ز خواهان بد   "به نام خداوند جان و خرد"

دادار

داد ما بستان تو ای دادار خوب دادگر

پرده ای آور دگر

روز ما می کن به مهر خود ز سر

جان ما آمد به سر

چون سلیمانی نمازم رفت در

خاور گیتی بگردان باختر

خیزشی نو می فکن در جان من

پایه های گنگ دژ درهم شکن

سایه ریمن به هر جایی بود

پر پیکان های ما چون مو شود

داد ما بستان کزین نوهمسران اهرمن

زآن زن جادو جمیله کرده تن، وز فروغ دیوزن

داد ما بستان تو از آموزگاران درشت

کودکان را کودکی کشتن به زندان درست

داد ما بستان تو از آزارگر همسایگان

زآنکه خوابش نیست ما را هم ببرد خواب و گِل کرده است آب و چون ندارد داد بر بیداد و آیین خدا در یاد باری این خمیر نارس و ناپخته گردانده است نان، آری آری نارسایی از همین و از همو از بی زبانی های او پرورده جان

داد ما بستان تو از اهریمن بی یاوری

بی کسی، بی همسری، بی باوری

داد ما را از نداری می ستان، دادار ما

پاک کن از هر بدی کردار ما

ما همه سرباز تو ای شاه ما

می پزیر این آرزوی جاه ما

از سپاس تو چه گوییم ای خدا

روی ما زرد و سیه نزد شما

هرچه سربازی و جانبازی کنیم

نزد مهر پاک تو بازی کنیم

ماسونی ها را خداوندا بسوز

داد ما باد آتش و گیهان فروز

سرخ کن ما را و با ما چاره کن

ایل سهیون را چو باد آواره کن

سفر یک یک سفر را آوازه کن

یک سه پنج پیش از آن را تازه کن

بگزر از من، بخششی یزدانه کن

گر گناه از هوش می جوشد مرا دیوانه کن

جان من بستان و باور را مسنج

زین یکی سرباز می بیند شکنج

پناهم به یزدان ز خواهان بد "به نام خداوند جان و خرد"

بی تابی

دردمند و رنجور، بی کس و رانده و وامانده و بازنده و رسوا شده پَرکنده و بیمار و خَم و بیچاره

بینوا یخ زده اندیشه و از خود شده و آواره

گرسنه خفتهِ پیچیده به خود، آبرو رفته بی همسایه

آشنای همه جا در بدن و خانه و در شهر خودت بیگانه

وای بر من اگر از یاد تو یک دم بشوم

وای بر من اگر از نزد تو جایی بروم

وای بر من اگر از خواب تو برخیزم پوچ

زخم اندوه تو را از دل خود تارم کوچ

وای بر من اگر اشکی که به خون است فراموشم زود

اگر از روی سراپا سیلی، خنده ای کوشم زود

دست در گردن بی یاد تو آویزم زود

وز همه دشمنی دشمن تو، کین بیدادگران، چون همه پرهیزم زود

وای بر من اگر از درد تو دردم همه در دم نرسد بی پایان

وای بر من اگر آسایش جان تو نسازم پیمان دست در آتش بی تاب نیازم آسان

من نه سرباز خدایم که کنم شادی کور

نه خدا را به من و ماست نیازی رنجور

او بخواهد که من و ما به هم آریم سپه

او که شاه است به هر روی بخواهد که به سربازی خود ویژه بخوانیمش شه

پناهم به یزدان ز خواهان بد "به نام خداوند جان و خرد"

دین

نوای شورانگیز چرخ رفتگر و سه و نیم نیمه شب

نوای لرزیدن کارگر، به هم چکیدن دندان و باد زمستان و ایستگاه و روزنامه همیشگی و پینه و چپیدن گوشه و گزیدن لب

سگ نیاید ز لانه اش بیرون تا خورد گوشت سراپا خون

کارگر آن گهان رود سر کار تازه با خواهش و دو دوش نگون

کارگرشاه و پهلوان دهقان

گفته این ها که نیز گویم آن

کارگر، کارگر، رنجه جاودان

سپاس ز تو ای به دوشت جهان

به بار خودت گو که کارت زیان

همه ساز و پویش ز تو شد روان جفادیدهِ گوژ خسته روان

ز خون تو اشک تو آورده ایم آب و نان

بجنگم به خونراه تو، تا توان

به خونت حسین است اندر نماز
و یاران از او تیر دارند باز
چو تو بود، آیین جانم علی
که کشته است سد دیو را مازنی
"بر این زادم و هم بر این بگزرم
چنان دان که خاک پی حیدرم"
تو او را به یاد منی راستی علی وار بر کار ما خاستی
تو کار خدایی، خداکاره ای، همه چیز ما را خدا خواستی
"هرآن کو هوای فریدون کند
دل از بند زهاک بیرون کند"
نگاهی از امروزش افزون کند
درودی به کاوه، به کاوان دلخون کند
چو آز است دربند تو سال سی
شود سیسد و وَر نبیند نمی
به خونی که از پینه دست تو
به آهی که از سینه خست تو
نوایی که لرزید از درد و رنج
فراموشی شهد و آرام و گنج
به هر روز آن آرزوی خروش
برآوردن داد و پرخاش گوش
به چشمان خون تو سوگند، من

نه سرباز باشم چو مویم چو دَن

که سرباز باشد که از خشم و کین

شود دور یک دم؟ و این است دین

پناهم به یزدان ز خواهان بد   "به نام خداوند جان و خرد"

تکتاز

من شب نیستم همیشه روشنم

باشد همی روشنی اندر دامنم

خوابی کجا باشد چنین بر خواه من

آبی کجا جوشد چنین از چاه تن

این روشنای سایه یزدان بود

زو هوش جان و جان و تن، من روان و روان من، زبان من و سخن سخن، هرآن
هراسان آسان بود، آن سان بود

تا می روم در روشنای سرورم

دلدار و دلکش یاورم، قرآن بالای سرم

یار دلارام و دلاور دلبرم

باری نگاری که نگاری ره بَرَم، واژه واژه رهبرم

من من منم تا من منم

من دارم اندر وامنم

من من منم دلداده من

تا من منم آزاده من

از فر شب بیداری و با هوش در قرآن شدن

فریاد بر ناداری و ناآگهی از هر بدی گردان شدن

از رسته گردان شدن چون پهلوانان کهن آواره ایران شدن

از گریه هر کودکی چون کودکی گریان شدن

از مهر مادر من منم

وز فر باور من منم

باری مرا شاید نماز هر دم و هر دم بود

باید مرا آرامشی و شورشی باهم بود

شاه و سپاه و ماه و راه و داورم

ناز بی ناز و دل و مهرآورم

بادا، یگانه، تا سرانجامم خدا

سینه پرخون است آرامم خدا

من برای او شکیبایی کنم

چون بفرماید که خودداری کنم

چون بفرموده است خونخواهی کنم

خودپرستی نه، خودآگاهی کنم

چون بفرموده است با گفتار هوش

باش چون آتش درخت بی خروش

سازم از هر برگ خود آواز داد

گیرم از بخشنده ای یک کوزه باد

سر کنم سربازیش را چون بهار

خاک ویران را بسازم سبزه زار

از سر این سر که ارزان می بُرند

لشگری روزی به گیهان می بَرند

پشت گردون خم شود روزی ز ما

نام سربازان جاویدان به پا

در پناه پرچم دلداده ها

سبز گردد سرخی آلاله ها

با نماز و روزه شب زنده دار

شور بی آزاری پرهیزکار

گریه شب خیز شاداب و جوان

خنده یادآور روز خزان

ترس رستاخیز را ترسان شده

بر فراموشی پریشانی زده

پیکر در کار ورزش روز و شب

او که از ناداوری می کرده تب، می خسته لب

پویش پوینده آیین و کیش

آن خردمند سراپا جای نیش، ریش کی روید ز روی ریش ریش!

تابش امیدوار و پندگو

دانش روشنگران چاره جو

گویش گویندگان راستی

هرکه دشمن با کژی و کاستی

رسم آن یادآور خوبی کس

از بدی دادی به روز داد پَس

سبزی اندرز مادر یا پدر

بی سری نوجوانان پسر

پاکی دامان مهگل دختران

هرکه پیمان نشکند از همسران

خون بر رخساره یک کارگر

آفرینش های رند کوزه گر

از ادب برخاستن بر پیر و خرد

بینش در هر دو گیتی راهبرد

با نماز هرکه خوابید و نمرد

او که خاموش است تا هنگام خود

کو که از بشنیدن سرباز هم

موی بر تن سیخ بازد، باز هم

از منش های هخا تا اشک هم

وز قزلباش تبر بر ترک هم

هرکسی در راه ایران جان بداد

پاک بر سربازی یزدان بداد

هر مَهی یک چکه خون بر آبیاری خداسامان بداد

پای اندر آبرو، بی گو نهاد

بوده ترکی تازتر از ترک و تاز خاک ایران گر بدانی این فراز

اوست، تکتاز و خدابنده نواز

چشم دل بگشا که سربازان یک اند

کاوه و بومسلم و هامان یک اند

چونکه بالاتر نباشد از علی

شاه ایران است و راه زندگی

خاک ایران خاک پیمان شماست

چاکر این خاک سرباز خداست

پناهم به یزدان ز خواهان بد "به نام خداوند جان و خرد"

دوتار

آفریدگار زیبانگار، آوردگار پروردگار، کردگار نگاهدار، کننده کار، کردار هر کردار، رفتار بی گفتار، پندار بیدار، سربدار بی دار، سالار دادار، سردمدار، جلودار، پیشتاز و پرچمدار، پدیدار، نمودار، دیرینه هوادار، رویینه پهلوان همه

دیار، همدوش کارزار، دوست سزاوار، دوست ترین دوستدار، یار بی یاور و یار، دلدار بسیار، مهربان مهرآوار، خوددار، خوددار، خدای بی شمار، درست درستکار، نیکوی نیکودار، نماز گل و خار، روزی ده روزه خوار، پیروز روزگار، همراز رازدار، از همه برخوردار، رستاخیز روز ناچار، زر بازار، نسیم بهار، چشمه خوشگوار، دارای همه دار، دانای همه بار، زندگی دوبار، دیدار ارزشبار، تبار بی تبار، شهنشاه بی دربار، انوشه همیشه بار، درخت پربار، خشم آتشبار، ابر باران بار، گلاب گلبار، گلزار گلسار، گل بی خار، نگار بی نگار، گره گشای گرفتار، دستگیر بی گلایه گلایه دار، دل یگانه سازگار سازشکار، ستمکار را وانگهی در گریز شکار، هرآن دست در کار، ره رهسپار، راه و راهکار، در ره و رهدار، رهنمای بیدل وار، دانش آموزگار، هوش هوشیار، مردم دار و مردم مدار، خشم نامردم خوار، پزشک بیمار، مهر پایدار، بازدارنده بی بازدار، گوینده استوار، شنونده شنودار، بیننده پرده دار، بخشنده امیدوار، گستراننده زمین هموار، فروریزنده باران شیرین شیرین کار، بوم را سایه سار ابروار، برافرازنده کوه لرزه نگار، آرامش شب تار، پشتکار شب بیدار، درمان درمانده و بیمار، کیش شاهانه شب خیزی و قرآن شب زنده دار، دادگر خویشتن دار، خردپرور خردمند بی آزار، پروای پرهیزکار، بهره بخش دانه کار، رَستن رستگار، رُستن گندمزار، نواخیز دوتار، خداوندگار، خداوندگار. که خوش تر بفرمود آن پیر آموزگار:

"مشنو ای دوست که غیر از تو مرا یاری هست

یا شب و روز بجز فکر توام کاری هست"

پناهم به یزدان ز خواهان بد   "به نام خداوند جان و خرد"

الموت

دیلمان، قرآن درود می فرستدت ای سرزمین جنگ

ژوبین خفته روی سپرهای رنگ رنگ
خاک بهادران زره بسته روی ترگ
اسپان بادپا و سواران نام و ننگ
زنهار و باژ و پشیمان کجا و تو
شمشیر تازی و یورش و زور کیش نو
سیسد گزشت و به شمشیر تازیان
اسلام زور نیامد تو را به خوان
قزوین نشیمن تازی بُد آن گهان
هر روز لشگری بشد از آن به دیلمان
مینودرش بخوانده به نیرنگ زیرکی
گفتا که گفته پیمبر چنین یکی
تا تاب آورد، نگریزد عرب ز آن
جُستانیان نهراساندش ز جان
کو بس که مرگ را بدیده به کوهاستان تو
الموت نام کرده تو و داستان تو
گژپین بود گواه تو ای خاک پر هنر
یکتا یکی شد از آن سوی تو به فر
آری سپاه خدا، لشگر امیر
آمد به خاک تو با نیزه های زیر

مرز تو را ننمودند زیر و رو

بی باک آمدند و نشاندند گفتگو

در دل تو را فتاد پریشان مهر او

بوم تو را نوشت سرای خداپژو

قزوین نشسته و چندی سپس به راه

ماندند در نشیمن جنگی سران سه ماه

زین رو چو روزگار ستم سویت آمدند

بر خوان تو علویان خودی بُدند

ساسانیان و هزاران شه بزرگ

خفتند پشت در خانه ات چو گرگ

هرگز کسی نتوانست در شدن

با دیلمی بمُردن و با دیلمی سخن

با دیلمی یکی شدن و کیش دیگری

آوردن و بنشاندن به هر سری

مهر علی و تن خسته خسته اش

آن کیش پهلوانی پرشور زنده اش

آن پیکر همه جا دیلمان شده

چون پاره های ابر دل آسمان شده

پیکار و هرچه کرده همه داستان، به ز گه باستان شده

چون رودهای تو به تنش خون روان شده

دل را ز دست تو برد و مه تو شد

قرآن به دست تو افتاد و دل سپرد

شایسته است لب شیر مردمان

قرآن ببوسد و ژوبین مرزبان

ای دیلمان، شور تپورستان و آزربایگان، تو پیرو راستینی

سرباز زیر پرچم "لا اِکراهَ فِی الدّینی"

جوینده بهترینی شایسته آفرینی یابنده آن و اینی

"وَ لا نُضیعُ اجرَ المُحسِنینی"

تو سربلندی نخستین شهر زمین به نام قزوینی

تو سر این اژدهای دهان گشوده آتشینی

تو بهترین سرباز شیعه و فاطمینی

تو آبرومندترین خاک سرخ زمینی

پناهم به یزدان ز خواهان بد　　　　"به نام خداوند جان و خرد"

پیروز

داستان چیست که ما اینهمه سرگردانیم

بری از روی چه رو بی سر و بی سامانیم

داستان نفت بود، بازگو کردن آن سخت بود

داستان میهن و این دامن زربفت بود

گو بدانیم چرا یکسره در مستی هیچ

همه بازارگرانیم به وردستی هیچ

زآنکه بر اشک کسان سنگدلانیم

همه خواهان گشاده دلی و تنگدلانیم

به خم نقش و نشانیم و ندانیم و نخوانیم هنوز

شب فرهنگ و هنر را نشود این سان روز

گوهر خاکِ کجا راست بگو اینچون است

به کجا شبنم باران بهاری خون است

به کجا اینهمه سردار به خاکند به خاک

به کجا نیست چنین در سر بر داران باک

به کجا کوروش و چون رستم و گودرز بود، ارزش و اندرز بود

گر بود هم به همین دایره اش مرز بود، پیرو و دریافتن مقز بود

به کجا از علی و یار علی می پرسند

دل او بهتر از این خاک کجا می بردند

پاسخ این است که هرگز نبود در جایی

اینچنین آتش دورآوایی

دیده بگشودم و این دیده ندیدم ز چه رو

ز چه این کوردلی کیش من و زرگر و درویش دورو

ز همان رو که به جان آمده ای

تو ز خردی به خم بند گران آمده ای

هیچ آیا به تو آموزش هست

هیچ در کار تو انگیزش هست

هیچ در سال تو را کرده بی پوزش هست

در سر تو چه مگر باور افسانه بی کوشش و بی جوشش هست

تو کجا بوده ای و شادی و ورزش به کجا

تو کجا مانده ای و دانش و ارزش به کجا

تو به این آتش دورآوا هم

شده ای ناتن و بیگانه و بی شور و دژم

بی تب میهن خود یک دم اگر بودن بیش

مرگ بهتر بود از اینهمه فرسودن بیش

بی خدا یک دم اگر بودن بیش

پاک باید شدن از بودن خویش

تازیان بر تن تو گرچه به بازی زده شد

تازیان ورچه تو را برده نمودند به خود

هم کنون نیست تو را بند کمان، بند گمان

شدی آزاد تو از خواسته های دگران

تو نه زندانی پندار خودی، آزادی

ز همین دم تو دگر بیدل بادآبادی
کشور خویش نگر یکسره آبادان بود
همه در جنگ هزاران سده دیوان بود
چو شکست آمد و روییدن هفتاد نگار
رآی خوبان دگر افتاد ز کار
پاک مردان و زنان گنج نداران به دار
همه در خاک نمودند که روید به بهار
همه گنج است به این خاک ز فرهنگ و هنر
همه گرز است گران و همه ابروی کمان، تازه و تر
بس درفش است به این خاک به خواب
نیست در گرده مردان خدا دیگر تاب
همه آن ها که به پندار تو باشند شناس
همه از تو به گریزند و هراس
همه خواهند که خاموش و فراموش ببینند تو را
همه دیهیم جهان دشمن بدکوش ببینند تو را
همه دانند تو را چیست، تو را دانش نیست
چه بدانی که ز دانش به دو دستان تو چیست
داستان دگر افتاده به امروز تو را
نیست اهریمن پتیاره دیروز تو را

تو دگر مرد و دگر شیر زنی

تو دلارام دلاویز دلاهنگ زنی

تو نه در مهر خدا لاف زنی

تو نه سرباز مگر خویشتنی

هرچه بد کرده ای ای دوست به آبادی خود تاخته ای

هرچه سازی به چه نازی که به خود ساخته ای

آرزو یا کم و کمبود و نیازی به سر و دامن یزدان نبود

کام مینو نه به ناکرده کام و نه به ناکام رسد

آنکه در هر دو جهان پیروز است

همه در دایره گود جهان افروز است

همه خاکی بود این جان و تنش

همه زخمی دل و دست و بدنش

هرکجا هست به بهبودی و بهسازی هست

سنگرش هرچه و هر کار بود، بدنش هرکه و هرگونه و نایار، و یا یار بود،
هرچه دارد ز توان بر کف سربازی هست

پناهم به یزدان ز خواهان بد   "به نام خداوند جان و خرد"

نی برید

این زبان را باید از بنیان برید

یا که دل باید از این گیهان برید

جان خود را باید از جانان برید

یا تن از همخوابی دیوان برید

بانگ بی اندیشه بی نان برید

یا نوای تاز یا رحمان برید

باید از پیروزی و سامان برید

یا که پای دشمن از ایران برید

آرزوی شاهی خوبان برید

در درود این ره راهان برید

باید از ما و من و ایشان برید

یا ز هر نیکو و از نیکان برید

دست باید داد و یا دستان برید

وز امید یاری یاران برید

دیده از هشیاری نادان برید

یا سر دانای اهریمان برید

نوگهر بارید و چون باران برید

یا که پر از گرده گردان برید

این برید و یا که باید آن برید

وز یکی از این دو کار جان برید

از همه خوبی خود دامان برید

یا نگاه پست شرم آسان برید

چشم دل از خانه ویران برید

دانش و شوریدن یکسان برید

هوی یا مستانه مستان بر ایوان برید

یا ز هوش و سنجش و دیوان برید

ریسمان زندگی نالان برید

یا پشیمان گشت و آویزان برید

دل مگر از تازیان زال زندانبان برید

یا که بند بندوی زندان برید

آن دهان را باید از خوشخوان برید

یا به دادش، داد بیدادان برید

چون هژیری کرد و از مهمان برید

دل سپرد و چاره از این خوان برید

بی خدایی را چنان گریان برید

نی ز تاکستان و نخلستان برید

یا بریدن را ز خارستان برید

یا گل و گل بوته و بستان برید

باید از سربازی هامان برید

یا دل از خاک زم گلدان برید

پناهم به یزدان ز خواهان بد   "به نام خداوند جان و خرد"

دوازدهم پیشوا

امین پیامبر ما امیر رهبر ما

گواهر قرآن چو تاج بر سر ما

سخن نگفتن از پیشوا نه آسان است

همو که همدم کوروش به یاد ایران است

همو که خدا آفریده یاور ما

چنان پدر و مهربان برادر ما

همو که سخن راند از کیان کین

همه زبان بداند و گوید به هرچه لهجه سخن

به همره انجیل و همره تورات

درست اوستا و زند و وندی و گات

زبور و هرچه بود آسمانی و ارزش

به همره خود آورد، برای داد و دهش

نه داد کند بر کسی مگر به کیش خودش

نه زور کند باوری ز پیش خودش

نه شاه شود تا تو را به بند کشد

زبان کهنه شمشیر جای پند کشد
نه لشگر از این سو به سوی جنگ کشد
نه روی زمین را ز خون به رنگ کشد
آشنایان، آشنایی اش بسی آسان بود
چون درستی هرکجا یکسان بود
مرد دانشمند دانش پرور است
هم کنون اندر جهان دیگر است
از ابَختر رو به اختر می رود
وز ابراخگر به اخگر می رود
چون بود قرآن به هر خانه رواست
بودنش در هر کجا کار خداست
گرچه دیوان را نمی تابد دمی
گرچه نادان را چنین شاید همی
کیش ابراهیم، آیین خرد
در جهان با مهربانی پرورد
پرچم ایرانیان بالا برد
خانه سرباز را روشن کند
باورش ایران و ایرانی بود
کشورش ایران هامانی بود

آن علی زاده که سرباز علی

دست و رویش نِشَن کارگری

"آن سیه چُرده که شیرینی عالم با اوست

چشم می گون، لب خندان، دل خُرم با اوست"

تا آمدن علی بود رهبر ما، همسنگر ما

تا خیزش سومی شود باور ما، باور ناباور ما

یزدان تو نگهبان و نگهدارش باش

یاریگر راه تو بوَد، یارش باش

ای شاه زمین و آسمان ها بفرست

بر او و پدرهاش درودی به سرشت

در این گه و هرگاهِ هرآن گیتی هست

بر هرچه شمارشگری، که نیست به دست

تا هر شماره ای از هرچه زندگی باشد

هر آنچه که در هندسه یکی باشد

ای چشم، به تاری گیهان، تو چشم او می باش

ای گوش، به هیچ رهی گم نگردد او ای کاش

تو پایه و پیروزبخش او می باش

تو هر گه و هر گو و هر مگو می باش

که تا به زمین بازش آوری ای دوست

او و نیکان از زمین رفته، همه را استوار و ایراندوست

پس از این سال های دور گزار

گَه آرامشش دمی ای یار گاه اِستادِ بر دل پرگار

او بگوید علی و ما گرییم

فاطمه گوید و همه میریم

خانه فاطمه است خانه ما

این گران است روی گرده ما

اشک، سرباز چشم ما باشد

خنده مان بخش مردما باشد

ایلیا، پیشوای پیشوا باشد

دست ما کوته از بنا باشد

یار ما یک گلیم و یک تبر است

کهنه زنجیر، شال بر کمر است

نام سرباز نام خون بادا

دشمنش پست و سرنگون بادا

پناهم به یزدان ز خواهان بد   "به نام خداوند جان و خرد"

سیمرق

از گرد همه جانداران

در کار همه درکاران

تو سیاهی؟ نه نه، تو سپیدی؟ نه نه

تو نه سرخی؟ نه نه، تو نه زردی؟ نه نه

تو نهنگی؟ نه نه، تو هژبری؟ نه نه

تو نه پیلی؟ نه نه، تو نه ببری؟ نه نه

تو چه هستی؟ من سیمرقم

تو که هستی؟ من سیمرقم

تو چه خوانی؟ من سیمرقم

تو چه دانی؟ من سیمرقم

تو ز مردم؟ نه نه، تو پری وش؟ نه نه

تو هواجو؟ نه نه، تو زمین کش؟ نه نه

تو نه بانو؟ نه نه، تو نه مردی؟ نه نه

تو بزرگی؟ نه نه، تو نه خردی؟ نه نه

تو چه هستی؟ من سیمرقم

تو که هستی؟ من سیمرقم

تو چه خوانی؟ من سیمرقم

تو چه دانی؟ من سیمرقم

سی کشورم سی یاورم من سد هزاران لشگرم

پرواز روز دیگرم سرباز با بال و پرم

آن قیچی دشمن بُرم این هفت پیروزی منم

این من که با تو یک شدم نیکی و دلسوزی منم

من مالکم من بابکم مختار و آریوبرزنم

گودرز و سام و رستمم سرباز کیش و میهنم

تو چه هستی؟ من سیمرقم

تو که هستی؟ من سیمرقم

تو چه خوانی؟ من سیمرقم

تو چه دانی؟ من سیمرقم

ما دو با هم سیمرقیم، درود بر تو ای سیمرق؛ درود بر تو ای سیمرق

رو رو ای سیمرق، پیروز شو ای سیمرق؛ پیروز شو ای سیمرق

پناهم به یزدان ز خواهان بد   "به نام خداوند جان و خرد"

بازگشت

خون مادر خورده و هم شیر خام

بوده خون آشام و خرد نابکام

هم کنون یزدان بگوید کیستی

هم کنون پیمان بگوید چیستی

آب گندی بوده بی بوی گلاب

کودکی در تنگنای خورد و خواب

مانده ای بی دست و پا در چنگ مرگ

خفته کرمی پیله بسته روی برگ

شیرهِ جان می مکید و خون او

گوید اکنون مادرم نِی بُد نکو
بازی و بیهوده می کاهد سله
زندگان را مرده می خواهد همه
دلنشین می گوید از پندار پوچ
همنشین می جوید از بیکار پوچ
بازگشتی باید و پیمانه ای
از می ناب خدای خانه ای
سوی یزدان گشتن و آسایشی
زینهمه جنگیدن فرسایشی
روی یزدان نی چو روی ما بود
مهربانی خدا یکتا بود
هستی و بی دستی و آسودگی
مستی و بدمستی و بخشودگی
یکسره آیین او بخشندگی
شیوه دیرین او تابندگی
کیش او بخشیدن و مهرآوری
نام مهر بی شمارش داوری
اندک اندک تا خرامی سوی او
می شود پیدا ز هر سو روی او

چشم او بینا ز پشت کوهِ سنگ

سینه ات را می فشارد نرم و تنگ

کار او مهراوژنی و روشنی

کار ما شادی بر مهراوژنی

کار او دل بردن است و ناز و ناز

کار ما سرپرور و سرباز، باز

پناهم به یزدان ز خواهان بد   "به نام خداوند جان و خرد"

دساتیر

باید که یک کودک هم، گرسنه نباشد

باید که یک تن، رنجه نباشد

باید که یک بی خانه آواره نباشد

باید که یک زن، پتیاره نباشد

تک دختر رسوا شده هنگامه نباشد

یک پورسر ساده سر باده نباشد

باری پدر مدهوش و درمانده نباشد

باید که مادر، افتاده نباشد

باید یکی گمشده و دشمن و بیگانه نباشد

باید یکی کودک بیمار در این گردش گردونه رهامانده نباشد

باید یکی کور و کر و زاده نارس

یک خسته دوران و یکی بنده بی کس

همچون یکی اندر همه واخورده نباشد

یک رهرو بی قافله سرخورده نباشد

با کینه به کنجی، کسی افسرده نباشد

پیشه وری و کوشش و سختی کشی و کارگری یکسره بیگاری بیهوده نباشد

یک کارگر خسته دگر دَرهم و ژولیده نباشد

یک کشتگر ساده دل آزرده نباشد

یک مرد هنر رانده و شرمنده و دریوزه نباشد

میخانه دیروز نوانخانه نباشد

همواره بجنگیم که اینگونه نباشد

از گرد و نبید و گل زهرآگنه یک دانه نباشد

درد و ستم و گرسنه بازیچه نباشد دُردانه بی بازی و بی خنده نباشد

اندر همه هستی گزر گریه نباشد

در کار جهان کشتن پروانه نباشد

ایران خدا خفته افسانه نباشد

افسانه مردان خدا گپ زدن توده نباشد

وز درد و گله، نامهِ بر نامه نباشد

خون در رگ اهریمن دیوانه نباشد

اندر سر سرگشته دگر کینه نباشد

بر آینه دیده و دل پرده و زنگاره نباشد

سخت است و گران، ساده دلی ساده دلان ساده نباشد

بر ساز ستم ولوله زخمه نباشد

بر زخم دل و جان نمک خنده نباشد

باید که این ها بشود! چاره نباشد

تا سازش سرباز گرفتاری آزاده نباشد بی مایهِ بیراهه نباشد

دساتیر گران ما، دساتیر گران یا تازگوی آن اصول الدین، پایه آیین، زبانی هرکه باور دارد این ها را مسلمان است، مسلمانان! خدا فرموده در قرآن، بقره هم دگر بی جان، پوشیده نباشد

و هرکس کیش قرآن را به کار آرد بود مومن، ببسته با خدا پیمان، نماز و روزه می سازد، حجاب و پارسی خودپوش می دارد و آن ها را که می گویی به تازیشان فروع الدین به جای آرد، اگر خواهد اگر خواهد! نه چون فرمانبر زندان، بی پایه نباشد

دستور همین است پیچیده نباشد

باید که یکی گشت و یگان، رزم کنان، یک گوشه از این آتش خون گوشه این چادر چون دایره بی گوشه نباشد

ای پیشه وران پیشه وری پیشه نباشد

ورنه نه که آهنگری از کاوه نباشد، یکتا، سر سرباز خدا سایه نباشد

پناهم به یزدان ز خواهان بد "به نام خداوند جان و خرد"

ما یکی هستیم و یک خواهیم بود

از سپید برف تا چون شب سیاه تا بُن ناخن کبود

زرد چینی چون برادر با من است

کی نژادم با نژادی دشمن است

ژاپن و چین و کره در کیش ما همسنگرند

سرخ رو و تیره رو همسفره یکدیگرند

پوست سر سرخ بر، بر کیش ما از کف چو داد

تا که آتش چشمه زد در خانه اش بر چشم باد

کی روا دانست بیدادی به مو

کی بریده دل ز دلداری او

من همان تیره رخم در دار خون

آتشم سر تا به پا و واژگون

سوخته جان سیاهم در شبی

کودکم مرده شکم خالی پس از من با تبی

من همان چینی لخت بی سرم

دیده ام با چشم خود مرگ برهنه همسرم

زیر دندان سگانی ژاپنی زن شد یگانه دخترم

زآن سپس سر از تنش بُبریده و پرتاب کردندی برم

در کره آمریکی و روسی و چینی دیده ام
آنچه اندر خواب هم اکنون نبینی دیده ام
روسی ام در یورش نازی به خاک
کی شوم بَرده به استالین و بیگاری نمایم کاخ بی مانند او را سینه چاک
چون سگی نه سال چشمش مانده در راه منی
ژاپن از او اشک بر چشم است و اندر ایستگاهی چشم بر راه منی
کی توان زیبایی اش را دید با چشمی ز پی
کی بزرگی اش توان سنجید در این زندگی
من همان مو زرد رُخ سیمین باویرم که خود در کودکی
کودک از کف دادم و آموختم، مردانگی
کردم از خردی یهودی بندگی
گرچه، دانستم به اوج سادگی؛
راه هِرمان و فلوریان یکی
هیتلر، هیملر، رومل، با جان یکی
هم کنون بارانی از بمب است بر کاشانه ام
زیر و رو گردیده شهر و خانه ام
من یکی از آن یهودیان تلمودی چرک و پست و پوچ سرکشم
یک تَن از آن ده هزار آوارهِ در خیزش کولی کشم
چشم بر راهی شاهین می کشم

تا رهایی ام دهد از جور دوران کوروشم

هیتلرم ناپلاونم در دشمنی با چشم چپ

می کنم با ترس و خون سگ های هارش را ادپ

یا یهودی زاده ای هستم که نیرنگ یهود

پیش تر از هر کسی من را کهود کودکی و پاکی من را ربود

مادر و بابای من دشمن به من، بی تن به من

همچو بیگانه ندادی تن به من

شستشو دادند مقز ساده ام

مرده در من هر گزینش را توان، کودکان پاک را در چنگ دشمان، نزد خالی پوستان، دوستان! خورده روان، می بینم و اِستاده ام

دختری خون در میان پا، دوزده ساله ام

جان من سوزانده شد در یورش همسایه ام

در فلسطین همچو من بسیار آتش دیده است

کودک بسیار در آتش سگان را رایگان از دسته داراییان گردیده است

در عراقم دختری زیر سگی خونخوار و مست

کشته من را زآن سپس آن خون پرست

آمده یاری من جان برادر در میان

کشته شد در هشت سالی اش چرا ای چاره دان

من لهستانم! من لهستانم، آری من خود آن کشورم

کشوری بی یاور و بی لشگرم

در دو سویم گرگ و خرس و نیش دندان سگان

مردمم را کشته مارکس، زاد تلمود است استالین آشفته روان

هرچه از من کشته شد بر نام سَهیون گشته شد

هر لهستانی یهودی در شُمَر آوَرده شد

آنهمه بی نام گشتند و کس از بشمردن تن هایشان دم بر نزد

کس از آن دوران که بر ما رفت فریادی به جایی سر نزد

من لهستانم که آتش گشته مهمانش هزاران بارها

هرکه پخته بود در من کشته شد بر سینه دیوارها

بوسه هستم، هندویی همراه او

یک تن از میلیون کسم که کشته شد در راه او

کودکی باشم برهنه در کویر

دست ها خالی و چشمانم به زیر

پشت در پشتم به جنگی همرهِ گو آن یو

می زنم شمشیر تا پیروزی آیین شوو

نام زاپاتا به چشمم اشک جاری می کند

یاد او شب زنده داری مرا پیوسته یاری می کند

آید اندر یاد من آن پیکر بی گور او

یاد خرمدین بیفتم زین رو و آن واپسین آواز قو

یاد سربازان جاویدان مرا

زنده تا اکنون نگه داریده با خواه خدا

شب به شب قرآن آهنگین اگر کار من است

تا پگاه روز، همراه و نگهدار من است

ورد ایشان دم به دم آهنگ هشیار من است

خواب آن ها یاور پیوسته بیدار من است

گاو بنشسته ز اسماءُ المقدس باشد اندر کیش ما

ز دانشمند گمراهی، نباشد بیش اهریمن، به راه پیش ما

اینهمه سرباز جاویدند خفته هرکجا

از برادرها و خواهرهای خود سرباز وامانده جدا

بمب های شیمیایی، یادش است

ناله سربازها فریادش است

من چرا می لرزم یک مرد جنگ

می زند یکسر به گوش نازک سرباز، زنگ

پناهم به یزدان ز خواهان بد   "به نام خداوند جان و خرد"

خشم باورنگاه

سوار سپیدی سوار سپید، نشسته به روی زبانه سرخ

تبرزین رزمی به همیان و پا، نهاده به سوی میانه سرخ

تبرزین سیمین و خونین جگر

سوار سپید جَم بی سپر

اژودر به زیر و نگاهش به رو

شهابی که برگی بود سنگ او

به شاخ اژودر نشسته چو کوه

چنانی که بی مایه آید ستوه

درختی براندازد از اهرمن

که دیوان پُر اندازه کردند، تن

به افسار افسانه چنگ آوری

چنین شب شکار و چنین بی سری

کجا دیده آرام و رامشگری

کجا بوده اینگونه هر مهتری

نه بیهوش و مدهوش ای با خرد، کجا اژدها را کسی بو کند

تواند که با اژدها خو کند

کجا در یکی دیده ابرو کند

نگاهی که یکتا به او سو کند

نه چشمی که فردا ببیند درست

نه مرد و زنی که بماند درست

اگر تو علی را، نکاری به چَشم

اگر همچو سرباز نایی به خشم

دلنگ و دلنگ، بیدار شو! هشیار شو ای نیک پی، زنگی مستی می رسد

هر جا که زیبایی بود اهریمن آنجا می خزد

سرباز شو ای باخدا آن دیو جنگی خون خورد

سر برنتابد بر خوشی هر بوم کز او مو بود

آری آری، هرچه خواهی جور و خود برپا شود

ژرمن این بانوی زخمی چهره خوش سیما شود

جامه اش دیبا و فرش خانه اش گسترده تا دریا و تا دریا و تا دریا شود

ژاپن آن دست چپ ایران دوباره شیفته، از خودش بیخود به سوی آن زن زیبا شود

اژدها گربه شود، گربه ببر و ببر، سیمرقا شود

تا که دستار سپیدم بر سر است، تازیان را بانگ العنقا شود

دانش بالاتر از اندیش ما، با پری بر خوان سربازان دادارا شود

از پری بسیار سربازان به همرزمی پیکارا شود

مرگ و بیماری دگر افسانه شب ها شود

دورافتاده ترین سرباز هم پیدا شود

اژدر و مرد و تبر دارای کشتی ها شود

سرخ از سرباز، گیتی ها شود

پناهم به یزدان ز خواهان بد   "به نام خداوند جان و خرد"

شهد شیرین شقایق های شهر، شیره کاش و شنیداری شراب
شور شهرآشوب و شادیمان شب آتش شورنده و پشت شهاب
گردشی با شاید و باید به جوش دشت آهن را نمی نوشی سراب
دانش بی شرم و شیرینی ترش خیزش شب خیز گردیده خراب
دست ما رو گشته و شین می زند این زبان شور و شیرین از شتاب
گل که می خشکیده از شوری آب ریشه را پوشانده از چشم گلاب
شهروندی و گنه پیشه شدن، کیش بی کیشی و مدهوشی ناب
هرچه نابگزشته می بینی خوش است کی شنیدی بامشادان را ز خواب
پوششی از بام تا شام است و کوش تا برهنه مانی از این شیشه پوش
شیوه ای شایسته را کوشی و هوش تا بر این چشمه نشورانی خروش
شرم کن از شرمساری های خویش، هرچه دی نوشیده ای می باد نوش
هرچه می توشیده ای از می فروش آتش افکن در شبانگاه سروش
شورشی زاییده شد گر در شتاب، شاد و خوش از او مپیچان گوش هوش
هرکه خواهد شادی شوریدگان می شود از شادی ایشان انوش
آشکارا آشنایان را بکوش دشمنان را دشمنی بر دُشمری
هرکه آزارش بود بر شاخه ای درشکسته شوخ و کِشته شیونی، همکف اشموخ و دیوش بشمَری
خوشه اندیشه آن شب نشان خواهش و سازش نگیرد با منی

هشت و هشتادش چو هشتاد و نه اش یکسره در جوشش اهریمنی

خانه اش مرداب شهر دیدنی، کرم، شیر بیشه این منجلاب

لاشه ای خاموش بر دوش شما دود و درد و داد در گوش شما بودنش گشته فراموش شما شیوه یوگی شده جوش شما خانه ای از شیشه گویا روی آب، کوشش سرباز و این پر پیچ و تاب، یو و تاب؟

بسته بر رگبار زندانی و زندانبان خود، شورشی تا گشت در زندان خود، یو که شاه شیشه و شب سازی است

کرمشاهی که بپرورده است شوخ، کرمشاهی که بپرورده است شنگ، اندرون مقزها در بازی است

شورشی باید که شورش جا زند

آتشی در شوم این شب ها زند

یاعلی گویید ای شیرین و شیر

شاه سربازان نباشد سخت گیر

چشم تو گر بست مانی کور شب

شور شورستان شوریزا به لب

شادیت را خواست شادی می کنی، ورنه قرآن می نهی

موش باشی! شوم باشی از علی دل می کنی ورنه چون سرباز از شب می رهی

پناهم به یزدان ز خواهان بد "به نام خداوند جان و خرد"

پیمان

خدای من آن است زمین را آسمان را آفرید

چون سپهر پهنه این کهکشان را آفرید

خدای من آن است جان را آفرید

تا خِرد این همدم فرزانگان را آفرید

خدای من آن است جهان را آفرید

پای پیل و خار پای موریان را آفرید

خدای من آن است تا نان آفرید

یاری و همدردی و پیکار و پیمان آفرید

این همه سخت و گران را ساده و بی رنج و آسان آفرید

در سر ما آرزوی دیدن و افزودن دیروز میتان آفرید

پهلوانان فراوان، مرد میدان آفرید

داستان را راستان را ما و دیوان آفرید

خدای من آن است ایران آفرید

خدای من آن است قرآن آفرید

خدای من از هیچ، زروان آفرید

دست ما را دستگیر تنگدستان آفرید

چشم سربازان جاویدان قرآن آفرید

خشم جانبازان ایران را چو توفان آفرید

آن نویسنده که ما را از خم دفتر به سامان آفرید

با تبرزین های سیمینی به دامان آفرید، هامان آفرید

گرچه ما را سرور و خان آفرید

روزه را سرباز بر ما و نگهبان آفرید

پناهم به یزدان ز خواهان بد "به نام خداوند جان و خرد"

گیومرتا

ما را نبود دوستی دشمن آدم

باکی نبود هیچ ز پیکار دمادم

از اشجَر ملعونه خداوند بفرمود

وز گوهر گم گشته یکی پند بفرمود

از پیرسر و از همه فرزند و سپاهش

از رانده شدن، وز همه پستی و گناهش

از دشمنی اش با همه گون آدم خاکی

وز کور شدن بر سر هر خانه پاکی

از شورش بسیار بزرگی که به کار است

از یورش دیوان سترگی که به دار است

از آنهمه فرزند گنهکار پلیدی

اهریمن رانده، که ندارند امیدی

با نام یگانه همه آن ها بشناسند

اهریمنی از کرده آن ها بشناسند

با لشگر خونخوار و نواهای گنه کن

با دانش ویرانگر و اندیشه بی بُن

با یار زمینی و شب و مستی مردم

با دیو چو آدم، همه بی شاخ و سُم و دم

خون خورده ای ای دیو سراپای پلشتی

از خود شده ای با همه زشتی و درشتی

از خون سیاهان زمین موج بسازی

کز موج برآورده دوسَد فوج بسازی

از درد همان کشور یکرنگ خدایی

وز رنج هرآن کودک بیمار گدایی

بر خون خودی، خونگر و خونساز بسازی

هر دشنه به دستی به خود انباز بسازی

آری که تو را رامش و آرام به درد است

شادی تو رخساره بی خنده زرد است

سوگند به آتش که به آتش کشمت زود

گو هرکه تو را بنده بود پس بشود دود

در زیب زمین با همه انباز بُدی تو

تا کودک و هر داشته پاياز شدی تو

با اینهمه از بیشه ما شیر نگیری

گر شیر بگیری دم تکبیر نگیری

وز خیمه سنگین علی زیر نگیری

از ارتش جاوید یکی پیر نگیری

از پشت هریمن اگر افزوده هزاران

از خاک خدا شیعه بروید چو گواهان

از کشور ایران سپهی رو به چه آرد

از بیشه شیران وله ای سوی که شورد

وآن خاک که آن پیکر جاوید بدان است

ایران شود و بخشی از این خاک همان است

وآن روز که برخیزد از آرداک، مه ما

فرمانده ما، پیر ره ما

خودسازی ما کی به سر آید

سربازی نوفروهر آید سرخان چلیپا، پدر آید

پناهم به یزدان ز خواهان بد   "به نام خداوند جان و خرد"

خونباز

سربازی ما را نبود پایانی

هر کو که چنین نیست نگو ایرانی

پوشیده شد از خون سر و پای هستی
پستی و خودآزاری و جنگ و مستی
پتیاره پرستی و گریز از یزدان
زرد است ز دامان زمین تا پیشان
خون می خورد و تشنگی اش افزون تر
اهریمن تاایس و بخواهد خون تر
درمان ندهد هیچ که وارو سازد
بیماری بی چاره و دارو سازد
تا خواستهِ زندگی و مرگ تو را یو سازد
هر چیز که باید همه را او سازد
چون ایدز، هزاران چو بسازید سپس
همدرد شود با کس جانباخته کس
همدردی او در سخن آهنگین
چون پتک به مقز سر ما کوبد این
ای دیو سیه کار سکندر شوهر
ای آنکه به افسون تو افتاد سپر
پاسارگد ما که تو سوزاندی گرگ
آن بارگه و دِلگه شاهان بزرگ
آن جایگه دانش و آزادی را

وآن پرسپولیس همه آبادی را
آن پایگه سد تن جاویدان ها
تالار و ستون و گزر و ایوان ها
بر چشم تو خاری مگر از ایران بود
آیا کسی از کرده ما نالان بود
دریای ز خون کرده ای ای پتیاره
این خواستگه هرکه بود بر باره
هر کار توانی بکنی تا که مباد
بیدار شود ببر نشسته در ماد
باری که تو خود نیک بدانی شاهی
ما را برسد، ما، چه نخواهی خواهی
با خون که تو بر پا کنی ای بد گوهر
بازی بکنیم ای سپه بی کشور
پنجاه تن آورده ای اندر جادو
بر دوش یکایک زده ای چمبل و گو
با تک تکشان که شاهشان اهریمن
باشد که به سایه خفته اندر روشن
این را تو بگو که دستکی در سایه
سد سال پس از این همه را او چیده

برنامه و بس نقشه کشیده است، همه بازیچه

باشند به دستان یهودی زاده

وین رندک ناتو که نپاید با تو

این دسته یاران که نشاید با تو

گو یک یکشان بنده درگاه تواند

بی پایه اِستاده به دلخواه تواند

گو اینهمه آتشفشن و زلزله را

تا رانش و سیل و کمی باران ها

از تو همه این ها شده بر پا ای دیو

برهم زده ای چو آفرین های خدیو

هر کژدم آدمکش و هر تندرویی

از کیسه تو جسته و مانند تویی

ما را نرسد با تو به یک راه شدن

با یک تن پنجاه سر و شاه شدن

هر پوست که سرخ است بود شاه شما

در میهن آنان چه کنی بی پروا

کشتی تو هم آن ها و ببالید به آن

تل، پوست سر را به چه کردید نهان

بستی چو به توپ، شهر خود را شب و روز، از کشتی دوز

بر بند کشیده ای تو یاران دو روز

هر مرد سیاهی که به تاب است هنوز

آن میوه خونین درخت شب سوز

گوید که چه اهریمنی و آتشباز

هرچند به میدان تو ندیدی خونباز

هوش است به ما مردم قرآن سرباز

سرباز به بیداری هامان سرباز

پناهم به یزدان ز خواهان بد "به نام خداوند جان و خرد"

قرآن ایرانی

عرب گوید که تازی بوده پیغمبر، نمی دانی بدان ای دل که ایشان و همه خویشان و هم کیشان ز پیدایی آن دوران یکی آزادگان بودند و نام ایل و دامان و نژاد و گوهر آنان هماره بوده آزاده، قریش ای جان. ز فرزندان ابراهیم و ابراهیم کی تازی، عرب یا چیز دیگر بود و بر نامی مگر آزادگی ای دل. مهاجر نام تازی ساز آن ها بود در پیشینه اندیشه توده که در قرآن شده یادش درون داستان زمزم و آن مادر و فرزند. همه بر راه اسماعیل می بودند و تازی را بت و بتگر پرستی بود و مستی بود. ملخ خور مردمی بودند بی ریگی و بی کفشی که از خرما و از شیر شتر جان می گرفتندی به روزی خداوندی، به کیش کینه زهاک بودندی. بت جان را، بت پنهان شدگان را، سران پست دیوان را، سراسر می پرستیدند بر آیین زهاکی که دختر را به گور خاک می کردند در نوزادی و مردی بدانستند در بدمستی و شمشیر و زن بردن ز دشمن همچو اهریمن که در قرآن و شهنامه هماره یاد این ها هست. خدا می خواست آن ها را که با چشمان خود دیدند، علی و خاندانش را. گل آیین ابراهیم را با چندیزدانی و آیین های زشت بافته از خود

چنانی که به قرآن یاد آن بسیار گردیده بپژمردند هم آن ها. همه آزادگان هرگز مگر یکتاپرستی را چه در آن دوره نوشین روان و هم چه در دوران شاه ارتش پیلان و در هر سختی و میدان نیالودند بر اندیشه های خاکی افزوده بر آیین از آدم به تا امروز و تا پایان، بهار و سبز و جاویدان مگر چندی ز گمراهان، امویان، ستمکاران بیرون رفته از پیمان و هرگز تن نیاوردند زیر پرچم زوری، درفش کشور دوری. درفش دیگری هرگز به بالای سر آزادگان آمد، نیامد یک. نگویم نیست آزاده نژادان دگر گویم که نام خاندان و هم نشان و ایل پیقمبر همیشه بوده آزاده نه چیز دیگری ای دل و تازی چیز دیگر بود و از شاخ درخت دیگری روییذ و او را داستان دیگری باشد، عرب را روزگار باستان دیگری باشد که نام نیزه ور دارند در شهنامه از هنگامه جمشید جم یا پیش از آن گویا. و از پشت سیامک نام بردارند، از تاز بزرگ و تخمه فرواک. ابراهیم فرزند یکی فرزند از هم کشتیان نوح بود و شیعه او بود و نوح و نوحیان همدوره گِلشاه و فرزندان او بودند تا جمشید. ز فرزندان آن کشتی نشینان همچنانی که بفرموده است در قرآن به اِسراء و نخست آن بنی یعقوب فرزندان اسراییل و اسحاقی کسان هستند، و دیگر هم که با کشتی به ایران آمدند و یحیوی ها یادگار کوچ آنان اند از خشم خدا باری به سوی مهر او ای دل. و از آزادگان گویم شکم را سخت می بستند با شالی و یا چرمی کمربندی چو سربازان جان بر کف به هر جا و به هر کاری و هر کردی، به زیر هر ردا شلوار و جورابی و یا ساقی. عرب وارونه اینهاست، شکم را باز و با هر گام می لرزاند و شاد است! دویدن پیشکش در راه رفتن هم به دشواری بیفتد او ز آسانی بیش از بیش و این پوشش کجا و آن کجا ای دل. و هم آزادگان را رنگ سبز از ابتدا و رنگ های شاد چون ایرانیان پیوسته پوشش بود و ارزش بود، بام و شام ورزش بود و اندیشیدن و هوش و دل و آیین و کوشش بود، خروش و دادجویی و جوانمردی و دانش بود، کجا دیدی تو این ها را مگر ایران و با ایران و ایرانی دگر ای دل، نِگر ای دل. بَر و رو و بدن هم گونه ای دیگر که می دانی، دگر بود از عرب هر آنچه که می بود در آن ها به ویژه در بنی هاشم که از آزادگان و هر قریش دیگری بسیار هم آزاده تر بودند و فرزندی ابراهیم را زیبنده تر بودند. چنان ایرانیان در نیک گفتاری و اندر نیک پنداری و

نیکوکاری و تنگی دست و خویشتن داری و خودداری و پروا از شکم باری و
بیکاری. برو ماه بنی هاشم ببین و اینهمه باور کن و با راستی سر کن. ز این ها
بگزریم ای دل بدان قرآن چه می خواند چه می داند عرب ها را و با تندی چه
سان نادان ترین مردم بخواند آشکارا و به نادانی و گمراهی ز هر مردم بسی
شایسته تر داند، به چندین آیه و گوشه به ویژه سوره توبه چنان روشن چنین آید.
پَر سیمرق را بر سینه حمزه نگو بال شترمرق است یا آیین دیگر کشوری باشد
مگر ایران و ایرانی. گزشته زینهمه قرآن کجا تازی است؟ عربی الفصیح است آن
که این فرموده خود بسیار در هر گوشه اش قرآن که او تازی خاکی نیست. بدان
گفتار یزدانی زبانی ویژه یزدان بود آری که اینبارش به تازی گونه ای بر ما
نمایان ساخته رویی، کجا بنشسته در کویی و با او دیده ای سویی مگر سوی
خداجویی. به هوش و گوش باش و این گهر از دست خود مفکن، برای ماست.
چنان آنان مشو ای دل که آن انجیل آرامی یزدانی ز چشم ما نهان کردند یا تورات
عِبرانی یزدانی و یا آویستا را زیر و رو کردند. نه هرگز یک عرب مانند آن گفتن
تواند یا سخن گفته است قرآنی مگر از گوهر قرآن ز روخوانی و در قرآن چه
بسیار است این پیدا که هرگز آدم و پوینده دیگر کجا یک آیه مانندش تواند آوَرد،
چندی به دستور زبان آن سخن گوید و یا چیزی نگارد اندک و کوته و یا هرچند
هم بی ره. اگر تازی است این قرآن بیاید یک تن تازی و مانندش سخن گوید و یا
چندی هرآن بی مقز و از هر دست و واگویی، بدان دستور واگوید. خدایی باشد و
تازی و بازی و برای کدخدایی نیست این راه جهانی خدا ای دل. نژادی نیست از
او دلربا ای دل مگر آن ها که در پیمان و باور پایمرد و شیرزن باشند و از هر
جای و از هر میهن و هر خاندان و دست و تن باشند، از آزاده یا تازی و یا
ایرانی و هر کو و در هر کو. دگر ای دل نه دستور زبانی داشت این تازی، نه
بربستی و نه هرگز شمارش کردن بالاتر از سَد را. دَهش با سد یگانه بود و سد
هم با هزارش یک که دانشمند ایرانی برای آن زبان بربست و دستور زبان بنوشت
و زآن بی راهی و سردرگمی اعراب را آزاد گردانید، علی یک چیز دیگر بود!
بدان تازی امروز عرب تازی ایرانی است. آن تازی قرآنی که در گیتی نمی گنجد
و با آن کی سخن گفتن توان و چیزهای ساده و بیهوده را شایسته باشد گفتن و

سفتن. یگانه آدمی آمد که با دستور قرآنی سخن گفتی و می دانی، همان نوزاد میتانی که از کعبه برون آمد. نگویی این زبان از ریشه ما نیست، چلیپا را صلیب و واژه پیمان بخوانی ایمن و ایمان و مزگت مسجد و سلمان مسلمان و توانی جای پای پارسی را ای عرب پنهان کنی یا ریشه اش بی جان کنی؟ کو ریشه هرچه زبان باشد مگر چینی که از مهر دساتیر و اوستای خداوند من و تو در میان باشد، همان هایی که سوزاندند شاهانت. دگر از اینهمه بالاتر و برتر یکی باشد که می گویم؛ همانی که به ایران یورش آورد و همه ایران و ایرانی به ویرانی کشید و آن هزاران سال ما را پایکوبان کرد قرآن را همو در خانه زندان کرد و زندانی ایرانی و دانشمند ساسانی که او را کشت شیعی بود و آیا نه؟ بگو ای دل که قرآن را چه کس خانه نشین کرد و چه کس ایران ما را آنچنان ویران و افتان کرد، پیمبر را به یاری دو نازن کشت؟ چه کس تازی پرستی را و اسلام عرب سالار را راهی میدان کرد در شادی و سرمستی پژواک نوای کفش های پیروان خویشتن کز پشت سر ای دل و دانایان میهن کشت؟ چه سرداری شکست ایران، بگو پور چه کس پور علی را کشت ری خواهان، چه کس در نینوا خون کرد و بُد فرمانده دیوان؟ تو می دانی علی ایران بود آری و ایران هم علی باشد، نه ایران را مگر قرآن و قرآن را مگر ایران نگار و یاور و همسنگری باشد. علی آمد به ایران چون پس از سَد جنگ بی شمشیر و با قرآن، کجا شمشیر زد او بر سر ایران. هر آنجایی که شد آبادی و آب و بهاران با خودش آورد و قرآن با خودش آورد و دانایی و پویایی و دلدل شَه چنان شد نام او ای جان. عرب ما را نمی دانست چون شایسته قرآن و یزدان را برای خویشتن می خواست، ز دارایی خود پیوسته می انگاشت، ما را کی به قرآن آشنا می کرد. و همواره چنین می گفت چون دیوانگان با خود: مترس ای دل خدا از ماست، هر کاری بکن خواهی که بخشش از برای ماست. علی آمد و قرآن را به ما آموخت و کیش جوانمردی ایرانی و پندار اوستایی ما را زنده کرد و رفت، چون کوروش، همانجایی که سربازان جاویدان بدان گرد هم و در یک سپاه و دوش در دوش اند چون پولاد، سپاه مهر و پند و داد. اگر ما را چپاول کرده آن تازی و ایران را به ویرانی و سیسد سال و چندانی پشیمانی و خون ما مکید و رفت آیا این شود اسلام گستردن و یا کیشی که سازش

باشد و سازندگی یکباره آوردن که اکنون هم به گستاخی عرب می بالد از آن روزگارانش و این خشم خدا را سخت انگیزد، درفش دشمنی بر آسمان خیزد. چه چیزی هست از تازی که باشد خوب در این خوان ما ای دل که از قرآن یزدانی نباشد یا که از آن پیش ایرانی؟ بدانی هیچ. ما را کشت و سوزانید و قرآن پیمبر را علی آورد و از نو جان ما را ساخت با این کیش و این آیین از آقاز ایرانی که می دانی نماز و روزه و شب زنده داری و نماز شب، همین پوشش که تازه تازیش خواند حجاب و بر نگار تخت جمشید و به زردشتی زنان برپا همه از ما. مگر ایرانیان ای دل چه کس دانسته قرآن را، عرب روخوانی اش خوب است و از مقز و درون آن نمی داند، نمی خواهد بداند یا. اگر گرد آوری روزی هرآنچه دفتر و دیوان که اندر باره قرآن نگاریده شده ای دل سه چندان عرب ایرانیان را نام می یابی اگرچه در زبان تازی و ترکی. به ویژه ترکی دوران عثمانی که ایرانی همه ترکان چو بسیاری ز هندویان و رهجویان، مسلمان کرد با آیین دانش پروری و مهر و خودسازی و کی تازی. کجا دیوان ایرانی و دیوان عرب ای دل، کجا روخوانی قرآن و مقزش یافتن ای دل، کجا دانستن و از خود نوینی بافتن ای دل؟ کجا آن حافظ تازی کجا این حافظ پیر مُغان رند شیرازی. سراپایش همه باشد اشاره بر علی قرآن، و شهنامه است هم آن سان، بگو ای جان چه می خواند چه می خواهد چه می گوید عرب از آن. سراپایش بود ایرانی و ایرانیان را زیبد این پیقام و این هنگام. به دستورش مگر ایرانیان سرباز می یابی؟ چه کس در راه انجامش مگر ایرانیان آمد و یا دانسته راهش را. بود هدهد از آن و از برای رهرو درویش و هم آموزگاران را به پیرو دست همراهی و همدوشی و همکوشی و پیوستن، یکی گشتن، به خاک و خانه دل بستن. بنشیند کجا آموزگارانی مگر اندر کنار و همره شاگرد. بداند ارزش گوهر کجا داند کسی دیگر مگر یک گوهر دیگر که ایران اوستا را چنین مهر است با قرآن و هم قرآن چنین بنشسته در ایران، بر این کاشانه شیران، سرای مردم پیمان، میان میهن سی کشور هامان. عرب از ماست و آید به زیر پرچم قرآن اگر از کرده دیروز خود با ما و سوزانیدن دارایی و دانش بخواهد پوزش و کرنش کند بر ما، که می سوزانده هر چیزی مگر تازی، ز بنوشته، ز هر نامه، ز مردم یا ز فرهنگ و هنر ای دل که خونی دل. دگر

ددخویی و کشتار و هم پستی و ویرانکاری دیروز را با شادی و بالیدن امروز، ننامد دوره مردی و سالاری. هرآن چیزی مگر تازی بسوزانید از دفتر به دستور همانی که شکسته پهلوی مادر. گرم ایران ساسانی سرای اهرمن می بود ای تازی شما را با همه خردان و بیماران، زنان و بچه و پیران چه کاری بود و می دانی.
مگر کشتار کودک هم بود کاری که می دانم شما را کیش کودک کشتن و زن بردن و این هاست، اندر نینوا هم دیده ام هر آنچه را با خاک من کردید با فرزند و با یار علی کردید. گلوی کودک شش ماهه را با تیر از آب جوانمردی خود سیراب گرداندید، امامان من و ایران یکی باشند و دیدی دل، رسیدی دل. زنان و دختران و کودکان و یادگاران پیمبر را به مانند زنان و دختران و کودکان پاک ایرانی کِشان بردید و اینگونه علی و خاندان او یکی گشتند با ایران و اکنون گریه کن ای دل. از این هم بگزرم هرچند بسیاری سخن ماند، بگو آنکس که با قرآن بود دشمن چگونه می تواند دوستش باشد؟ چگونه می شود با خنده و شادی دساتیرش به زیر پا نهی و آشکارا را درون آن کنی پنهان و بر ایران و ایرانی و بر یزدان دروق و ناروا بندی و سلمان گردی و قرآنی و بی مهر سربازان جاویدان شوی در مینوی خوبان؟ ز خواب خوش بیا برخیز و با من خیز ای تازی، برادر باش با من تا تو را آسان کنم از درد بی دردی و از سیل سخن گفتن، بی یک دانهِ اشک و پریشانی همدردی، برای قدس و مانندی. امام هشتمم آمد به ایران رو بدان چندین تن اندر راه او یکتا برای چند چیزی را ز اسلام علی آموختن گردیده و روزی نشستند و نوشتند و بدانستند و هوشنگی ربودند و نیالودند ای تازی. گمان کردی تو ای دل شیعه شد ایران به این پهنا و گوناگونی مردم به یک دم با سپاه شاه عباسی و یا با شیوه تازی و یا شمشیر سربازی و آهنگ بقیع کردی؟ بدان ای دل که یاران علی زآن ابتدا با هر نژاد و گوهری ایرانی و از ما و با ما بوده و هردم به راه مردی و آزادگی خون داده و آری گواه این بود ایران و خاک سرخ دامانش، و نه مهر خدا با زور و با شمشیر اندر گوهری گردد. به هر خیزش که بر اعراب می شورید با ایرانیان بودند چون مختار و ابراهیم. یکی پرچم ز ایران بود، یکی پرچم ز یاران علی ای دل، یکی آزادی و آن دیگری آزادگی ای دل، یکی ای دل. علویان و ایرانی یکی بود و یکی باشد که خون هاشان به هم پیوست چون دیری

زمین را سرخ دامن کرد. علوی چون به خون خود زمین پاک ایران را، نهاد خاک ایران را، نهال و ریشگان و دانه های جان به در برده ز توفان زمستان را چو دهقانان به رنگ و آبیاری کرد، برابر گشت و باور شد، برادر شد. نبودی دو، به آسان یک شدی ای دل. کزآن آقاز ایرانی همو را برگزیدش زود، همی دانست با رندی علی چیز دگر باشد. خودِ قرآن بگوید این هزاران بار ای مردم، منم کیش خردمندان و آیین خردجویان، بگو پس کشوری دیگر که از ایران فراوان تر خردمند و پژوهشگر جهان را هدیه داده نام آن میهن بگو ای دل مگر ایران اگر این است پس ما را ز قرآن خدا هم بهره بسیارتر باشد. بدان ای دل که این قرآن ز آن روز نخست خود برای رهنمایی من و تو، از برای میهن ایران و ایرانی به این گیتی نوای آورده و از مهر ایرانی و ایرانی پسندان جهان ای دل. برای ما و من باشد بدان قرآن و پیقمبر و هرکه می کند باور همه گفتار ایشان را. امامان هم برای ما چه بی پروا خروشیدند بر آن ها که ما را پابرهنه می دواندندی به پیشانی لشگرها. گواه من بقیع و ترس اعراب است زآن دریای پیش از خیزش توفان چنان آرام. امامان گر عرب را می پسندیدند، چرا کاری نمی کردند کوچکتر ز کوچک هم که آن دوران اعرابی بماند دیرتر روزی و یا افزون کند چیزی. نباشد یک سخن زآن ها که گوید تازیان برتر ز دیگر مردمان باشند یا چونی چنین باری که این آموزه قرآن بود، آری. ز کژخوانی بی گوهر گهر از دست ما مفکن، تو این گنج گران را از گناه مفتی و تازی به پا مفکن. برو می خوان به شهنامه چه سان ساسانیان گنج کلیله دمنه را از هند آوردند و آن کو و کجا و این کجا ای دل. سپاس من به یزدان باد زآن رویی که قرآن را به ما بخشید و جام ما ز آن هشیار می پر کرد و ایران را به پاتختی سربازان جاویدان هامانی و قزوین را به پاتختی ایرانی گزید و پیشوا را شاه ما، ای خوش به این بخت بلند و راه ما ای خوش. مقول را که جلودارش نبودی هیچکس ایران مسلمان کرد و سلمان کرد و از اسپش به زیر آورد و خوی آدمی آموخت، در کمتر ز دو ده سال او را مردمی آموخت. تو را تازی همین ایران ما مهر و نزاکت را چنان قرآن به کم با سادگی آموخت، چو سنباد هخایی و هزار و یک شب ما را ربودی و به نام تازیان کردی و کوه دانش ما را. چو اسکندر به ایران یورش آورد و به چندی شاه ایران شد، ز

دریابانی و از مرزبانی شه بابل! بگو از بهر چه گرد نخستین خانه و بیتُ العتیق ما به آیین نکو گردید؟ که این آیین شاهان هزاران دور ایران بود و آن خانه هزاران سال پیش از تو به خاک ایل میتان بود، برای هرکه اندر کیش یزدان بود ایوان بود. سکندر شیوه شاهی ایرانی همی می خواست بنمودن، که نام پارسی نامی به پیشانی گیهان بود. بگو ای تاز، تو مرداسی و یا زهاک؟ مسلمانی و یا خونخواه آتشناک؟ گزینش کن که از دیروز گردی پاک. نه شاه عباس باشم من تو آن شیخ بهایی شو مشو همرای خودرآیی که از سرباز خواهی شو. به بیگانه مشو همخون و با ما آشنایان دشمنی مفکن، به عیاری ماهی شو، ز این گردونه شاهی زریک میهنی مفکن. پیمبر گفت ایران، کشور سلمان چه خواهد کرد در پایانی دوران؟

تو ای شیر ایرانی باخدا

و یا هرکه سرگاه او این سرا

برای من و تو امام رضا

به مامون بیاموخت آیین شا

نکوبد دگر موج تازی سپاه

به ایران و ایرانی بی گناه

پزیرایی خاک خوبان ستود

به چوگان دل گوی میدان ربود

که قرآن نه دارایی تازکی

مسلمان نیابی چنان رودکی

که زنده نموده است او پارسی

چو صفاریان، بویه، وآن نامه سال سی

هرآنچه نموده است رستم ببین که یک یک بیابی به یک مرد دین
اهورای مزدای، الله، لورد، به سربازها رو کند، هر زمان، هر زمین

پناهم به یزدان ز خواهان بد "به نام خداوند جان و خرد"

ایران و قرآن

یاران جاویدان، ایران و قرآن
مردان میدان، ایران و قرآن
پیوند و پیمان، ایران و قرآن
پیکار و پیکان، ایران و قرآن
پیدا و پنهان، ایران و قرآن
پی ریز و پایان، ایران و قرآن
یزدان پرستان، ایران و قرآن
هستی هستان، ایران و قرآن
ورزیده دستان، ایران و قرآن
بی باده مستان، ایران و قرآن
خوشاب گیهان، ایران و قرآن
جانبخش بی جان، ایران و قرآن
شب زنده داران، ایران و قرآن
لب روزه داران، ایران و قرآن

آیین نیوان، ایران و قرآن

رویینه گیوان، ایران و قرآن

دیرینه یاران، ایران و قرآن

آموزگاران، ایران و قرآن

دارو و درمان، ایران و قرآن

سامان سامان، ایران و قرآن

شاهین یزدان، ایران و قرآن

آن شاه شاهان، ایران و قرآن

کی بوده ویران، ایران و قرآن

کی بوده بی خوان، ایران و قرآن

پیوسته با جان، ایران و قرآن

در جنگ دیوان، ایران و قرآن

لیلی دیوان، ایران و قرآن

لولی خوشخوان، ایران و قرآن

مینوی یزدان، ایران و قرآن

کوچیده میتان، ایران و قرآن

زردشت و زروان، ایران و قرآن

دستور و فرمان، ایران و قرآن

کی بوده ارزان، ایران و قرآن

کی بی نگهبان، ایران و قرآن

همرزم گردان، ایران و قرآن

گرزینه گیران، ایران و قرآن

وز یادگاران، ایران و قرآن

دانش فراوان، ایران و قرآن

امیدواران، ایران و قرآن

بوی بهاران، ایران و قرآن

خاک است و باران، ایران و قرآن

نان آور و نان، ایران و قرآن

بی افت خیزان، ایران و قرآن

مهر فروزان، ایران و قرآن

آن دشت سوزان، ایران و قرآن

لب های خشکان، ایران و قرآن

سرهای خندان، ایران و قرآن

بی رنج دامان، ایران و قرآن

بر نیزه گویان، ایران و قرآن

در کینه جویان، ایران و قرآن

آن سربداران، ایران و قرآن

پرهیزکاران، ایران و قرآن

آن دلنوازان، ایران و قرآن

افسانه سازان، ایران و قرآن

آن سنگ گریان، ایران و قرآن

خونینه زاران، ایران و قرآن

آن خون جوشان، ایران و قرآن

وآن اشک لرزان، ایران و قرآن

فرزند ایران، ایران و قرآن

دربند زندان، ایران و قرآن

از جور دوران، ایران و قرآن

در جشن مروان، ایران و قرآن

بیمار و بی کس، آن مرد مردان

یکتا کسانش ایران و قرآن، زرخیز و دهقان

برآمد از ما با نام هامان یکتا گروهِ ایران و قرآن

سرباز نامید هر آنکه نامی می گیرد از آن

سرهنگ و سردار سرگرد و سروان

چشمی به افتان گوشی به فرمان

پیمانه گیر و پیمانه گردان

اورنگ سرباز در تنگ دربان

بر ساده پوشی، سرخ و نه مشکی، هفتاد و شش خان

خان سیاهی، با خون بکاهی، سربازها را می بینی ای جان

قزوین و شیراز، تبریز و اهواز، مازند و زنجان

خواهند بخشید این گفته را جان، سرباز شهر هفتم به سستان

پناهم به یزدان ز خواهان بد   "به نام خداوند جان و خرد"

هامان

دمیده بامدادان بلند خیزش میتان

زمان یکی گشتن است با توران

به چیدن یک پیکر و یکی پیمان

تنش همه جا باشد و دلش ایران

ز کرد و ز لر، از بلوچ و تات و فغان

ز هرکه به پهلوی ما رسیده به جان

ز ترک و آزری و پاکیان پاکستان

ز سوریه تا هند و از بلوچستان

ز ترکیه تا مصر و دشت نیزه وران

ز ارمنی و زردهُشتی و دگران

ز هرکه آمده در زیر سایه قرآن

ز هرچه تازی و هر پارسی و هرکه میان

به یاری یهود موسوی پاک بی سر و سامان

همان یهودی پروا نموده از یزدان

همو که نجوید شکستن همگان

همان یهودی پاکی که کورشش در یاد

چنانچه به هامان گراید از بنیاد

همو که کیومرس می شناسد خوب

خدای و کشتی با او؟! هریمن آن منکوب

همو که برادر به ما و من باشد

همو که زید همه شادمانه می خواهد

به یاری ترسا که پور مریم را

خدا نخوانده و یکتا خدا بخوانده خدا

به یاری زردشتی یگانه پرست

و یاری آیین پهلوی که گسست

به یاری هر کیش و هرچه آیین است

کمین دشمن ما کینه های دیرین است

مگر نه آنکه خدا را همه پرستنده

دگر هرآنچه بود از بهانه است و گله

یگانه خدا را هرآنکه می خواند

نشان پیام آوران او داند

نیک داند، از زمین لرزیدن و آتشفشان

وز ستاره بارش مردم کشان

تندباد و سرخ باران و گزش

اهرمن زاییده های بدکنش

سردی و توفان آن دوران زم

تا پدیدار آمده نوروز جم

یورش آن سیل هول انگیز هم

جَستن تهمورس شب خیز هم

سنگ باران های سرخ ریز هم

چشمک دندان برف تیز هم

زایش کوه و فرود لرزه باش

آنکه می خوانی کنون در آیه فاش

جا به جا گردیدن چرخ زمین

خاور و کو باختر را جاگزین

یورش خونبارش و باران به تشت

بانگ شیپوری که از نزدیکی کوهان دشت

پشت و یار مردمان کی مَرش، بُو

پهلوانان رهایی بخش بو

میهن سرباز بالاتر ز خو

خود بود آیینه نیک و نکو

نام میتان بوده از سِزده هزار

وز بلندایش نمی دانم شمار

پیشدادی همزمان نوح و سیل

نامشان اینگونه شد شاهان گِل

گرچه بوده این سرا پیدا ز گم

پیش تر از نوح و از روز یکم

کو پس از آدم مه آباد آمده

یازده هزار پیش از یورش ماد آمده

نوزده هزار سال از آفرین آدمی یاد آمده

وز سه هزارش سپس میتان به بنیاد آمده

آسیای رو و زیر و باختر، ایران بُده

نوح اندر ترکیه خفته است و آدم سوریه

جایگاه آتش گلگشت ابراهیم اندر سوریه

استوانه های هوشنگ کیو در سوریه

آدم حوآی ما چون نوح اندر مژده ایران فرود آمد همی

آن نخستین گور هم در سوریه آن پاره ایران، نمایان و سَهی

آن نخستین خانه اندر مکه هم

از نجف تا کربلا و کوفه هم

یکسره ایران و ایرانی بُدند

تا که از مادر چنین کنده شدند

هم که در ایران امروز و کنون

بیشتر از ده هزاران هست چون

خفته در هر شهر ما پیقمبری

یا که چندین تن درون مقبری

هست در قزوین به یک آرامگاه

چار پیقمبر، چنان یاران راه

نیست در گیتی مگر میتان چنین

سد تن از ایشان نخفته در زمین

خون سربازان جاویدان به میتان جاری است

شیوه قرآن، به خود هشیاری است

خاک ایران مادر آبادی است

نوفروهر خود آزادی است

ترکیه ترکی نشین و سوریه سوری نشین

هست ایران برتر از یک سرزمین

پرشیا نامش نباشد پارسی

خود یکی سرباز از سرباز سی

نام این مادر بود ایران زمین

هر نژادی را چو فرزندش بود، خواهد بهین

نوفروهر، چلیپای علی

هست شایسته به این مرز مهی

می نهم هامان از این پس نام او

نام میتان را و هامان کام او

می نهم سرباز نام یاورش

هرکه هامان را بداند کشورش

تا درآید چشم اهریمن پرست

چشم سَهیون، چشم هر دشمن پرست

یادمان باشند سد مصری که اندر آسمان

بر گناه دانش و پیمان به پَرپَر، سد چنان

ماسون پست پلید یو پسند

خیره شو سرباز، چشم از او نبند

پناهم به یزدان ز خواهان بد "به نام خداوند جان و خرد"

دگردیسی

بامدادانی که آن پیروز بر آید ز ما، از خاندان و خون ما

یار او باشد همیشه ایلیا، این ایلیای خردسال بادپا

چون درفش پیشوا را بر فراز آسمان

بر فرازد در میان ده جوان

می شود گیتی به کام آن دو تن

ایلیا و ژاله پیروز من

می رسد پیک بهاری در بهار

آید از گیهان دیگر آن نگار

آسمان گردان و گِرد آن دو یار

گردش گردان بی رنگ سوار

می شود شادی شماری بی شمار

شاه گیتی ها و مرد هوشیار

می نشاند ایلیا را در کنار

گو که بوده پیش تر از یک هزار

چون جوانی رو و خوش بو و نکو

دست پیروز است در دستان او

ایلیا پیری چو شیری جنگجو

وآن هژبر دیگر من چاره گو

افسران پارساگادی به مو

گوهر بی چالش بی گفت و گو

گوید آن هنگام از زاری من

از شبان بیم و بیداری من

همدمی با کوره آهنگری

دیگر افتادن ز کار دیگری

گرز و شمشیر و کمان می سازمی

اسپ ناآماده را می تازمی

روز و شب کارم بود انباشتن

بردن انبار و انبار آمدن

با ترانه گرزها سازیده ام

با سروده نیزه ها تیزیده ام

روز و شب یادم به یاد بینوا

یاد آن یادآوران یاد ما، یاد شاه نینوا

یاد آن فرزانگان پیلتن

یاد یاری کردن آن انجمن

او که کردار مرا یادآور است

خود در این آهنگری آهنگر است

روی او می بوسم از این راه دور

او چو می آید منم مهمان گور

این جهان را پاک باید دید و رفت

با جوانمردان یکی گردید و رفت

بار اشک دامن یکتازنان، بویید و رفت

خاک پای بهترین مادران بوسید و رفت

تا یکی بد باشد اندر این جهان

نیست پایان خوشی در داستان

دست می یازم به شمشیر هنر

گوهر فرهنگ را سازم سپر

باور پولاد را خِفتان کنم

با خداجویندگان پیمان کنم

یاد سربازان جاوید خدا

هرکجا باید که گردانم به پا

بامدادانی که کوهی آهنین

با دو دست دانش ما از زمین

کنده و پَرهنده و بالا رود

کار آزارآوران یکسر شود

کام من شیرین تر از شیرین شود

پیکرم جاوید و هم رویین شود

در جهان اهرمن، روی خوشی

آن زمان هرگز نبیند اپوشی

یکسره آتش بریزد بر سرش

آسمان آتش ببارد بر برش

لشگر ما بر سپاه اهرمن

آنچنان پیروز گردد بی سخن
چشم برهم برزدن هنگامه ای
یخ شود آن دوزخ افسانه ای
ابر آهن آن زمان شهرسپ نام
هم زرسپ و آزرسپ و زسپ نام
همزمان خفتان خودجنبنده نام
زاده می گردند زادسپ و سپام
شهر آهن در هوا یزدان گشسپ
آن یگانه دانش و یکدانه اسپ
کوه آهن بر زمین ایزدگشسپ
روشنای سرخ سوزان روشنسپ
کشتی جنگی برتر پیکرسپ
ماهی آبی و خاکی، اژدرسپ
اسپ آهن زیر مرد آهنین
پهلوان تازه ایران زمین
گرد شهرآشوب گردان برین
گرد آدمسا چنان توسن نشین
یاور قرآن و یار سرزمین
آفرین سرباز بیکژ آفرین

دانش چی را بیاورده ز چین

آتش شهباز رومی را به زین

گرز آتشبار او چون آسیاب

چون بگردد بر زبانش آفتاب

هرچه از دلدادگی آید نکوست

گریه سرباز و بی تابی دوست

از دگردیسی ما سربازها، کوستان ها کژ، به سستی آمدند

در فرشته ها دگر شوری به پا خون ما بر دیده چُستی آمدند

کین تبرزین ها ز کین ریشه آن اشجرُ الملعونه که قرآن بفرموده به هستی آمدند

اژدهاگانی که از خشمند آتش بر زبان بهر یکی سوزاندن هر بت پرستی آمدند

پناهم به یزدان ز خواهان بد "به نام خداوند جان و خرد"

خاندان

دست باید شست، دست باید شست از این زندگی سخت و رهید

تا به جایی بتوانیم رسید، تا به مایی بتوانیم رسید

شهرهای تازه باید ساختن در دشت و در

برزدودن لوت و دیدن کشت و بر

کان و گوهر را ز دورادور خویش

باید آوردن به این پاتخت کیش

دانش خود را به دیگر مردمان

باید آموزش دهی تا می توان

هرکه از این دایره خندان بود

هرچه در آموزه ایران بود

ای که پیروزی و می آیی سترگ

ای که چوپانی، نگه داری ز گرگ

نقشه و گنجی تو را مانند مردان بزرگ

خاندان تو بزرگ و خوان ایران بزرگ

تا نیا خان را ز نام ما گسست

کار ما بر اسپ پیروزی نشست

آمد از سوی خدا او را پسر

بوده ده ها سال چشم او به در

تا که خان از نام ما افتاده شد

مهر یزدانی به ما تابانده شد

سرو بالایی بشد فرزند او

چون چنین کار بزرگی کرد او

در همه ما از خداوردی کنون

این خدادادی شگون و پاک خون

تا که عبدالله از زنجان رسید

تا به نزدیکی تاکستان رسید

نام قزوین را کیان خود گزید

شهر قزوین را کران خود گزید

از همان روز نخستین یار ما

بوده بوموسی ستیزی کار ما

اندر آن دوران نمی دانی چه بود

هرکه تازی، ایزدان توده بود

بس ستم می کرد در زنجان به ما

سیدی پابوس شاه بی خدا

آن نیای ما به تیرش جان گرفت

راه خود را سوی لاهیجان گرفت

تا برادر سوی دریا را گرفت

او به پایین آمد و بالا گرفت

چون بدیدی روستایی را کهن

باستانی و هزاره در دمن

اسپ خود بربست و خود آرام شد

روستا هم مرکزینش نام شد

آنچنان زارید بر مرگ حسین

کم کمک آوازه اش شد مرگسین

هر دو پورش را به کار روستا

برگماد و از تن و جان شد رها

پور کوچکتر خداوردی ز چه

راهی آبادیان می شد همه

تا که نیرویی برآرد از گروه

راهزن پایین نیاید از دو کوه

مارزاده، رهزن گرگ و شبان یکسان چو اِم

بنده خودکامی تهران چو اِم

تخت رستم را نشان کرد آن جوان

تا بداند هرکه پایان جهان

از همینجا بوده و از آسمان

باشد این خاک هزاران داستان

کی رسیده دست یک رهزن به آن

کی به خشکی بوده و خشکیده نان

این چنین بوده است کار آن مهان

آنکه نان آورده بر خوان کهان

تا پس از زندیه بر کار آمدند

مردم ایران به دشوار آمدند

اینچنین گردید و ما راهی شدیم

سوی آبادی قزوین آمدیم

آن نیاکان را هنر یاری نمود

در شبیهی خوانی و اندر سرود

در فراگیری ترکی، پارسی

خواندن قرآن، سخن های علی

رزم شمشیر و تفنگ و اسپ جنگ

مردم جنگاور خوش آب و رنگ

روستایی پاک و پاکیزه چو ماه

مردمانی سخت کوش و بی گناه

آن هنرجو پندگو مرد و زنان

آن خدابشناس، آن بالا تنان

وآن جوان چهره کسان پایمرد

آن قزلباشان میدان نبرد

سرخ سر یورشگران گیوه زرد

ترس از ترسا به ترس است و به درد

ایل قرآن و بزرگان سخن

مردم کشتی و بیداری تن

یک تن رهزن به خاک من نشد

یک دم آهنگی کم از آهن نشد

خاندان ما از آن روز نخست

اینچنین بوده است نیکو و درست

ما که بابا ابرهیمی در کسیم

از همه مهترکسان مهترکسیم

چشم عبدالهی و دیگر کسیم

شورشی دلخون کسی، یاری بی یاور کسیم

ما همه سرباز یزدانیم و کس

اژدها را کی به زیر آورده پس

این تبرزین را هماور می کنیم

زیر و رو را زیر و روتر می کنیم

هفت پیروزی ز سنگر می کنیم

دست قیچی رو به بربر می کنیم

هرچه قرآنی است باور می کنیم

اهرمن را خاک بر سر می کنیم

هرکجا از ما بود نام و نشان

راه ایران است و قرآن بی گمان

خون سرباز است و خاک پهلوان

اشک جان های رسیده تا به جان

یورش سیمرقی اژدر سوار

خیزش درماندگان بی شمار
چشمه روشن چو ماه پنجه دار
یک هزاران ساله گردوهای بار
کودکان شاد و بسیاری بار
شادمانه مردمان بیشه زار
مادران گِرد گود چشمه سار
پهلوانان سترگ خویش دار
بار دیگر می دمد آن روزگار
ارتش سرباز می روید هزار
در نخستین روز آقاز بهار
جشن پاتختی قزوین در دژار
در دِه پندار و پند و گوسپند
سرزمین پاک سربازان زند
پهلوان و پارسی و پارسا
پیروان راستین ایلیا
فرش را تا ارش سربازی کنیم
با خروش و خشم، خودسازی کنیم
ما تبرداران شاپور علی
سگ نه که پروانه و مور علی

می خورم سوگند بر خون علی

نگزرم از دشمن دون علی مگزرم از باور خون علی

جان من سرباز آن سرباز باد

باد از سرباز خود سرباز شاد

پناهم به یزدان ز خواهان بد   "به نام خداوند جان و خرد"

عباس خوان

کسی درون خون من سخن بگوید از خدا

کسی خدا خدا کند، نماز و روزه کرده پا

کسی که مرگ خویش را بگفته کی بود، کجا

کسی که خون پاک من ز خون پاک او روا

کسی درون خون من خدا خدا خدا کند

کسی که از همه کسان شمار او جدا بود

کسی که کار او همه سرود بینوا شدن

ز نینوا ترانه و نمایش و نوا زدن

کسی که سختگیری بهانه جوی سخت رو، ز کیش داری نکو

بهانه شنیدن نوای خنده های او

چه کودکان به دست او به گاه خواندن خدا ز نادرستی بدن رهیده گشته اند و به

چنان همه فسانه شد شبیه خوانی اش همه

پدربزرگ من رجب یگانه ماه من بود

رهی که آزرنگ زن به خانه روشنا کند ندیده آشنا کند یگانه راه من بود

کو همه روی زندگی چشم و چراق من بود

بار درخت او کنون میوه باق من بود

نامه سربازی ما ریشه به سد پشت برد

کِلِک نگارنده کجا ناخن انگشت برد

کعبه کجا دید دگر بر سر خود همچو قمر

پادشهی کوی چنان تاج نهاده است به سر بسته کمر خسته جگر سینه سپر

راه یکی باشد و ما راه به آن راه بریم

چشم کزآن چشمه نگیریم و یکی خواه بریم

سرخ تر از سرخ، رخ و سینه به خونگاه بریم

خون سربازی از این خونکده، خونخواه بریم

پناهم به یزدان ز خواهان بد   "به نام خداوند جان و خرد"

مادری

چه فرجام است این هنگام را مادر

چه پایان می رسد این گام را مادر

هزاران مُردم و دیدم چگونه زنده ام کردی

دم پاک مسیحایی، تو را کیش جوانمردی مرا بر دیده پروردی

۱۶۸

بگو مادر سروش من بگو ای جان و هوش من

چه باید کرد با این تارتن مردم بگو پروانه گلنوش در گلبرگ گوش من

من از تو جان گرفتم تا سوی یزدان گرفتم من

تو را جانان فرستاده است می دانم اگر چیزی نگفتم من

چنان اندر نماز آیی به خاک درگه یزدان که روشن کرده ای ایران

از آن بیمار کودک تک درختی را برآوردی که بارش می شود هامان

از آن مرده تن خفته به خاک دیو بیماری سپاهی را برآوردی

ندارد نام سربازان جاویدان تو دیگر هماوردی چو این جان و توان من از آن بیچاره پروردی

تو جاویدان شدی مادر بهشتت مژده باید داد، افسر داد و افسر داد

سپاس از بخشش یزدان که مهرت را به ما سرداد، مادر داد، سرباز خدایی این چنین با هوش و باور داد

به جایی که نباشد هیچ سرگرمی، شود سرگرمی مردم گناه و خواب و ولگردی

به پشت هم سخن گفتن، چو دود و خوردن باده به بی شرمی و بی دردی

به مهمانی و مهمانی، شکمرانی و بیکاری و بی کامی و بی نامی

به من وانگه بود یاد شب و روز تو و رنج تو در پروردن جان و روانم هرکجا همواره دلگرمی و خوش تر از همه بازی و سرگرمی و مادرگونه آزرمی

که گشته هم کنون مادر ز واژه واژه زردشت تا شِش شِش به تا شِش شِش که پایانی است پایانی و می بینی پریشانی

خدا می داند و ما و بهشت و دوزخ و سرباز را سربازگردانی و آتش را به آتشدان گیتی بازگردانی و چون دهقان زردی موی ما با گردش سنگی بکاهی مستی دیوان

که می دانم که می دانی گزیر شور یزدانی سریتی گرز و اشوانی علی بیدار و آزادی نیروهای میتانی کزآن اِبرام ایرانی نوای روز پیروزی به پرواز است و تو آواز می خوانی:

سلیمان ها که اندر بصره بسیار

وضوی خون گرفته اند، انگار

به سان آبتین بر دار گشتند

که زهاکان دوران خوار گشتند

ستمگر هرکه باشد چون یزید است

هزاران شمر در هر دوره زید است

بزن بر سینه و سر تا توانی

و یا سرباز شو، اندر جوانی

پشیمانی پریشانی بزاید

نه از بر سر زدن کاری برآید

نه بیداد و ستم را نیست شمشیر

نه کمتر گشته از دیروز، زنجیر

نه تیز آخته کندی بدیده است

نه سربازی کزین ها رخ پریده است

چه کس سینه در این میدان دریده است

مگر اویی که بر آتش دمیده است

چو هانی ها که اندر کوفه بی پوست

پیام آور به هوش قیس، بی گوشت

به پاکی، بابک بی باک گشتند

که افشین های میدان خاک گشتند

شمار پهلوانان تا که هفت است

پلنگی چادر و خشم پشنگی، همه افسانه های پایتخت است

خداوندا تویی بر مام من مام

تو اندر کوه و چَه با هوم و با هام

به زیر پر بگیر ای مادر ما

پسرهای من و سربازها را

بر این هارون و موسای من ای یار

نبیند هیچ دشمن یک دم زار همیشه سربلندی باشد و کار

به تو شد پیشکش این هر دو پورم

اگرچه بنده از آینده کورم

بقربان هر دو را در راه زهرا

علی سرباز می خواهد خدایا

پناهم به یزدان ز خواهان بد "به نام خداوند جان و خرد"

دست

به نام او، خداوند تکتاز و دستاز و سرباز و نماز

به نام خداوندگار بهروز و پیروز و هنوز و خونباز

به نام خدای ایلیا و ژاله خدای شهرسپ و ترانه

به نام خداوند زندگی دوباره، بیتا و یگانه

به نام نامی مهمان نوازترین خدای خانه

به نام روشن پروردگار جاودانه

به نام خدای جوانمردان راستین؛ امیر و امیر و امین

به نام آفرین بافرین نخستین، آهنگر و آبتین

به نام پر پرواز شهباز و سیمرق و شاهین

به نام خداوند همسنگر همدوش همنشین

خدای آواز، همراز، خداوند ناز، بی نیاز بنده نواز، همنواز فراز و اوراز و پایکوبان چشم نواز شاهرخ یگانه تاز، هژار و ساز

به نام چاره ساز، به نام دمساز بهرام و بیگی ترانه ساز، بهرامی و بهمن و بهزاد و بی شمر همساز، بی شمر سرباز

به نام خدای ارتش خدا خدای پیمان خدای ایران، جان جان

به نام خداوند سربازان جاویدان، سربازان جاویدان قرآن

"به نام خداوند جان و خرد" پناهم به یزدان ز خواهان بد

برای خدا

یاد دوزخ باش و مرگ، یکسره پتیاره را بر تخم چشمانت منه

دیدن او را به خود افسون مکن یکسره بر کوتهی هایت مکن از او گله

یاد دوزخ باش و مرگ، مردگان را هم تو آدم می شمار

بی روان و بی زبان تن هایشان را با دو چشم هوش و آموزش ببین و یاد دار

مادر و کودک چنان قرآن و بانگ ای خدا

همچنان زیبایی دریا و هر زیبایی دیگر، دلا

یاد او باز آرد و یاری و شَبداری کند

در درون جبهه باور تو را با جان جلوداری کند

چون اذان بشنیدم از من دور شد اهریمنی

تازه گشتم تا که از دلدادگی بانگی شنیدم دیدنی

من نه دیوی باشم اندر این سرا در چاه اندوه و چرا

من نه از بهر گنه از هیچ گردیدم جدا

آه هر بی خانه و بی نان و بی همدم مرا همسنگر است

آدمی یکتا تن و یک گوهر و یک پیکر است

من نه زاییده شدم تا روز و شب بازی کنم

من نه اینگونه شدم تا چشم و تن آلوده نیرنگ هر تازی کنم

من نه آتش را به کوره دیدم از بهر بدن

اندر این گردونه گردیدم برای یک سخن

من یکی هستم، و باید هم چنین

با یکایک مردم آواره افتاده از مینوی، بر روی زمین

آتشی در سینه دارم کو کسی تا آتشم را با دمی یاری کند

کو کسی با سینه ای همچون سپر با چشم ببر، پشت من باشد و یا با ناله ام زاری کند

کی کسی دانست من گویم چه چیز

کی کسی اسلام را پوییده تا دستور ریز

کی کسی این من که من گویم ز اهریمن ندید

کی کسی این چهره سخت مرا دشمن ندید

پاک یزدانا مرا آهنگ تو

داد و مهر و دوستی تنگ تو

گو همه چون کودکی در کام مرگ

کو گروگان دست بسته روی ترگ

ما تو را خواهیم و دیگر هیچ، کس

ما نمی داریم خوش تر هیچ، کس

من نمی دانم مگر نام تو را

تشنه ای اندر کویرم در امید بارش اشک شما

راه سربازی ما دشوار باد

وانگهی خون بر دلم هموار باد

دست تو ای کاش با من یار باد

پشت آزار زمین بیمار باد

بودن پتیاره چون دیوار باد

خشم جاویدان تو بر مار باد

شرم روی تو مرا بسیار باد

مهربانی تو در انگار باد

خوی سربازان جاویدان قرآن تو در هر کار من در کار باد

این سر افتاده ام، بر دار باد

پناهم به یزدان ز خواهان بد "به نام خداوند جان و خرد"

فرَوَهر

از آتش پیدایش هستی خدا جان آفرید

پنهان که نیکش شد پری، دیو هریمان آفرید

خوانی اهورا یا پری یا فروهر تا هور و از ما بهتری، این ها همه نام یکی، مزدا چو پنهان آفرید

در روز پیدایش گروهی را ز ایشان آفرید

یک تن نبوده چشمه ایشان چو آدم گه که جانان آفرید و سی به شش کمتر از آن پیران پیران آفرید، هفتاد و دو تیره به تا دوران شاهی سلیمان آفرید

جنگ دیوان و پری را خوی گیهان آفرید

آفرینش را چو از ایشان به پایان آفرید

گفت خونی را مریزید و روید و هرچه خواهان آفرید

زآن سپس چندی به آرامش زمین را بی نشیمان آفرید

دیو اندر آسمان جنگی به پا کرد و جدایی، همچو دیوان آفرید

شد پری بیدار با پیک سروش، ارتشی را از درون خشم جوشان آفرید

دیو بگریزید و راهی سوی این گِردی گردان آفرید

در زمین بنشست با پندار مرگ، در همان دوران که یزدان زندگی را تازه در آن آفرید

شد پری جویای دیوان و جهان ها را پریشان آفرید

هرکجا از دیو دیدی روشنا آتش به آسان آفرید

یک زمین را در کنار این زمین ما هزاران خرده کرد و ریزه باران آفرید

می شد از دیوان کسی گهگاه و یزدان گو پری، چونکه یزدان ایل ایشان را گزینش کار و رَهدان آفرید

همچنین هم از پری دیوان بسیاری دمید تا خدا آدم بر این کاشانه و خوان آفرید

سازمانی از پری بنیان شد و در آسمان نام نگهبان آفرید

بر زمین هم دیو در زیر زمین پنهان شد و ناخوانده مهمان آفرید

کم کمک از دانش خود بهره برد و کاخ و کاشان آفرید

با نگهبانان دوباره کرد پیمان و دوباره چشم بربستن به پیمان آفرید

بود اهریمن در این هنگام در دیوان پری، گوشه گیری بود از ایشان که گیس و موی افشان آفرید

در هنر بسیار چیره دست و هر زیبایی آن روزگاران آفرید

تازه گیتی رنگ و روی زندگانی دیده بود تا که دیوان را شهی موجی خروشان آفرید

دست بردندی درون آفرینش با کژی، هر کژی بی نام یزدان با کژی جان آفرید

زیر دریاها همه چاه و همه ابزار جنگ، دیو در اندیشه تا آشوب و جنگ افزار
برتر از پریان آفرید

چون کژی هاشان فزون گردید و نابودی و نالان آفرید

اهرمن را پاک یزدان برد و با یک دانه آتش بر زمین دوزخ ز سامان آفرید

ناگهان از آسمان آن کوه آتش خانه های زیر دریا را چو ویران آفرید

هشت از ده هرچه اندر این زمین می بود را نابود کرد و ز آن سپس هم دور
یخبندان و نابودی اژدرهای دام و دد به آن نادیده دوران آفرید

زن و فرز هریمن هم شدندی در همین یورش ز خاک، یکسره دیوان همه سوزاند
و نقش خشم یزدان آفرید

کیش ایشان گشت نابود و پشیمان آفرید

اهرمن با دانش و گردونه اش بالا برفت و در جهان کاری چو افسان آفرید

گشت با خواه خدا از آسمان ها تا جدا، شد سروش و برتر از خاک و بدن آوازه
ای در باق جاوید جهانبان آفرید

بود در مینو و نام اهرمن را هم از آن نوروزگاران آفرید

تا که آدم آمد و او خفته خوی خویش را بازی به میدان آفرید

در زمین چندی سپس اشموخ را یزدان نه از آتش نه از گِل وانگهی از ریشهِ
میمون و چون جانیوران کز گوهر آب و ز باران آفرید، گونه های او فراوان
آفرید

بودنش را آزمونی از برای هرکه پنهان و گریزان آفرید

بر زمین در دوره اشموخ هم پیوسته از دیو و پری آورد و دستان آفرید

باور دد بودن آدم ز آن دوران به شوخی زبان شیدرنگ پست میمون زاده اندر دوره زهاک افسون زاده تا امروز، دیوان روی دیوان آفرید

بود این اندیشه دیوان ز گاه باستان باستان باستان، باق ما باشد جهان، این جهان را پاک یزدان از برای ما که می باشیم یکتا ایزدان و هرچه و یا هرکه هم باشد درآن با بند ما اندر گریبان آفرید

نام های ویژه را آموخت چون یزدان به آدم اهرمن کیش نوی هر پاکی و هر بهره ای را پایکوبان آفرید، گر به تازی؛ شرک و طغیان و قیاس و کبر و کفران آفرید

آمد اندر خاک چون او از زمین دیگری اندر سپهر دیگری همراه آدم خویش را پیوسته خویشان آفرید

در درون آزمایشگاه خود تخم کژی را کشت کرد و بی زنی از پشت خود فرزند و یاران آفرید

در دل این خاک با دانش هزاران دستگاه از برای پخش کردن های موج نازک و آهسته اش بر هوش این نوپای نادان آفرید

آدم اندر چنگ اشموخان و دیو، جنگ تیتان و زاوس، هم کنون افتاده و آهنگ گریان آفرید

در همان گاهی که یزدان چرخ میتان آفرید

نیرویی از کهکشان بر یاری نیکی گسیل، در میان آسمان گردونه های تند سوزان آفرید

از پری بر یاری ما ارتشی همدوش گردان آفرید

دانش دیو و پری در تارک مردان اشوان آفرید

نادَمی های دد اشموخ را افتاده پیشان آفرید

هام را با اینکه فرزندی ز فرزندان اهریمن پری کرد و ز نیکان آفرید، نوح و توفان، میترا، گِلشاه و ایران آفرید

با پگاه هر پیمبر دست دیوان را همی کوتاه تر می کرد چون زردشت تا آنکه به برتر گشتن و بر جانشین گردیدن ما هفت و قرآن آفرید

فروهر را یاور ما کرد با آنکه گهر از آتش و از خاک پوسان آفرید

بر نشان بال و چرخ فروهر آدم نشاند و آدمی را جاه فرمان آفرید

ارتش دام و دد کی مورس و تهمورس ریمن سوار و رستم و سام و نریمان آفرید

با نماز و روزه و شب زنده داری های چون شهرسپ گرزی بر سر دشمن چنان بی سازش و سنگین و نیرم یار، دژبان آفرید

خوی دد را اندرون آدم از آمیزش تازی سخن؛ نسناس و انسان آفرید

گوهر پاک از هر آن نزدیکی اشموخ عِمران دخت و ابراهیم را عیسی و سالار گواهان آفرید

دانش پنهانیان را روشن و پیدا نمود، نوفروهر به پا کرد و به شاهی، شاه مردان آفرید

جامه کاتوزیان را واپسین امید کیش بت پرستان آفرید

دیوهایی که نمی ترسند از آهنگ قرآن را نه در چاه بیابان آفرید قرآن به دامان آفرید

شیعه را دشمن به این آموزگاران هزار ابلیس شَیطان آفرید

چشم روشن بین سرباز و نگاهی تیز تا آنجا که هر جوینده نان را به هر سان آفرید

او که کاموس یل و پیران و خاقان آفرید

جادوی بازور و بازوهای توران آفرید

قارَن و مهراب و زال و زابلستان آفرید

بیژن گودرز و پور پاک دستان آفرید

تالیا را تا به آب آبرو، دریای حیوان آفرید

ایلیا را شاه سربازان و سوشیان آفرید

راه آزرهوش را با دست ما پیروزی جاوید و پویا و نمایان آفرید

سی به سربازی هامان آفرید

"به نام خداوند جان و خرد"   پناهم به یزدان ز خواهان بد

سپاس

مژده ای مژده بر ان مژده دهید

چیزی اندر من و ما گشته پدید

من چه بودم مگر از آب و گلی

بی کسی مانده به دشت دو دلی

بی سری تشنه و رافتاده به رو

ناگهان آمدی آن نیو نکو

تا نگه کردمی از خامه بدو

دیدمش بود خدای همه سو

این نه اندیشه و پندار منو

وین که گویم همه دیدار منو

پاک یزدان همه آیین منو

پاک قرآن تن رویین منو

چه کسی بود به من یاور و یار

مگر آن دست خدابنده نگار

چه کسی بود که پرسید مرا

چه کسی بود، پسندید مرا

چه کسی بود، بسنجید مرا

چه کسی بود که بخشید مرا

چه کسی بود که آدم پرورد

از چنان دانه خشک و تن زرد

چه کس آموزد و آموخته داد

به من این برتری دانش و داد

چه کسی بود که دستم بگرفت

که بیاموخت مرا کار شگفت

چه کسی دلبر و دلدار من است

چه کسی سرور و سالار من است

چه کسی روز و شبم روز و شب است

چه کسی از تب من تب به تب است

این سپاس است که شرمم بدهد

می برم شرم که شرمم برود

شرمساری من و درد بزرگ

این شبان گشتن پیوسته گرگ

کیش زهاکی و این توده خام

بت پرستی شود از بام به شام

کو به دوش شب و مار است به دوش

من نگیرم ز خدا یک دم گوش

کار در من بود و چاره کار

روشنای شب بی اختر تار

دیو بیمار نکوکار شکار

مار خونخوار خزان دیده خوار

کهنه اهریمن بسیار گناه

بر سپاهی ز ددان ایزد و شاه

مرده گرداند و من زنده کنم

او بسوزاند و من سبزه کنم

راستی را همه سان ساده کنم

یاد یاران خدا تازه کنم

هوش ما لانه این مار دو پا

پاک باید شود از بی سر و پا

پنج سَد تکبیر، ده ماند از هزار

نهروان، صفین، کو موج سوار

گوکرَن سبزه شد و هیتاسپ کو

پیشگویی های آن جاماسپ کو

لطفعلی همدوش برزین بر ستیز

تا که سربازی نباشد در گریز

پناهم به یزدان ز خواهان بد   "به نام خداوند جان و خرد"

شاخابه پارس

ای ایلیای تورات ای هیدارای انجیل

باز آ به خاک ایران، بر دیلمون بی گیل

بینی اهرمن را مشت شبانه بشکست

آن اژدها به کرنش در پیش پایه بنشست

گردی ز ناامیدی بی تو به دیده بنشست

هر مُفتی درشتی بر ترگ توده بنشست

باز آ که خیزش خون خاک تو را سیه کرد

خواجوی هندویی هم با نام تو گنه کرد

ای روشنا به خاور، باز آ به زادگاهت

ای روز با خود آور یکسد تن از سپاهت

خورشید، روشنا را برتاب تا توانی

افسانه باف ها را چون سامری، توانی

ای پیشوا به پا خیز راهی دراز در پیش

ای رهنما نبردی آینده ساز در پیش

ای سر به پا همایون، ای دستگیر دلخون

ای یورش به هامون ای چشمگیر گردون

بین، آسمان سیه شد از دور بودن تو

راهی درآن برآرد امشب ستودن تو

کان کشتی بزرگ روشن به گوهر تو

در کهکشان درخشد، چون دیر بی در تو

اشک مرا به هرگه نام تو سیل کرده

آتش به خوان سرباز با سد زبانه برده

شرمنده ام اگرچه بنده از این سروده

از ناتوانی خویش اندر شکفت سینه

یاد تو کیش ما شد ای کوه، بی ستایش

باور به هرچه کردم از فره توام بود هر پاک تر گرایش

از تو خِرد ستون امروز هر نیایش

با راستی کشیدی هرگون کژی به چالش

ای ماه ما به پا خیز تا اشک ما ببینی

با چاه نه نگارا با چاله زنخدان آباد کن زمینی

پشمینه گریبان داری چو سُرمه چشم

سد پینه ات به پای است همچون سپیده چشم

دست تو زخم زخم و چون ابرشم به رویم

از روی تو نگهبان گشتم به آبرویم

روی تو گرچه زخم ریز و درشت دارد

زیبایی شگفتش سد مه به مشت دارد

این پیکر بلندم افتاده در ره تو

تا پیشکش به اوج بالای کوته تو

نیمای ما شما را شایسته نیست چون من

گرچه خدا به مهر است با این دل و سر و تن

مهر خداست پیدا در واژه سرودن

روز نخستِ در خود، نام تو را شنودن

ما را ستایش تو گویی توان نباشد

بیش از گزارش نو، کاری میان نباشد

ای شاه دیو و آدم ای پادشاه یکدَم

ای بر پری و اپوش روی سپید آدم

این لشگر تبرزین با تو خوش اند ای گل

تبریز تا به مشهد، اهواز تا به آمل

پای من پیاده اسپ ره است ساده

از باورم درودی اندر جهان فتاده

گردیده اژدهایی اسپی که ناتوان بود

شاگرد بنده آیا، گودرز مرزبان بود

پایی به شاخ اژدر فریاد من چو آزر

آتش به چشم دارم تا بازگشت حیدر

از فاطمه نخواهیم خواهی مگر علی را

باب حسین و عباس، قرآن گوش و گویا

ما را گزر نباشد از آتش نگاهش

از بی گناهی و هم از چاه و سوز آهش

سرباز او نباشم گر کیش کهنه کند

از ریشه ناکنم خشک، سوگند می خورم تند

این ارتش تو باشد افسوس می خورد هیچ

آوازه تو باشد بر کوس می خورد پیچ

شیرینی زمینی پیش از فرود ما را

سردار دلنشینی، واپس ز بود ما را

از بازگشت مهدی چندی سپس علی را

باید سپرد شاهی، آن شاه بندگی را

چندی سپس بیاید آن شاه ما به قزوین

با فاطمه خرامد آن پیشوا به قزوین

آن پیشوای مهدی باید که شاه گیتی

باید که دست حیدر بر یال اسپ هستی

ما از خدا نخواهیم کامی مگر علی را

از نام ها ندانیم نامی مگر علی را

هر پیشوا به شیعه، شیعه بود به حیدر

هر رهنما و هر نیک خیره بود به حیدر

ما دولتی ندانیم دولت مگر علی را

قرآن ما ندارد آیت مگر علی را

ما پیشدولت او هستیم ای خردمند

سربازیش به پایان، ما را نمود خرسند

ما را کجا و تخت آن شاه خوب سیما

آن چهره پر از زخم آن خنده روی زیبا

آتش زنید ما را، راز دل است پیدا

آرامشی نبیند توفان ما خدایا

آن پیر را بخواهند دلدادگان بُرنا

آواره کرده ما را ارژنگ شوی زهرا

سربازی علی را مینوی ویژه کردند

گژپین ما به نیکی پاتخت شیعه کردند
وآن پیشدولت او از بهر بودن ما گویا بهانه کردند
شادی کنید هر دم، ما را نشانه کردند
ای خوش به روز سرباز ای خوش به روز ایران
کاتوزیان برانید، نابودی اند ایشان
باور ز کار و دانش آید به بار ای دل
با کوشش و به بینش، باور بکار ای دل
اندیشه و خرد را دستور دار ای دل
با این دو باور تو آید به کار ای دل
دستور راستگویی، همچون خرد نباشد
بهتر ز شرم یزدان دشمن به بد نباشد
آقاز راه نیکی گفتار نیک، باشد
کان نیز میوه ای از پندار نیک باشد
آزار گر بدیدی از رنج هرچه جان است
در روز سنج، مینو، پاداش نیک آن است
گر دوستی ز چنگ و از نیش تو به باک است
بشنو ز کیش سرباز، گوهر هرآنچه داری دریاب مشت خاک است
تا شاخ آبه پارس، گویی خلیج عَلفارس

باید نواده تاز رویش شود به ما باز، خشمی بباید ای پارس، سرباز خواهد ای پارس، آبت ز کف شد ای پارس، نانت هدف شد ای پارس

پناهم به یزدان ز خواهان بد "به نام خداوند جان و خرد"

خونگریه

شکر خدا را که پس از سال بد و در به دری
در شده از در به دری، دل شکن لب شکری
دیده به در بود دل از سینه کوچک پسری
تا به همین روز که در کالبد شیر نری
زد سرکی از پس ابر، شید به مژگان تری
ماه ز زیبای او چهره کشد رویسری
صرصر ما در کف او نیست نسیم گزری
تیر کشش موی تنم، روزه نباشد سپری
کوه ز پژواک رخش روی نهاده به لری
کعبه طوافش بکند، آینه اسود حجری
گرچه ز دیوار دژ هفت هزاران گزری
آمده یک خانه برون، رد شده یکتا ز دری
گشته به ویران دلم یک نگه آن نازپری
بر در و نزدیک، خدا، مُردم از این خوش نگری
دست خدا در نگرم کرد چنین جلوه گری
ورنه کجا کیش من و راهزنی، پرسه گری

مهر خدا داد مرا سینه این خیره سری
پاپتی کهنه ندار، آمده چنگش گهری
پیرو مزدک به کجا دیده رخ هوش بری
همدم او بوده همه درد جرر بر جرری
من به کجا و تو کجا خوشدل از کینه بری
بنده زنجیر مسی نیست سزاوار زری
مانده ام از کار خدا، سرکشی و نازخری!؟
این تبر آخته و نازکشی، نازبری!؟
کی شده همزاد پری اهرمن هام سری
ماهی آزاده کجا گوش به خرچنگ کری
گشته کنون ناشدنی کاوه شده پیشه وری
چشم فریدون زمان پشت زده بر کپری
خواب نمی دیدم از این پیش تر و پیش تری
شش مگر از آتش و جنگ، شنبه به دستم تبری
گشته کنون قوش دلم مرقک بی بال و پری
خواب همی سوزن اشک، تاب توام نیشتری
نیست هماهنگ بتی بت شکن دین گسری
نیست مگر در پس خون دیوکشی، دادگری
هست امیدم به خدا، در پس هرگز مگری
لیلی من شیشه دل و او بلد شیشه گری
دختر بی نام علی کام دل کارگری

خون گران علوی روی سر باربری

نرگس سرباز کجایی که تو کار دگری

نرگس سرباز به گریه بود اندر اگری در اگری

پناهم به یزدان ز خواهان بد   "به نام خداوند جان و خرد"

نرگس

ندانی از نسیبه در احد کوه؟

چه دانی از زنان سرخ نستوه

اگر مردانگی خواهی و کوشا

بجوی از فاطمه آن مام بابا

بگو از زینب اندر دشت خونین

نه از ویس و نه از ابسال و شیرین

نگو از عنصری عَذرای و لیلا

که لیلای من و تو خون زهرا

بجو زآن ها که بی آوازه مردند

به جنگ با فرامُشخانه مردند

فراموش اند و یا بیگانه مردند

به راه فاطمه مردانه مردند

بگو زآن ها که سر بر باد دادند

سر و جان را به راه داد دادند

به خواه میهن آزاد دادند

به تازی بیعت و العهد و میثاق، ازل بردند و در میعاد دادند

کجایی نرگس ای راز زمان تو

به پا خیز ای گل بی باقبان تو

بیا سیمرق من، بی آشیان تو

که این اژدر نه اژدر، اژدهان تو

بیا آقوش چشم خویش بگشای

به تنگم درکش و در من بیاسای

به پا خیز ای گل زیبای کوثر

که این خیزش ندارد بی تو مادر

دلم در خشکی تو مرد ده سال

بپژمردم، بخوانندم دگر زال

جوانم کن تو با یک بوسه ای یار

درفش کاویانی سخت و سنگین، نگهداریش بی اندازه دشوار

بیا ای نرگس من، جنگ نزدیک

ندیده چون تو هرگز لشگر نیک

به سوی من بیا ای شیعه سرخ

تویی سرباز را انگیزه سرخ

تو عذرا نیستی، خود وامقی پاک

نداری در سر از ترسوترین باک

نمی ترسی تو از زهاک در خون

منم کاوه، تویی بی من فریدون

دو کاسه آتش اندر رخ ز نفتا

به سینه آتش جاوید، برپا

درون تو هزاران لشگر خشم

بتیزانند تیر و ترکش و چشم

رسد روزی که دین و کین بخیزند

که سبز و سرخ، نقش جنگ ریزند

چه جنگی که همه سازندگی هست

چه جنگی که همه رو زندگی هست

به دیگی که نه بر این رگ بجوشد

بود آن به که لاش سگ بجوشد

جهانی را که ماسون شاه باشد

بود بهتر که خون در راه باشد

به آن تن که نه دارو کارگر شد

پزشک خوب بر کار جرر شد

خداوندا تو را سوگند بر خویش

اهورامزد پاک و ای فره تیش

ببر یک خانه این سرباز را پیش

به این شترنج خون، ای برتر از کیش

تو که تامو ز ایران برده ای چین

همه اسرار گم پُو داشت در زین

تو که دارما و دات، آدها و دارو

بنامیدی همو در چین و هندو
تو که آن کشتی رزمی ایران
به مهمان برده ای آن سوی توران
بیاور باز، ای پروردگارا
به خانه بازگردان رازها را
بیاور هم تو ای بخشنده ما
به دانش زنده کن افسانه ما
خدای من، تو نرگس آفرینی
به هرچه آفریدی آفرینی
گلی لاله است اندر دشت خارا
نگاری در پی مهرت نگارا
چنان قنچه است پاک و ناب و بالا
که ترسم پَر شود از گفتن ما
همی می ترسم از چینی رویش
ندارد تاب از گل شانه مویش
تو این گنج گران، حوآ، به من ده
که فرسودم من از افسون گربه
به سرخ سربداران خراسان
خداوندا بکش بدخواهِ هامان
خداوندا بخیزان پیشوا را
کرم کن کارگر را بینوا را

ز قرآن پادشا کن پارسا را
بده سرباز را نرگس، خدا را
مرا از چاکری خود مینداز
گنه دارد خدا، بیچاره سرباز
بکش هر آنچه بیلدربرگ زاید
درخت تیره را، کشتار باید
بکش این سایهِ آن شوم بنیان
درخت اهرمن را ریشه سوزان
من و ما را تبر می ساز و می زن
از امروز است سرباز تو آهن

"به نام خداوند جان و خرد"   پناهم به یزدان ز خواهان بد

درفش سرخ

من و بی کسی و مزدان سه یاریمِ
سه یار کار و کام و کارزاریم
من و اندوه و ایزد، دوستانیم
به گرمابه، گلستان، جان جانیم
من و یزدان و خشم و کین، کسانیم
به بتخانه به مزگت داستانیم
من و درد و خدا با همدگر خوب
بود آن چار ما گهگاه آشوب

من و یک ارتش سرباز، یک تن

من و یاران با سرباز، دشمن

به تا آن لشگر از جانم برآید

ز سوزن سورخی، جانم درآید

به تا سربازخو برخیزد از من

بود رنجم به کوه و خوش به ارزن

من و بی خوابی و پروردگاریم

که با شب تا سپیده کار داریم

تبرزین و من و قرآن و جانان

به جان آییم تا جان گیرد ایران

من و خون جگر با پاک یزدان

درفش سرخ را اندر گریبان

بپروردیم و اکنون پنج بازو

گرفتند از شکیب ما سه نیرو

یکی از پنج، این سرخی درفش است

یک و سه، پنج، من، یک و یک، سفر، اندر کار فرش است

سهِ این پنج، کاف و میم و عین است

چهار آن، سمن، مزدک، و یک دست

و چون او در شمارش به که پنهان

شود پنجم نبرد و پنج، پایان

ز من، از خون گرم این پنج قنچه

در این ده سال بوران، زد شکوفه
من و تلخی ز پیدایش همینیم
خدا از خود، من از زایش همینیم
همه اندیشه ام در کشت دهقان
به کار کارگر گریه است گریان
نه من، پاکی و خوبی و درستی
همه از زشتی و مستی پستی
به مرگ خود امید و شور دارند
چو شد دوزخ جهان، این سه نزارند
زمستان بود و ما بودیم، من و او
خداوند پژوهش خوی پی جو
به او از پشت خنجر می زنم، نه
من از سربازیش دل می کنم، نه
منم باید، و بی من نیست چیزی
نباشد از ز خود پیکان، گریزی
که من سربازی جانان گزیدم
که سربازان جاویدان گزیدم
ز سی آزر نه ده، منم جنگ، کزین یلدا شب میترای زاده
به زایش "حق" کزآن سرباز را چنگ که میتان زاده گردیده دوباره

پناهم به یزدان ز خواهان بد "به نام خداوند جان و خرد"

درود بر علی

دست را بکش، روبرو، بالا، راست
پنجه بگشای و راست، تن راست
درود بر علی، که پیشوای ماست
چنان بگو که خداوند، در غدیر خواست
درود بر علی، بی کم و کاست
درود بر علی، که او پیشواست
درود بر علی و درود بر علی
سپاه فاطمه، روزه، نمک، یلی
درود بر علی، شه سربازها علی
دان روی آفرینش سرباز را علی
درود بر علی، تن قرآن و کعبه او
سرخی پرچم کینخواه شیعه او
سرباز او و آتش سربازنامه او
ایران و آریایی و هرچه میانه او

پناهم به یزدان ز خواهان بد   "به نام خداوند جان و خرد"

شیفته

فاطمه کیش من و آیین من

فاطمه زیب من و آزین من

فاطمه دارایی و نیروی من

دانش و داد و درود و پوی من

فره من، برتری و مام من

گوهر و خودباوری و کام من

من شدم نابود او و شیفته

من چنان خاری به او آویخته

تاب من آورده و خواری من

وای از این دین خودخواری من

من منم رسوا و شیدا و به من

آتشی پنهان و نامیرا، که من

من منم سرباز مهدی بی سخن

راست می‌گویید و بشناسید من

پناهم به یزدان ز خواهان بد   "به نام خداوند جان و خرد"

زهرا

پیمان شکسته اند که پیمان شکن شوند

مادینه ژندگان، نه دگرباره زن شوند

پیمان شکسته اند که بازار تن شوند

اندر زبان لهله سگ ها سخن شوند
پیمان شکسته اند کمرها شکسته اند
با ناز نرم نرم چه سرها شکسته اند
زهرا بیا که پاکی زن ها فسانه شد
آن خانه تو نیز فراموشخانه شد
مردان سر به زیر بمردند، پیش تر
چشمان پاک بیالوده شد به هر
پاکی دیده و دل هم خرافه شد
پاک از گناه زیدن و ماندن گزافه شد
پاکی دیده زابرس این خاکزاده شد
باز آ که پیشه ما چون تو، گریه شد

پناهم به یزدان ز خواهان بد "به نام خداوند جان و خرد"

سرباز ِ پرچم

می خرامد ابر نم نم
میهن آباد شبنم
می وزد در چشم من هم
جوششی زآن سرخ زمزم
تارک چاکیده از هم

زرد دستاری و مرهم

خفته در گسترده بَرسَم

کعبه، قرآن، اوج آدم

تارک سرخ و رخ زم

می گزارد چشم برهم

نزد او فرهشته از دم

دست بر سینه، کمر خم

هرکه بُد سرباز و نیرم

راستکار و راستی دم

ترجمان گوشه ای کم

از علی، از پیشوایم

تا شناسانده شود جم

تا که دانسته شود چم

شَست گاه مرده یک زم

کارگر بر کارگر، سَم

پلک برهم خفتنی دم

پر زد آن سربازِ پرچم

"به نام خداوند جان و خرد"		پناهم به یزدان ز خواهان بد

راز شهنامه

به یک برگ شهنامه افسانه نیست
به هر واژه او نشان از علی است
اگر رستم آن سنگ بیژن گشود
علی در ره جنگ صفین بود
همان سنگ را برگشود و کنار
زدی از رخ چاه بیژن نگار
اگر نابرادر شقاد پلید
چنان تار در راه رستم تنید
همان دخمه را در ره پیشوا
تندیدند بر نابرادر سزا
که سوگند خورده به یاری بُدند
برادر به دین بهاری بُدند
علی را همان واژهِ رستم است
"بَروهای جنگی پر از چین" دم است
علی را همان سر که رستم برید
به دست از نبیرهِ آواره زید
نگردید بندوی اسفندیار
اگر رستم از مهر دین و دیار

علی دست بند و گلو ریسمان

که سرباز جانان به دستور جان

"به نام خداوند جان و خرد"   پناهم به یزدان ز خواهان بد

چالدران

جنگ را باختیم و علی را نباختیم

ما، سرخ سرخ شدیم و گداختیم

ما روسپید که با شب نساختیم

دانسته سوی مرگ، علی وار، تاختیم

آتش زبانه می کشد از لوله شکست

کاری ز دست تبرزین نه ساخته است

وانگه چگونه می شود این کفرپیشه گان

بی خون گزر کنند به تبریز شیعیان

باید شنا کنند به دریای خون ما

تا سجده آورند به خشکی خانه ها

ترسا سپاهی توران زمین شده

بزقاله یهود، به آن سرزمین شده

از هر کرانه پلشتی به یاریش

دیوان نشسته اند به آیینه داریش

یک اژدهای جهان خوار، سوی ما
آتش گشوده است، نه باروت، روی ما
خون می دهیم خون که شود سیر خون ما
اشکی است خون ز دل آبگون ما
بگزار بگزرد از لاش دون ما
سرهای کنده و بدن سرنگون ما
در پشت دره کشتارگاه ما
آنجا، جلوتر از آرامگاه ما
کوهی است، تا میانه خورشید رفته است
او باور علی است که از خون شکفته است
رامشگری خون که به شیعه همیشه هست
او را به زیر بیاور! عرب پرست
سرباز سرخ سر امروز خسته است
هرگز نمرده که خونبار خفته است

پناهم به یزدان ز خواهان بد "به نام خداوند جان و خرد"

درفش من

به کودکان چه بگوییم، بگوییم چه شد فاطمه مرد
چه شد از دست برفت و چه شد از پای بیفتاد و چرا جان بسپرد

ز چه آن مادر هستی جان داد

چه شد آن مهد تب و تاب، ز تب و تاب افتاد

چه بگویم که چه؟ تب کرد، ندانم آیا

چه کنم گونه و پهلوی کبودینش را

که ز که جان جهان فاطمه سیلی خورده

ز چه شد کوثر قرآن خدا پژمرده

چه بگوییم پیمبر ز کدامین دستان

زهر نوشید و بکشتند همو را ایشان

چه بگوییم چرا گور یکی دختر او

هست پنهان و چرا نیست ز یاس او، بو

چه بگویم که در آن کوچه چه کس مشت به بانو می زد؟

چه کسی بر در آن خانهِ پاک آتش از کین خداجو می زد

ریسمان را چه کسی گردن دانا انداخت

پیشوا را چه کسی می زد و بر پا انداخت

چه بگوییم چه از روشنی و تاریکی

ز درفش سرباز، که همین نزدیکی

پناهم به یزدان ز خواهان بد   "به نام خداوند جان و خرد"

نخستین ره

من علی را می گزینم بر نیاز

زنده خواهم شد به این بگزیده باز

راه هستی هست در گام علی

دومین راه زمین کام تنی

یا که خشنودی تن جستن توان

بر نیاز و کام خاکی شد روان

یا به راه پیشوا، خون داد و جان

از جوانی هم گزشت و از جهان

راه دیگر نیست در گیتی بدان

یا علی و آریایی، یا نیاز و اهرمان

چون به خشنودی تن راهی شوی

گرچه در دریای چین ماهی شوی

در کف اهریمنی و بنده اش

گشته ای همدست و دست نقشه اش

راه خوبی نیز کژ خواهد شدن

با به مویی از علی بیرون زدن

در علی بودن بود راه درست

بوده این ره از همان روز نخست

بر خدا سوگند آدم شیعه بود

چون من سرباز کارش توبه بود

پناهمِ به یزدان ز خواهان بد "به نام خداوند جان و خرد"

خانه زهرا و علی

خانه ای تنگ در این آقوش است
نام بی ننگ در این آقوش است
سبز خوشرنگ در این آقوش است
سرخ ارژنگ در این آقوش است
رومی زنگ در این آقوش است
سازش و جنگ در این آقوش است
جان آهنگ در این آقوش است
جانی از سنگ در این آقوش است
شادی و شنگ در این آقوش است
زخمه چنگ، در این آقوش است
شیعه سرخ در این دستان است
آریایی، مرد مردستان است
ما که کوتاه نیاییم از تو
تا تویی روزی ما، روز از نو
ما نخواهیم مگر جان علی
برتری در کف ایران علی
ما نخواهیم مگر زهرا را
پاکی و راستی زن ها را
گاهِ سرباز در این آقوش است

شورش و ساز در این آقوش است

پناهم به یزدان ز خواهان بد   "به نام خداوند جان و خرد"

برخیز ای علی

برخیز ای که در میان خاک خفته ای

برخیز ای که سبز و پاک خفته ای

برخیز ای که سر به چاک خفته ای

برخیز ای که پردل و بی باک خفته ای

ای بیست و پنج گاهت روز من ای علی

سوگند می خورم که تو را هست زندگی

سالار هرکه چو من هست مزدکی

سردار ارتش یکدست مزدکی

سرباز، بنده یزدان تو یکی

امید زنده آینده تاریک کودکی

تو راز خودشناسی و خودسازی منی

کابوس شامگاه یهودی دشمنی

پیروزی و بزرگی و مردی و سروری

شیرینی و خوشی و شادی و فری

پیروز باشی ای سر و سردار آدمی

پیروز باشی ای شه هشیار آدمی

پیروز باشی و خوش خوش، پیشوای ما

ای مغز زندگانی و هستی و رآی ما

ای آه آریایی و ای دادخواه ما

سربازرهبر و همایش هر آنچه خواه ما

پناهم به یزدان ز خواهان بد   "به نام خداوند جان و خرد"

کارگرپهلوان

هر کجا بنگری، درود علی است

کار هر دلبری سرود علی است

آن علی شاه ما نمی دانی

آن علی پیشوا نمی دانی

آن علی یاور من بی چیز، آن علی مرد جنگ و ارتش بود

کارگر بود و خوشنویس و امیر روزه داری همیشه بخشش بود

داور دادگاه داد و دهش

آن سخنران پاسخ و پرسش

پیر گفت و شنود و بینش بود

مرد میدان کار و دانش بود

کمرش سفت بسته چون آهن، نیو آمادگی و ورزش بود

کهنه سرباز زندگی و خوشی پیشگام امید و رویش بود

پهلوان نبرد و سازش بود

داستان خودِ پژوهش بود

او که لبخند بر لبش شب و روز سبز و از آه سرد خامُش بود

۲۰۹

ماژ او را نه مار می داند، نه تواند، که اژدهاکش بود

نام او را ربود کاتوزی، با کشندهِ خویشتن خوش بود

تا که سرباز آمد از شب خویش خشم و کین و ستایش و هُش بود

سر سرباز و پیرو سرباز پیشکش پیش پای آن بی ناز

جان شیرین ما به کام علی، کارگرپهلوان بی انباز

پناهم به یزدان ز خواهان بد "به نام خداوند جان و خرد"

خدابا

مسیحای دیندار ما زنده است

نه فر جهاندار از او گشته است

"سوی پاک یزدان شد آن رآی پاک

بلندی ندید اندر این تیره خاک"

یهودی بگوید که من چاک چاک

چلیپا کشیدم سه تن، بر مُقاک

هزارش دروق است و نیرنگ و رنگ

بر او پیروی از مسیح است ننگ!

یهودی نمیرد به کیش کتاپ

مگر که گواهی دهد در جواپ

به پاکی مادر به فرمانبری

ز پورِ گواهی بر داوری

به پاکی مریم به پروا درود

به پرهیزکاری زیبا درود

به اسلام ناب مسیحا درود

یگانه پرستان ترسا درود

به نوزاد یک روز گویا درود

به باور به نیروی بیتا درود

به شمشیر آن پیر برنا درود

به سرباز بازآمدن ها درود

نه یک دم، به دم تا دم باور ما درود

به مریم، به آن مادر پاک والا درود

به هر رند بر کیش آیا درود

و بر هرکه بی چشم، بینا درود

به پرسشگر راه پیما درود

و هم بر نماز خدابا درود

به هر خس که پاسخ بجوید درود

به سرباز و هرکس بگوید، درود

"به نام خداوند جان و خرد"   پناهم به یزدان ز خواهان بد

پیکار نو

ناامیدی چه مگر مشتی دروق؟

نام هر آنچه به خود گفتی دروق

شادی و پیروزی و شیرین و شنگ

چیست ای دانا مگر پاداش جنگ

تا خدا زنده است کار ما خروش

این نبرد ما و اهریمن ز هوش

تا خدا زنده است، یاری کسی

کی نیاز است و نه بردارد خسی

هست افسردگی ای جان خدا

باور لرزان به قرآن خدا

بسته ای پیمان تو با آن بهترین

دیده او اندازه ما را چنین

ما چو از هیچان در هیچ آمدیم

زیر گام هیچ و بر هیچ آمدیم

رو به رو بنشست چون بر تخت داد

هرچه ما خواهان آن بودیم، داد

او خدای ماست با هر آنچه هست

پشتوان و یاور ما نیز هست

دوزخی هرگز نمی گردد به پا

چون که تو بشناختی یکتا خدا

اینکه تو از نیستی هستی شدی

خود بهشت و کامرانی خودی

گر که در این خاک هم اهریمنی

در پی نابودی این میهنی

تا به دوزخ پرت گردی از زمین

خود بهشتی باشد از بهر تو این

چون که آگه می شوی بر جان خود

می شناسی آن جهان یزدان خود

ناامیدی چیست تا پیکار نو

می تواند باشد امشب کار تو؟

فاطمه در کوچه خون خالی است

ناامیدی در تو امشب جاری است

من تو را می فهمم و می دانم آن

گردش خونی که در رگ ها روان

وانگهی جان تو با امید و شاد

می تواند باشد آن شیعه که باد

هم روان و هم تن تو با سیاه

می شوند افسرده و کور و تباه

شیعه خون می خواهد از رگ های خاک

رودخانه های سرخ پاکِ پاک

ناامیدی را رها کن تا گناه

خشک گردد در تو چون بامی گیاه

ریشه هرگون گناهی، این بت است

بشکن و آزاد شو از بند و بست

تا بلندی در تو هست و رشک هست

اینچنین بر مرگ کودک اشک هست

پاک شو، آزاده شو، سرباز شو

یکدل و بی شاید و بی ناز شو

جان جانان، پاک کن ما را ز بد

هرچه بد بر ما ببارد بگزرد

این تبرزین را مگیر از دست ما

چوب خشکی را تو گردان اژدها

نیروی خود را چنین کن آشکار

شاه کن سربازها را ای بهار

گرچه جم کاتوزیان را آفرید

خود از این یکتا گنه شد ناپدید

گرچه او این راه را بگشود و رفت

روی ایشان کی چنین بوده است سخت

او به دانش ها گروهی را گماشت

گرچه تخم دیو را در کیش، کاشت

تو به ما یاری کن از کاتوزیان

گر به پیوند اند، با نیساریان

باز می گردد گه ساسانیان

در پس از گندیدن دوزخ روان

فر ما مهر علی و فاطمه

سر بود با این دو سرباز از همه

پناهم به یزدان ز خواهان بد "به نام خداوند جان و خرد"

سرباز

دُردی کش پیمانه را لولی وش میخانه را گو رو که آتش آمده

آن بی سر بی همنوا یکتا برای یک خدا جنگی و سرکش آمده

چون پیر دهقان گفت از جاه نژاد و فرهی

هر گوشه شهنامه اش باشد نشانی از علی

بس تخمک پرورده اش، وز دانش و دین و گهر

از رستم دیندار و خود را خاک پای پهلوان کارگر

یا پیر قرآن گفت از رند و خرابات و شکر

وز خرقه کاتوزی سالوس آتش زیر سر

از آن سیه چردهِ خاتم روی و بر

هر پرده دیوان او در پرده مهدی گو به فر

یا پیر ایران گفت از شمس و رها گشتن ز هر

یا پیر پیران گفت از آموزش و پند و هنر

یا پیر یزدان گفت از پاکی خدای رهنما، از دوزخ بی بازدر

یا پیر ایوان گفت از مینوی نو کردن به پا امروز را زیدن بتر

یا پیر چوپان گفت از این چون و آن چون و دگر

آهو و مرق دشت و در، از آفرینش بیشتر

یا پیر زندان گفت از آموزگار چرخ و زر

پوچی تلخ و درگزر دوران همچون نیشتر

یا پیر زروان گفت از راه گزر چاه شرر

وز پارسی با پارسی، مولی و جوی خانه بر

یا پیر دلبان گفت از دلدادگی و چشم تر

وز چُون لیلی چیره تر شیدایی پیچش نگر

یا پیر درمان گفت از سیمرق و قاف و هفت شهر

از یک شدن تا یک شدن، باران اندر تفت دهر

یا پیر پیمان گفت از آیینه های بی شمر

دیو و سروش و نوش و زهر، آن سوی در!

او در پی کینخواهی و بلوا و بلبش آمده

از گریه های کودکان پیکان آرش آمده

وز کارگر زاده شده نی تخمه شاهی بُده

پیر مقان می فروش، یکتا به او قامت زده

شاه و سپاه و پهلوان هم موبد و هم مرزبان

مجنون و لیلی بر درش، شمس پرنده آشیان

زندان شکسته باورش زندان پوچی زمین
آیینه من نیستم، با نقش او یابد نگین
آموزشش آموزش شیرین خیزش می بود
مِی آب و گور پخته اش نان و نکوهش می بود
خمخانه اش خونخانه و میخانه اش، سربازخانه می بود
لیلای او گنجشککی بی آب و دانه می بود
همای او قرآن بود، هدهد ترانه می بود
اکنون که مرقی سی نشد یک تن میانه می بود
کودک بر او کیخسرو و رستم دل خوددار او
آهوی دشتش چون ندا پیوسته دارد خون به رو
مولی جویش آتش آرامگاه شبنم است
بی ژاله چشمان او چیزی در این گیتی کم است
همچون ترانه پشت و رو زخم بد دم بر دم است
خون دل او مهر ناب چشمه سار زمزم است
پاک و برای آبرو همچون سیاوش آمده
همچون پری آب ها بر جنگ اپوش آمده
کی همچو درویشی رود در گوشه تنگی خزد
کی پهلوانی خشم او بر خرمن نانی وزد
کی صوفی و رندی شود تا خویش و خویشان را گزد

وز مردم نادان بُرد تا در بیابانش خِرد با آتش گردون پزد

کی روی گردان از جهان با شادمانی می، خورد

کی از کنار کودک بی نان و خانه بگزرد

کی بر ستمدیده کسان هر دم ز راهی نگرود

کی خون ببیند در میان از بیم، چون مرقان دود

کی چشم آهو بنگرد کو اشک کودک پا نود

کی از پی لیلی رود خاک بیابان را نود

در سستی دوز و دروق، کی دشنه ای پنهان کند تا پور خود بی جان کند

با کمترین رنجیدنی نی چون کبوتر، چون کلاق، از بام مردم پر زند

با ناجوانمردی چرا پهلوی ایرانی درد

تا راستگویی پژمرَد تا کیش توران پرورد

کی او دروقی گوید و سوگند بی پیمان خورد

بی راستی می دان دروق، بی خون همه ایران خورد

پرده دریده می شود خواری به دیده می جهد

انبوه خرده می شود گر آب بر هانی دهد

در هر گه و در هر کجا دستور، هوش است و خرد

هشیاریش را او کجا پی در پی جامی کند

کی از بزرگی پدر او بر پسر کامی دهد یا هر گهر را از هنر بالاتر و برتر نهد

کی از فراز و برتری بر سخت کوشان دم زند تا از خم دوران رهد

بالانشینش کودک و انگیزه اش یزدان بود
تا کی به خشنودی او در خوش ترین پایان رسد
سرباز بندو در رهد دژخیم و دشمن بشکند
کاخ هریمن بشکند، کاتوزیان، گردن زند
این مردم دلخسته را سرباز فاطیما کند
آتش به کیش و باور هر دیو بدسیما کند
پیران ایرانی همه گردآمده در جان او
سیمرق خواهد شد بدان اندیشه هامان او
ناب از علی و فاطمه می گردد این دیوان او
پشت نژاد برتر است، بر پشت سربازان او

پناهم به یزدان ز خواهان بد "به نام خداوند جان و خرد"

بوموسی اشعری

چه از کاتوزیان می جویی ای دوست اگر از رهروان راستینی
"خدا زآن خرقه بیزار است سد بار که سد بت باشدش در آستینی"
چرا کاتوز را از کیش دانی کجا فرموده یزدان اینچنینی
کجا دین بختکی بودی به اسلام مگر بسیارموی خرنشینی
بخوانده پورمریم نام او را همارہ مارزاده از جنینی
ستیزد با گهر با خاک آدم به فرهنگ و هنر با او چه کینی

به سد دوران بود زو ردپایی کجا ماری چنین در آستینی

به نام سایه و دست خدایی کجا گرگی چنین در پوستینی

هر آنجا روی شیرینی برآید مگس را روی شیرینی ببینی

خرد را همنشین کیش می کن که تا هرگز نگیرد همنشینی

چه کس مزگت به نام او نموده چه کس او را گزیده با گزینی

مگر نه مردم هر کوی و برزن ز خود باید گزینندی گزینی؟

خدا را شش بداند پنج تن را خود یزدان بخواند و بیش از اینی

چنان چوب و زمین و گِل پرستد که جادو می شود هر ساده بینی

خدا را مرد و با گفتار تازی به پندار آورد بر پشت زینی

که تا تازی نگویی او نداند، دَم دین بختکی را تا نبینی

که دانشمند قرآنی کجا و یزید داستان گوی چَمینی

کجا بیداد و بانگ آفرینی کجا سربازی و این خشک دینی

پناهم به یزدان ز خواهان بد   "به نام خداوند جان و خرد"

ای آریا

الله اکبر دیو کو اهریمن بر نیو کو

کاراگر این کار کو گودرز و بیژن، گیو کو

کو دشمن خونخوار ما

کو مازن آزار ما

کاتوزیان هوش کش

یا گربه های موش کش

سگ های شاهان قجر

خرهای خرنامه ز بر

یا واژگان گمشده

از دفتر مردم شده

یا لات های میر کش

آن خوشنویس شیر، کش

قزاق ها یا گزمه ها

خاک اند خاک کوچه ها

یزدان بزرگ و برتر است

ارزش همین یک باور است

داری چه بهر باختن ای خوب باور کن مرا

با ما بیا ای آریا، برخیز و سربازی نما

پناهم به یزدان ز خواهان بد "به نام خداوند جان و خرد"

ترانهِ جنگ

خداوندا تو ما را یار و یاور باش و درمان کن

تن آسان کن هزاران کن ره ما را نمایان کن

پگاهت را درخشان کن

پناهت را فراوان کن

خداوندا زمستان را بهاران کن

ز هرچه خوب تر آن کن

به این دوران اهریمن تو با ما بی کسان دیدار و پیمان کن

تو این گنگینه دژها را سراسر خرد و ویران کن

خداوندا تو یارم باشد و ما را از همه یاری دیگر روی گردان کن

مرا با گرز و شمشیری ز قرآن راهی این هفتسد خان کن

مرا از گرزگیران و مرا از مرزبانان کن

مرا با کارگر جان گیر و همرنگ زمین خشک دهقان کن

هرآن کس دشمن ایران، بدان سرخابه سرکش دوسد افزون کنش آتش

خداوندا تو دیوان را به زیر آور گلوهاشان به تیر آور بکش اهریمن و اپوش

تو تا یار منی ای یار به نامردم چه یارایی بود از زشتی و آزار

چه کس را هست امید دمی در کار تو سردادن آوای ناهنجار

که باشم من خداوندا تو کاری کن به ما در جنگ یاری کن

به خون دیده سرباز، بهار و دانه و دهقان زمین را آبیاری کن

پناهم به یزدان ز خواهان بد "به نام خداوند جان و خرد"

ده سروش

مه آباد و کیومرس و شهرسپ، کاوه و کوروش و زردشت
مزدک، علی و حسین و رضای ز ابراهیم، پشت
به این ده، خدا رهنمایی نمود
من و تو نیاکان ما هرکه بود
به ایران زمین این دوپنج آمدند
به این سرزمین همچو گنج آمدند
پیام خدا را به چندین زمان
گشودند بر ما به چندین زبان
سخن گفت یزدان ز کردارشان
مپندار دل برد، گفتارشان
همه یک بُدند و به یک کیش هم
تن و جان به سختی و خالی شکم
همه ساده زی و همه راستگو
همه یار مردم همه چاره جو
از این ده به ایران زمین دین برُست
دگردیسه شد کیش مرد نخست
بهی شد ز هر کژ بپالود تن
همان کیش پیقمبران ویژه ویژگان گشت، آیین من
به ایرانیان راه و جاهی پدید

که کس در جهان ها و جان ها ندید

مه آباد تا کوروش از پهلوی

چو مزدک به آیین زردشت کی؟

چو آن یازده آیه تابناک

که دانست آیین قرآن پاک

چه اسلام از شیعه اسلام تر؟

که باشد سزا و نکونام تر

به این ده به ایران پیام خدا

رسید و بلند است نام خدا

به روی سیاهی که خورشید سوخت

علی چشم ما را چنین برفروخت

همان رو که تیره بُد از کار و شید

چنان چهرهِ پر ز خم و درید

بود خوش تر از چهر سد بت مرا

که شیرین تر از مهر سد بت مرا

ز هر چهره ای که خدا آفرید

مرا دیدن روی ایشان امید

ز آن دست های سیاه زمخت

نه دستی بود نازتر در نهفت

ز آن پشت بشکستهِ زیر بار

نه پشتی بود راست تر در شمار

به پا خیز فرمانده ما علی

به پا خیز ای شاه، در بندگی

به پا خیز فرمانده ما ز خاک

نمایان کن آن سینه چاک چاک

به پا خیز ای داور و دادگر

به پا خیز ای گنج ما، سیم و زر

به پا خیز فرمانده ما بی کسیم

به پا خیز ای گل که بی تو خسیم

به پا خیز ای سرور راستی

به پا خیز ای ماه بی کاستی

به پا خیز ای پهلوان وزین

به پا خیز ای رهبر راستین

ببین رنج ما اشک ما درد ما

دل خون و این چهره زرد ما

ز هر دلبری ناز تو نازتر

ز هر سر، سر تو سرافرازتر

ز هر کودکی پاک تر چشم تو

تو جاویدآتش، که هر روز نو
تو ای پیشوا دین سرباز، تو
بهشتا بیا سوی ما باز تو

پناهم به یزدان ز خواهان بد "به نام خداوند جان و خرد"

شنبه شکار

نیرو به پرچم سرخ، روزی که نقش بندد
اندر جهان دوباره ایل تو پخش گردد
کولی و موش پست و پتیاره کار چون پیش
شنبه شکارچی خود، شنبه شکار چون پیش
تلمود اندر آتش مستانه می شود سرخ
تک چشم تو یهودی، از بین می رود سرخ
بی تو دوباره گیتی رنگ خدا ببیند
سرباز، فاطمه را، با پیشوا ببیند
آن جنبشی که روزی از آریو و به تیس
سر زد به کوی و برزن بر جنگ دیو تاایس
آن خیزشی که روزی شورید بر یهودی
درباریان پستی، که بیشتر یهودی
بر خنجری که از پشت در پشت آریایی
بنواخت آن یهودی تا جان دهد هخایی

پس از هزاره های سختی که رفت تا ما

از هرچه که یهودی می خواست، کرد با ما

نیرنگ او اگرچه، سر، از آریو برداشت

آن سر به هرچه تن بود در مهد آریا کاشت

بی تو دوباره هستی آرام و پا بگیرد

سرباز، این جهان را با آریا بگیرد

پناهم به یزدان ز خواهان بد   "به نام خداوند جان و خرد"

من

من از اهریمنان خونخوارتر من

من از پتیارگان بیمارتر من

من از هر من ز من بیزارتر من

ز هر بی بار من، بی بارتر من

درون من، هزاران رو سخن هست

هزاران کودک و مرد است و زن هست

هزاران گونه رآی نیک و دن هست

و یک پروانه و یک تارتن هست

من اینم، سنگدل، درمانده چون کرم

به بی دستی و خواری زاده چون کرم

هرآن باشم، اژودر، گرگ، خرچنگ

زنم هر دم به دامان علی چنگ

اگرچه دیو باشم یا هیولا

بمالم روی بر پای تو مولا

نه امیدی به این من می توان بست

نه بر یک زن مگر فاطمه دل بست

علی و فاطمه از من خودی تر

پدر، مادر، من ما این دو سرور

نه من باشم مگر پستی که پیمان

شکسته بارها با جان یزدان؟

نه من باشم مگر ترسو و کم کار

که داده جان خود پیوسته آزار؟

ندانم هیچ من درباره من

ندانم کیست این بیچاره من

ندانم از کجا آمد من من

کجا خواهد شد این من از تن من

بدانم وانگهی من هرچه باشم

به راه جاودان شیعه باشم

به پای نام حیدر جان ببازم

برای فاطمه، ایران بسازم

هرآنچه هست از این من بگیرم

برای پیشوای خود بمیرم

که من، سرباز آن پهلوشکسته

درو خواهم نمود از بیخ، هرچه
بخواهد ایستادن با من او
که من بد باشم و او بود نیکو
مگر خواه علی و فاطمه چیست
اگر هم هست من می سازمش نیست
منم سرباز و بی این کیش سرباز
نباشد این من بی من، مگر راز
من سرباز بی این شیعه در تنگ
نباشد آریایی را مگر ننگ

پناهم به یزدان ز خواهان بد "به نام خداوند جان و خرد"

کینخواه

بیست و هشتم است یا بیست و نهم
توبه می کنم برای بار هزار و سد و دهم
اهریمن سیاه، درونم به چابکی است
این دیو رهزن جانم ز کودکی است
نامرد کژمنش بنشسته سر نیاز
در خاک من همه ریشه دوانده آز
من کیستم یا که چه خواهم از این جهان
من بنده توام، تو، خداوند مهربان
از هرچه هست و نیست گزینش کنم تو را

کینخواه و یاور و یادآور و خدا

این دیو در من است ز پیش از من ای خدا

او با من است، دیرینه تر ز آفرینش من دشمن ای خدا

اکنون بکش و یا به دوزخ بی تو دمی فکن

پاکی تو از همه کردار زشت تن

یا اینکه ریشه بسوزان درخت دیو

از گوهرم جدا بکن این سر به سخت دیو

آری به خود ستم نموده و، دانم چه کرده ام

من گندم تو را به آسیاب دیو سیه جامه برده ام

من بوده ام خراب و خرابی نموده ام

با خون دیده سرباز وانگهی، از تو سروده ام

پناهم به یزدان ز خواهان بد   "به نام خداوند جان و خرد"

سنگ شود!

یک شبه باید ره سد ساله رفت

گام برهنه زد و بی توشه رفت

باید از این خواهش یاری گزشت

باید از امید سواری گزشت

بی دم و بی یاور و بی باره رفت

بی سخن هرچند در اینباره رفت

چشم ز دست و دل مردم برید

آتشیان! پای ز هیزم برید

از همه دستان شد و بی دسته رفت

دست خداوند شد و خسته رفت

بیدل و وارسته و آتش پژوه

با سر و بار به سر دوش، کوه

سنگ شود هرکه به آهسته رفت

در ره خودداری و وابسته رفت

وای بر این مردم دل سرد و سخت

وای که پایان برسد گاز و نفت

یک تنه جان می دهد او بی گناه

شاید از او باز شود باز راه

یک تنه سرباز ز آسوده رفت

بر ره آینده هر بچه رفت

پناهم به یزدان ز خواهان بد   "به نام خداوند جان و خرد"

بی آهن

در دل این خانه دشمن، باز هم تو می مانی و من

پشت توده های نامرد و نازن باز هم تو می مانی و من

هرکه گفت دوست است با تو، بی بهانه خنجری به پشتم زد

ای خدا چون بتی تو را بفروخت باورم نکرد و خوب گشتم بد

من چه گفتم ای خدا مگر نیکو من نبوده ام مگر به کار به کار

از چه رو بگو چرا پیمان، با من و تو بسته اند، هزار هزار

این شکستن دل سرباز شادی آور است و خنده می سازد؟!

اینکه باز پرچمی ز خدا، بشکند، به چند می ارزد؟

وانگهی نه من شکستنیم هم نه این ز آن شمارش هاست

خشم یزدان ز جا شده دیگر آتش نگاه او مگر میراست

در گریز یارها از من، باز هم تو می مانی و من

بی تبر، بی تیر، بی آهن، باز هم تو می مانی و من

تا که قرآن به جان من جوشن باز هم تو می مانی و من

زنده سرباز و مرده اهریمن، باز هم تو می مانی و من

پناهم به یزدان ز خواهان بد   "به نام خداوند جان و خرد"

هفت روز

منم فرشته خشم ترانه خوان خدا

به خون سر و دست و بر و دل و پر و پا

منم که بال نیالوده ام به من بودن

منم که رنج کشیدم برای آسودن

کنون شده آتش سراب جان و تنم

به دیو بماند روان بی بدنم

بمیر ستمگر! ز من گریزی نیست

ز گنج ترس به سربازها پشیزی نیست

گریز کن، به گرد توام، خانه، کو به کو

گریز کن ز خود که منم سایه مو به مو

بمیر ستمگر که گاه مردن توست

بمیر که اورنگ من نهاده بر تن توست

به هفت روز زمین واژگونه خواهد بود

و خنده سرباز، جای زوزه خواهد بود

به هفت روز جهان دادخانه خواهد بود

و نام نامی سرباز، جاودانه خواهد بود

آریایی به خویش می آید

جنگ تک چشم، پیش می آید

مهد قزوین، سر و سربازخانه خواهد بود

پایتخت زمین، و شیعه خواهد بود

"به نام خداوند جان و خرد"   پناهم به یزدان ز خواهان بد

نامردم

کارشکن به هر کجا روی تو را می شکند

شیشه آرامش ما بی سر و پا می شکند

گاه شده کیش خدا کرده به وارونه که ما

خوار شویم و بزند تیشه او ریشه ما

کیش خدا یافته تا تند کند کیش خدا

خشک شود زمزم دین، کام یهود است روا

تخت بجوید که چنین روی زمین تخت کند

ساده ما سخت کند، یکسره بدبخت کند

دیو بود هرچه بود تخمه ز هاک بود

در همه گیتی به کجا بهتر از این خاک بود

چنگ چنین جانوری باید از این خاک برید

داد زد و هیمه کشید، جامه بیگانه درید

گنج خداداده دین را منهی روی زمین

گرگ شتر کینه تو یکسره می خواست همین

کیش منه خویش منه میهن و اندیش منه

اینهمه گنج تو بود، مار بکش، اینهمه از نیش منه

هر بد و بدخواه بنه یاره گر خویش منه

هرکه مگر برزگر تخم کژاندیش منه

چشم دل از او بکن و چشمه سرباز نگر

هرچه که او گفت برو، گوشه شو و بازنگر

پناهم به یزدان ز خواهان بد   "به نام خداوند جان و خرد"

درست

استبداد منور به دربار قاجار، درست

مریم مژدلینه و سوسن و یوحنای به شاگردی خویشتن دار درست

شقال پیل زور و زن عیار به روزگار تازی و تاتار درست

مصر را، به دلگرمی اژدها، نه مار درست

میسرا و گرامی یلدا به یک پرست نمازگزار درست

بازی و سازگاری و اندرز، در میانه کارزار درست

نابود دیو به هر روزگار، درست

چهل ساتراپی و بوم در کشور بهار درست

پوشش سبز جای رخت سیاه بدین فسرده دیار درست

خون سیاه و سپید دیو در رگ مردم آزار درست

ریشه هر گناه، گزینش و کوشش و بیمار درست

هفتست و هفتاد و هفتِ سربازها در میانه بازار درست

کشتار کفتار، در کنار سازندگی و ساختار درست

سرباز را جنگ و جنگ با یهودی کژتبار درست

زَ دوره محمدعلی شاه یاری ژرمن، به مام میهن، یادآوری بسیار درست

نژاد آریایی ما از کتاب ها و کوشش ایشان دوباره سر زد و بیدار درست

سرباز باش و نه سربار درست

آزاده باش و نه آزار درست

خونریز باش و نه خونخوار درست

سرباز پرور و سر پرور و سر ده به دار درست

پناهم به یزدان ز خواهان بد "به نام خداوند جان و خرد"

سبز، سپید، سرخ

کشته شد یحیی به هجده سالگی

سر بداد همچون پدر اندر ره آزادگی

شیعه زین رو زیر و رو شد کینه جو

سرخ شد سوزنده شد از کین او

شیعه آن دوران نه چون اکنون بُدی

یکسره جنگ و جرنگ و خون بُدی

یکسره مردان شیعه همچو شیر

یکسره زن های شیعه شیرگیر

یکسره خیزش بُدی اندیشه اش

یکسره خشم و خروشی پیشه اش

هر کجا یک شیعه می کشتی کسی

در زر و سیمش جهان می شد بسی

بود شیعه یکسره در کار جنگ

تا که بومسلم درآمد زآب و رنگ

دست یزدان بود و برتر از گروه

مست ایران بود و کینخواهی ستوه

از علی اندر درستی اش سخن

بوده در صفین یادش بی شکن

نام بومسلم سه بار از او شنید

مالک و آمد به نزد گو رسید

ای ابومسلم بگیر این ها بگیر ای ابومسلم بگیر این ها بگیر

ای ابومسلم بگیر این ها بگیر، مردی از خاور کشد این ها به زیر

هم که اندر نامه اش گفتا ز راه

آید آن بی بازدر جنگی سپاه

وآن درفشان خراسانی، سیاه

نی به سان کوفیان سست و تباه

آن سپید و سرخ و سبز هم سپر

بشکند از تازیان روزی کمر

تازیانی که خدا را وانهند

برتری از برتران جویند چند

مزدک و مهدی و هوشیدر، به یک نیرو شوند

تازیان از بیم چون آهو دوند

یک شود سرخی پاک مزدک یزدان پرست

با درفش سبز مهدی، بر کف ایران پرست

آن سپید پاک و بی آلایش زردشت پاک

وآن سپیدی مه آباد و کیومرس و خداوندان خاک

پهلوی، زردشتی و مزداک و شیعی دوشه دوش

یکسره آتش به خون چهره، سپاه تیره پوش

مزدکی و شیعه پیشان سپاه

پیش می رفتند تا جان سپاه

مزدکی و شیعه از مختاریان

تا به بابک، شیر خرمدینیان

هم که اندر دوره بومسلمین

نیز کو در کوه های دیلمین

یکسره هم پشت و هم تن بوده اند

شیوه زردشت می پیموده اند

گرزهای چوبی یاران ابراهیم، کافرکوب چیست

پرچم سرخ و سراپا جامه های سرخ آن ارتش ز کیست

گو که اشتر را چرا اژدر نوشت

بر در آرامگاه آن تن سوزیده بی سر، نوشت

از چه رو او را علمدارش بخواند

گنگ، تازی تا ز دیوارش بخواند

از چه رو آتش به بام افروختند

همچنان زردشت آتش سوختند

از چه رو مختار را کشته است، تاز

از چه رو با او چنین کین کرده ساز

گر که دست از پارسی می داشت او

پادشاهی عرب می داشت او

دست او بر مزگت کوفه زدند

بی کس او را کشته بر چوبه زدند

یا برادر را که با بابک، به بغدادش برند

همچو بابک سر ببرند و زنند

کیست او، بر کیش کیست

فاطمی بود و ببین کو خویش کیست

ما چه می خواهیم از تاریخ خود

هرچه می خواهیم در او هست، خود

گفت بر دژخیم خویش آن فاطمی
بر فلان دهقان بگو این یک همی
اندر این بی دستی ام یاد توام
چهره در خون دارم و شاد توام
تا مپنداری که اندر دوستی
یک سخن گفتیم در روز خوشی
آریاییان به خون بابک نشست
وز ابواِسحَق جدا گردید دست
بر ابوعَمره سواری در گزشت
صائب و بن کامل و احمر گزشت
سر ز شیری خوار کیسان درربود
کرد آنی را که با اصغر نمود
سر ز ابراهیم اژدر کنده شد
این جهان از خون ما آکنده شد
از همان روز نخستین، روز خیز
شیعه و ایران یکی بودند نیز
سنبادانی که کودک خورده اند
پشت بومسلم چو کوه استاده اند
یک سخن، فردوسی ایران سرود
خاک پای پیشوا، خود را ستود
بار این واژه همان آگاهی است

بار ما سربازها خونخواهی است

"به نام خداوند جان و خرد"   پناهم به یزدان ز خواهان بد

درود

بخواند چو آهنگ یا نه، چه سود

به زن ها، به مردان پنهان کیسان درود

به آن مادر پاک بابک درود

به آن همسر پاک مزدک درود

به آن دختر پیر دهقان درود

به آن دلبر پیر قرآن درود

به اردادشیر و به بَهرم درود

به بوطالب و آب زمزم درود

به آزادکیشان دیلم درود

به آن شیعه سرخ آدم درود

به آموزش و بینش و چم درود

به آن تخمه پاک نیرم درود

به هم مالک و پور اشتر درود

به هر رهرو راه حیدر درود

به بومسلم و گاه ایران درود

به کردار و گفتار یکسان درود

به آن پاک زردشت دوران درود

به آن پهلوان نریمان درود

به سرباز بی پشت و بی جان درود

به هر ژنده خَست و بی نان درود

پناهم به یزدان ز خواهان بد "به نام خداوند جان و خرد"

فرهی

جان یزدان، خانه هاشان کن خراب

نقشه هاشان را بکن نقش بر آب

موی این هیزم کشان آتش بزن

آریایی را ز تار و پود ایشان وابتن

ما چه تندی یا بد از کی دیده ایم

چون مگر از مهر کی ورزیده ایم

اخم روشنفکر، جای چشم ماست

خانه تیزی توده چشم ماست

تا کجا ما را به کژ خواهی شناخت

چهره ای وارونه تر خواهی تو ساخت

ای که با خون تیز گرداندی قلم

دل شکستن نیست هیچ از زهر، کم

ما که سرباز خدا خواهیم بود

خوش دمی پرواز کن مانند دود

هرکه سربازی ز سربازان ربود

سخت رو، بر نام خود او را نمود

یک کسانی کوروش و کاوه و چون

دیگرانی احمد و، دین زاده کعبه و چون

هر کسی دزدید نامی و سپر

تا که سربازان به من دادند فر

پناهم به یزدان ز خواهان بد   "به نام خداوند جان و خرد"

چینش

خانه ام ویران شد، خاک بر سر گشتم، رفته ای بازآ تو

باز ماندم بی کس باز بی پولم من! روز و روزی از نو

پیشرفت من مرگ، جان من بیمار است

این روان پیرم از جهان بیزار است

زندگی باید کرد! هست امید هنوز

جنگ شاید برسد از پس پرده روز

کاش بی تاب شود این زمین با خونم

کاش برآب کند بوسه ای افسونم

توبه، سرباز، آتش، فاطمه، حیدر، ایست!

بی کم است این چینش مجتبی دیگر کیست

آید آوا: بنده، فلسفه، شیعه، سرخ، آریایی، شب خیز

کینه ماسون و مهر همه جاویدان ها یار تو باشد نیز

هفت یار تو و هست تو و پرواز درفش ایران

شاه ترس دشمن توی سرباز شوی این دوران
مرگ سرخ دشمن، از فسردن برخیز
سومین چشم سر اهریمن با تبرزینی تیز
کور کن از ریشه از یهودی زاده
زایون و ماسون و این تک دیده
که تو را چون کابوس، با تو گویی زیده!
دو هزاره سال است شب به شب می دیده
تویی فرمانده سوم، تو، تو ای درمانده
تویی بر کشتن تک چشم ددان، فرمانده
خانه ات ویران شد هرچه شد من هستم
شاد باش و پا کوب من به تو دل بستم
شاه باش ای امید، واپسین کی سرباز
من تو را می خواهم، تو، تو را ای سرباز

پناهم به یزدان ز خواهان بد "به نام خداوند جان و خرد"

آریایی

جهادی بود اکبر اندر سرم
به جنگ اند منیات با باورم
ز هر سو بتازند چون تازیان
و ایران آسان من بی توان
به خشم و گمان و به رنگ و شتاب

همه چهره کردند پشت نقاب

چگونه کنم توبه ای پایدار

رهایی بیابم از این روز زار

بدانم که او کیست و راه او

به یزدان توان نیست بر خواه او

چگونه شوم شیعه ای راستین

به مویی نماند به من بیم دین

به مویی نباید به من از کژی

نه خویی بشاید به من از کژی

بود از بهشت برین تخم من

نگارم خدا و علیم سخن

چگونه شود نان یزدان خوری

به این سیل بهره و باران خوری

و دستش به دندان بگیری به زشت

و بر دشمنی اش توانی نوشت؟

چگونه شود اینهمه مهر او

به پاداش با اخم و تندی خو

رهایی به من مرده ای جان من

رهایی بده ای نگهبان من

به افسون دیوان تبرزین شکست

تو تیر و تبر شو که بادم به دست

به زیر سم دیو نادان فتاد

سری آنچنان سبزه و پر ز باد

نه یارای یاری به یاران، ز تن

نه پشتی توان زد بر این خویشتن

ز هر سو گزارش ز بد می رسد

و پستی آدم به سد می رسد

مرا پاک کن از مگر خویش تو

نخواهم به پا گشتن از پیش تو

به این دژ که زندی و یکتاگری است

تب و تاب تو باور و داوری است

تو سرباز و سربازها را ببخش

تو خود را به ما دوستداران ببخش

نژادی که برتر بود در جهان

تو شاهی ببخشای و از خود بدان

تو این آریایی تن خسته را

به سربازی خود پزیرش نما

پناهم به یزدان ز خواهان بد   "به نام خداوند جان و خرد"

بی باک

ببری را می شناختم، ببری که گربه شد

خشمی که به یک گامی افسانه گریه شد

کوهی که خم شد و شکست، تپه شد

دریا که با همه ژرفای خویشتن راهی کوزه شد

اسپی که چشم خون بود و کف به دهان رام و بره شد

آن دختری که از آتش جهیده بود، آرام و برده شد

آری شهاب سنگ تو گویی به کوره شد

آنگاه سرد شد و سردتر از خون توده شد

رک گوی ما چه شده خوش به یاوه شد

فریاد داد که دل و گوش می درید، ترسید و نقمه شد

یک نوجوان دگر بیست ساله شد

سرباز هم ز ترس به سد مرد و زنده شد

گر زنده ماندن و پیرتر شدن افسون کند چه باک، سرباز کشته شد!

دیوانه بودن و ماندن به نام مرگ، بیماری کلک انداز و پرسه شد!

ای ببر پیش تر، مست همین که هست، شب بر تو چیره شد

ای گربه خوره مو خودفریفتن رسوا به هر میومیوی زارناله شد

ایران که ببر بود و گربه شد آن زخم هیچ، کار تو ساده شد

پروانه ای که به وارون دگردیس خویشتن، راهی پیله شد

با ما بیای و نیایی دوباره ما، ایران خویش نماییم ببر پیش

با شیعه علی و فاطمه سربازها برند این آریایی ارتش بی باک را به پیش

پناهم به یزدان ز خواهان بد   "به نام خداوند جان و خرد"

آریوبرزن

برخیز، برخیز، از گور رنج و درد از دخمه نبرد

آنجا که جان تو پاره پاره گشت و سرد

برخیز، برخیز، این جهان ز خون و دود زیر پنجه یهود

شد فسوده و نبود صالحی در این ثمود

هر دم از هر آن کران می رسد نوای جنگ

این یهود موش خو هم شده خدای جنگ

ای آریو بخیز ای آریو بخیز، گرز برکش و بیا

پهلوان آریا، ای آریو بخیز، پهلوان آریا

سایه سکندری بر کیان خاک تو

کینه اش فتاده بر، مردمان پاک تو

پرچم ستاره، رَه رَه، به آب تو بلند

می خزد به هر کجا بی نبرد و بی گزند

سردار ما تویی یکه تاز ما تویی

سرباز بی تن میهن خدا تویی

تو اگر نبوده ای یکسره کسی چو تو

بر درفش خون یکی بوده پایه نو به نو

پاسداری نمودن ز مهد دین و داد

در جهان شده کنون کیش مردمان راد

با دو بال شیعه سرخ پیشوا علی

سرباز دین تو می رسد به فرهی

"به نام خداوند جان و خرد"   پناهم به یزدان ز خواهان بد

سِزده

خداوندا تو در هامان چه دیدی

که او را آنچنان دانش فزودی

چه او را اینچنین برده است بالا

که سوزانند دیوان پیکرش را

و هامان به ز سیمرق است و میتان

که بندد نقش بر پیشان سامان

چه او را آبرو بخشید اینچون

که نامش برده بالاتر ز گردون

ز ایرانی هزاران کشت سَهیون

خشایاشه سیه روی است و افسون

و زین پس نام میتان گشت هامان

که دل برد از اهوراها و اشوان

نه زیبنده تر از این نام نامی

نه از آن کشور مهری پیامی

به سیمرق است هامان نام و دستور

که نیکویی نگردد هیچ در گور

به دشت و در زدی هر سال، سِزده

ندانستی که هامان را روی ره

خداوند علی او را گزیده

و دستوری به سربازان رسیده

پناهم به یزدان ز خواهان بد "به نام خداوند جان و خرد"

مادر "هامان"

منم آن مادر هامان، چنان موجی شکسته بر کف بیدادگاه خون

پسر را می برد بر دار این اهریمن سَهیون و من بیننده اینچون

و من هرگز به چشم سر نمی بینم دگر او را مگر در دامن گلگون

به هردم وانگهی خورشید خواهد بود در اندیش این پیرزن دلخون

زبانم خشک، لبانم خشک، دستانم همی خالی

ز هر کس خام تر هم کورتر بودم به تا این پیری و افتادگی سالی

نمی خواهم، نمی خواهم مگر آزادی پورم

نمی خوابم دگر خاموش اندر سردی گورم

چه می گویند این پوسیده مقزان سراپا مرگ

چه می دانند از گلبرگ

یهودی می کشد پوری و پوریمی، چه می داند خدا دانا چه سان گردیده بی پروا

چه می داند چنین زشتی که این زیبا چگونه گشته بالا و چگونه گشته این زیبا

و یک دیده نمی بینم که رویی سوی من باشد

نه سویی روی زن باشد

و یا خورشید مژگانی زمستانی به برف روی گیسویم

به این پژمرده ابرویم

به یزدان می خورم سوگند زین روزم دگر چیزی نمی گویم

مگر آتش که می بینم چنین افتاده در خویم

چنان سوزاند او پور و خود و شویم

چنین از این تنور سرخ بی نانی جهیده بر سر و رویم

و این دیو نگون جان درختان را نموده برگ و کوهی برگ چون دیوار

که چه الواح ما بسیار؟ بود الواحتان بسیار و هر برگی بود آزار بی آزار

به زندان کودکم اکنون به تا فردا که بر دار است

چنان چنگال مرگ خویش بیدار است

با خود گوید از هر در، و در کار است

مبادا بشنوم از او نشانی ز آنکه بیزار است از هر آنچه پندار است

مبادا دست یزدان را نگیرد کودکم امشب

مبادا نام یزدان را نگیرد خردکم بر لب

چو آویزان شود در دم گواهی می شود جاوید و بی هنگام

بپوشد داد من روزی سراپا رختی از انجام

سرانجام است این بختک چنان کاتوزیان در مشت مشتی مردم آگاه ناآرام

سرانجام است او در دام و از آن گام، دم دیگر نگیرد کام، نیابد دَد دمار و دام

خداوندا مرا امشب بکش یا زنده ام می دار تا آن روز

نگاهم دار و چشمانم مگیر ای چشمه هستی میهن دار، تا آن روز

یهودی را و هر کاتوزی دیگر به خونم آزگین تر کن

تبر بر دوش جنگی را خشن تر خشمگین تر کن

به آه من تبرزین های کینخواهان دوران را بتیزان و ز آزر کن

تو هر سرباز را با هرچه سستی بود، باور کن

من امشب نیک می بینم تو خود سرباز کین گشتی
تو خود چون لاله ای سرخی و خود جنگی کمر بستی
تو این تک چشم اهریمن، تو این دوز یهودی را به آتش کن
تو راه پور من را در سر سرباز و سربازان سرخی اژدهاوش کن

پناهم به یزدان ز خواهان بد "به نام خداوند جان و خرد"

میترا

یزدان تو را که ز آتش بیافرید
مهری به کار مهر چو خورشید پرورید
اندر فرشته بودن تو شاد و خیره بود
شیرین آفرین تو مستش نموده بود
زیبایی تو و پاکی چشم تو، تیزی هوش پاک تو زآن روز دیده بود
باور نکردنی است چنین پاک دامنی پاکی تو به آنهمه نیروی چیره بود
ای بانوی سپید، آیینه بزرگی و نیکی و مادری
ای دستگیر نیاکان نیک ما با آنکه بوده تو را اوج برتری
تو آن کشنده اهریمنان مار یار پیمبران خدا بوده ای، پری
با کار روز و شب تو چنان رسید، آدم به سروری
خشنود می شوی که نگویم سپاس تو
زآن یاری و نگاهبانی و پیوسته پاس تو
باشد، سپاس خدا را ز بینشت
از برتری خرد، هوش و دانشت

از آفرینش هر جنگجوی راست

هرکس به یاری رنجیدگان بخاست

از آفرینش مهر رها سپاس

بیگانه نه، کز آفرینش آن آشنا سپاس

از آفرینش بهرام و هرکه بود

سرباز تو که خدایش دهد درود

"به نام خداوند جان و خرد"   پناهم به یزدان ز خواهان بد

دژم

نیست قرآن را به یزدان ترجمان

یک مگر، گویا و بی تفسیر آن

یکسره روشن بود قرآن ما

ساده و پیدا بود پنهان ما

مرد و زن اندر حجاب و پوشش اند

هر دو یک اندازه اندر کوشش اند

اندر اسلام خدا آدم اگر

خواست می گردد مسلمان و دگر

گر بجوید برتر از اسلام هم

می شود مومن، حجاب آرد به هم

گر مسلمان مومن و دلداده شد

آن زمان او را حجاب آماده شد

وز درون دستور بر او داده شد

با فروع الدین دوباره زاده شد

در بقره آمده این ها همه

پایه اسلام آورده شده

یک یگانه خواندن یزدان بود

دو به رستاخیز او پیمان بود

سه، پیمبرهای او را دوستی

برتر و بالا ندانستن، کسیشان از کسی

این سه را هرکو که برجای آورد

توسن اسلام بر پای آورد

تا که بی آزار و هم خوشرو بود

با خداجویندگان همسو بود

او مسلمان است و اسلامش درود

پایه دینی مگر این سه نبود

آدمی تا گشت سالش پانزده

باید اسلام آورد یا اینکه نه

هرکه باشد او ز هر مام و پدر

خود بباید راه خود گیرد به سر

دشمنی با خدا باشد که زور

کیش یزدان را کنی بر چشم کور

شیره شیرین، زبان تلخ و شور؟

این بلندی را کنی از پایه دور

هرکه راه ساده را کژ می کند

از سر دیوانگی لژ می کند

کار قرآن را دگرگون می کند

دشمن اسلام افزون می کند

دشمن کیش خدا، یاری کند

کین ایران را نگهداری کند

زاده نادانی و اهریمن است

دین سرباز و چنین کس روشن است

پناهم به یزدان ز خواهان بد   "به نام خداوند جان و خرد"

شهشاه

خداوندا تو می دانی که آدم بودن و ماندن، چه شیرین است

چه شهدی می برد آزاده دانا که خودساز و خوش بین است

همین درد است شیرین تر ز هر شیرینی گیتی

پناه از درد بی دردی پناه از باور خارایی این چینی گیتی

مگیر این شادی و شیرینی و شور از من و ما، پس

میفکن ما مینداز این دل ما را به دور ای دوست، به دادم رس

مرا در هرچه که امروز دارم یا ندارم برگزینش بود

تو را بر خوبی و بخشش همیشه روی و چربش بود

به یکسر مهر با ما کرده ای و ما به یکسر با تو جنگیدیم

نمکدان را شکستیم و نمک نشناس گردیدیم

ربودی جان ما از هیچ و خواه و راه پرسیدی

اگرچه خود خدا بودی هرآن خواهی پسندیدی

مرا با خواه خویشم راهی زندان تنگ زندگی کردی

خدایی کردی و برپا ره آزادگی کردی

مرا آدم کن و آدم بمیران من

نه من باشد همویی که گنه می کرد، جان من

من این و هرچه دیگر هست از من نیست

همان بیچاره بیکارم و آن کودک بیمار، دلم آه است و آهن نیست

همان هستم که اندر تخت بیماری به مرگ و درد می لولید

همان کرمم که اندر خون سرخ مادر خود کور می بالید

همان خردینه سالم که برای زنده ماندن بستنی می خواست!

همین انگیزه اش بود و به یاری تو سر برداشت

خداوندا تو می دانی نگردیده فراموشم

شب خونریزی زخمم و یا چرکاب از گوشم

همان کودک، منم آن پاپتی گیژ تیپاخورده بی دست

همه خوبی و همراهی تو هر دم به یادم هست

رها در کام مرگ و دام ناآگاهی و پستی

که دستم را گرفتی و به رودرروی بنشستی

تو بودی هرکجا همراه و هم آموزگار من

تو بودی پشت بر پشتم برادر، رازدار من

پزشک و هم پرستار و دوای درد من بودی
کلید درب های بسته آورد من بودی
همانم من، بمیرم گر شوم چیزی دگر، ای وای
منم آن نوجوان خام بی پروای بی فردای
منم آن آتش یکپارچه، دلداده بی سر
که در آن سال کم پیدا شدش گوهر
به یادم هست تا بودم جهان می خواستم ای دوست
به سال یازده از تو، توان جاودان می خواستم ای دوست
به یادم هست در خردی که شش یا هفت سالم بود
همه اندیشه ام پیدایش هستی و راز آفرینش، زاد آدم بود
چنان در پونزده سالی به سربازی خود آگاه
که تو آموزگارم را سرودم دلبر شهشاه

پناهم به یزدان ز خواهان بد "به نام خداوند جان و خرد"

فلوجه

باده گویی خورده ای گوژیده پشت
خنجر نیرنگ رومیان به پشت
خورده گویی بر سرش باران مشت
کینه دیدم، رنگ نوزاد درشت
کودکی در شیمیایی زاده شد
در عراق و در فلوجه، تخمه او بسته شد

چشم چپ چون سیب و ریشه ریشه کام

نارس و نامردم و چون خشت خام

چهره اش چون مردگان پوسیده بود

مادرش از گریه گویا مرده بود

بس شگفتا کودکی زاییده شد

با گنه از آن جهان راهیده شد

اشک و خون مردمان نامیده شد

رنج او سرگرمی و بازیچه شد

خواب ما را برده و آرام من

آتشی افتاده در این انجمن

آزمایشگاه مشتی راهزن

در فلوجه کودک است و مرد و زن

از نژاد برتری گوید سخن

گرگ باران دیده پیمان شکن

کودک و زن را شما می خورده اید

نام دیوان را خدا می برده اید

مردم بی هوش خوش انگاره را

کودکان مادر بدکاره را

آن زمان ما را هنر در خانه بود

هرچه خوبی با شما بیگانه بود

باور آدمخور دیوانه را

آن پیاده مردم بی باره را
آن زمان ما را مه آباد آمده است
بر شما از دیو و از اشموخ، نوزاد آمده است
دیوزاده مردم زن بارگی های زاوس
بندگان نیزه پوزیدُن و خار لوتوس
ما پری چون میترا و آن اهوراها که هریک نام ماهی داشتیم
از فروهر سپاهی داشتیم
مردم بی خانه و آواره را
آن ندیده گندم و پیمانه را
گوشتخواران سراپا خشم و خون
سرنژاد پاکتان می بوده چون!
آن نژاد کشتن بیچاره را
خوردن خون به سان باده را
آن نژاد و اینهمه گردنکشی
گرچه می بالی به این بی ارزشی
باورت گردیده انگار فروید
مهربانی را نمی دانی ز خود
باورت گشته گمان داروین
اینکه میمونید، گرچه راست این!
همکنون مرده شماری پارسی
زنده تر از این زبان کویی؟ کسی؟

تا هزاران سال میتان بود و بود
تا که اهریمن گهرهایی ربود
پور مریم پاکشان کرد از بدی
او به باران شست آن خوی ددی
گرچه این کرد و چنان مِهری گشود
نام بسیاری در این پیمان نبود
دشمن جنگ افکن و هم جنگجو
دشمن آدمکش بی آبرو
دست او در کار بی دستی ما
خاک ما می خواهد و هستی ما
گوید از بی دانشی و برتری
جوید از بی رهبر بی یاوری
از ستمدیده کسی برتر مباد
کار او بگزشته از بیداد و داد
هرکه بر رنج جهان گردیده شاد
پست تر از او نمی بینم نژاد
بدتر از او مادری هرگز نزاد
کژتر از اهریمنان کژنهاد
خود بگوید دارد از میمون نژاد
گرچه جانداری ندیدم، خون نژاد
در فلوجه مهر او را دیده ام

روی از گفتار او تابیده ام
دزد دانش را نشاید گفتگو
بی خدایان را نباید رازگو
نیست در سرباز و سرباز دگر
برتری از دین و از یزدان گزر
نیست در قاموس ما این راه و در
ما به اسلام علی هستیم در
گرچه او آژاکس ها کرده به پا
در کمین، الان دقیقا نیمه شب گفته به شا
کرده کاتوزی به پا در کیش ما
دشمن ما کرده اکنون خویش ما
ریشه هر رنج و بدبختی ما
بوده بیرون از درون مرزها
هیچ باکی نیست! سربازی کنیم
چون مصدق با ددان بازی کنیم
فاطمه را که چنان می بود پاک
با کبود و خون سپردندش به خاک
زابرس ها! بر جهان دارید چشم دوستی؟!
بشنو از او: گور پنهان به ز دشمن دوستی

پناهم به یزدان ز خواهان بد   "به نام خداوند جان و خرد"

من نه این سفره ز یک سرزده پنهان کردم

نه دمی چهره این آینه پوشان کردم

من نبودم که خدا بود چو دیوان کردم

"هرچه کردم همه از دولت قرآن کردم"

از نماز است اگر دین با ماست جامه سروری از آن کردم

از همین خم شدن و راست شدن، پرچم سرخ چلیپای علی بر کفِ هامان کردم

مهر گردونه مهر است که خفتان کردم

همه دلدادگی دلبر خود را به سر و جان کردم

من هزاران تن بیمار چنان رستم دستان کردم

هرچه اندیشه افسرده و دلمرده، گلستان کردم

بنده آرامگه ساده اشموایلی به خدا کعبه آسان کردم

هرکجا هست پیمبر خفته، همچنان خاک خراسان کردم

شه نماز است که من برتری از آن کردم

در همین خم شدن و راست شدن سلسله جنبان کردم

هم کنون مورچه ام پیل شوم فرداروز، همدلی در سر موران کردم

نه به آلودگی از خودخواهی جامه و روتن و دامان کردم

راه پاکیزگی از یاد شده بود، منش خوان کردم

آتش پاک شدن را به تن نفتی ایران کردم

نه سیاهی بپسندیدم و اندوه، دوچندان کردم

چهره پوشیدم و سرباز نمایان کردم

پناهم به یزدان ز خواهان بد "به نام خداوند جان و خرد"

بناپارت

چرا نام علی، چرا همچون علی می خورد و می پوشید
چگونه یکدم و یکسر نیاسایید و می کوشید
مسلمان های مصری خود به کیش فاطمی بودند، ز دوران سلاح الدین
همو ایران یزدان را ز سیل خون بربرهای چشم آبی نگهبان بود نیک آیین
اگرچه کشت جانم سهروردی را همو بر شیوه حلاج و نه میدان، نه دادش داد
به آن تاریکی زندان و بی یاری، نخواهد رفت این از یاد
و می گفتم، علی داستان ما که از گل ها نژادش بود
به این سو آمد و با پیشوایی آشنا گردید، که بی پروایی و کوشش نمادش بود
نه مملوکان مصری کور و کر بودند و بی دانش
نه جان خود به کف بگرفته از بهر یکی گویش
همه آن ها که بر خون علی تازه زاد ما به تا دیروز، تشنه بوده اند و تیز
سپاهانش شدند و از برای شادی یزدان و بی یک خواهش ناچیز
سخن هایی که این سردار فرموده است در اندازه قرآن
فراتر از دروق و بازی و بی گفتگو فقه است آن دیوان
بدان دوران کسی هرگز نه جان آن سخن هایی که می فرمود، می فرسود
نه رنگ اینچنین کاری که می گویند وی کرده است و نیرنگ است در او بود
کلیسا دشمنش گردید تا آن جان مسلمان شد
همه جا جار زد نامش به نام دشمن یزدان چو او سرباز یزدان شد

چو اندر پاکی او پاک واماندند همه گون خوی خود را خوی او خواندند
ز ماسون و ز باورهای گوتیک خود اندر سینه وی داستان بر داستان راندند
نه کیش مزدک و حیدر، و هر نیک خداباور
همان اسلام؟ همان اسلام یکتایی که قرآنش بود داور
نموداری ندارد آن مگر کردار آدم ها
همان اسلام نابی که سه پایه داردش بر پا
نه کاری هست با آنکه کدامین قبله بالاتر
نه می گوییم باور کن بهشت شیعه زیباتر
نه می دانیم اندر دادگاه روز رستاخیز، چه کس رسوای گردون است
همین می دانم ای یاران که بی آزار یاری کوش اندر مهر بی چون است
همین دانیم، هر بیدار بی پروا ز دوزخ دور خواهد بود
نمی گویم به هرکس در همه سختی که هان اینگونه باید بود
کسانی هست در گیتی که پرواشان خرد دارد
ز ترسی که به چشم ما همیشه بزدلی آید گهی هم جنگ می بارد
نه من دانم، خدا داند، نمی دانم نمی دانم
سخن بیهوده و از خود نمی رانم
همین دانم که این قرآن زمینی نیست
همین دانم که اندر آن دروقی و کمینی نیست
همان دانم که با من روز و شب قرآن سخن می گفت
هزاران گونه اش گفتار، درست و بی شکن می گفت
همین دانم که هر پرسش که من پرسیده ام از او

بگفتا پاسخ و هرگز درشتی، نازکردن، زهر، نه سختی دیده ام از او

چنین قرآن که می بینم نه چیز کوچکی باشد

به سان مهر سربازان جاویدان درون آریایی خون ما از کودکی باشد

علی این سرود من چو من بر این دو رشته دست می یازید

نبرد در ره آزادی آدم و یکدستی دانشمندها در سایه قرآن، خدا می دید

و قرآن را به آزادی ره آزادگان می دید

و شادی خدا را شادی بیچارگان می دید

سه سد او جنگ کرد و خستگی را خسته خود کرد

جهان برده داری را نگون مانند کوروش کرد و دل، وابسته خود کرد

من و ما پیش از آن بلوای او سگ های اربابان و بس بی پایه تر بودیم

و یا خان بوده و خانزاده و کوری که کر بودیم

مچاله بوده ایم و دام و دارایی خان ها و خداوندان، نه اینگونه که در آنیم

نیاکان را چه ها بر سر گزشت و ما ز چه ترسان و منگیم و پریشانیم؟

کلیسا گشت شمشیر یهود از رو به همدستی هرکه بنده ماران

که چهر این علی ما دگرگون گشت در تاریخ نام آران

سزار خونگر و اسکندر خونخوار را بت کرده اند ایشان

و او را شرم بر من باد دژخیمی و زهاکی به نقش آورده اند ایشان

بگفتا او فراماسون و از ما بود و اهریمن پرست و دیو دوران بود

بگفتا وی مسیحاکش، و من گویم که باران بود

نگفتا روسیه آنگه که بر دروازه های تخت تهران بود

چه کس همپشت ما مردم، ستم بردار ایران بود

علی را خواستن آری گناهی سخت سنگین است

به سربازی او سوگند، راه بندگی این است

که هرکه هیتلر شد! جان و دارایی خود را از یهودی خواست

به جنگ دیو تک چشم و به مهر آریا برخاست

زمین و آسمان پول او را برنخواهد تافت

و اندر سینه سربازها برتر ز مهر خود نخواهد یافت

پناهم به یزدان ز خواهان بد   "به نام خداوند جان و خرد"

آری حسین

این خاک خون ستمدیده خورده است

دستش بریده، گلویش فشرده است

زن ها کشیده اند چه ها در کبود او

فریاد و ناله آن هاست، پود او

خون خورده خون پاک، سرش مست خون شده

هر روز کار او گنه گونگون شده

هرچند تب نموده ز کردار آدمی

از کار آدمی ز دل تار آدمی

ابزار مرگ بوده و کشتار آدمی

آرامگاه و گور و میاندار آدمی

پوشانده هر دمی گنه خوار آدمی

چشمش سیاه، ز دیدار آدمی

این آرزوی هوش گنهکار آدمی
خون خورده و خوش است به آزار آدمی
من این نگویم و نگفته ام هرگز که همچو کوه
دل سنگ کن، به زندگی مردمان پژوه
گفتم ببین تو شه این سریر خون
بیدار شو که جهان ناگزیر خون
وانگه نه خون ددان خون آدمی
نه چون و چند باورشان، چون آدمی
نه کشتن است خون بَدان ریختن، بدان
نابود کردن است و همین مقز داستان
از تو بپرسم و پاسخ بگو مرا
آنکس که نوگل خود خاک می نمود، آدم بود چرا؟
آنکس که پست تر ز خروسی بخواند زن
با او چه می نمود علی، راست گو به من
باید که کشت چنین دیوها به زود
باید به کوره ریخت ز این گونه هرچه بود
باید که چاه خرافه به خون رود
تا سر ز پیکر کاتوز پر شود
ای زن بدان که دشمن تو کیست در زمان
پای که است به دمپای، در میان
دژخیم بر یهود، دیانت نهاده دست

باید ز زیر این شتر لوک خیره جست

ای زن نه کینه قرآن بگیر تو

دستور او به سر و جان بگیر تو

هرگز مکن گله؛ اسلام تازی است

هرگز مگو که جهان پوچ و بازی است

هرگز مگو که پریده است کام ما

هرگز مگو که ضعیفه است نام ما

آری حسین، برای تو ز نوزاد خود گزشت

از خانواده خود، گلشن آباد خود گزشت

ایرانیان و زنان را بخواست داد

بر هرکه بود ستمدیده یاد داد

باید به جنگ دیو شتابان روی به سر

ورنه ننام نام گِلی، آدمی دگر

ورنه رسد تب آتش به شهر تو

شیرین زندگی بشود زود زهر تو

گر بر مقول نتاخته ای او بتاخت زود

ماند ز جان و کودک تو مشت خاک و دود

آنگونه که تو ببینی نبیند او، ناز و کرشمه شیرین دخترت

دشمن ببیند و جادوگری پلشت این پیرزن که بود جان مادرت

ای زن بخیز و تبرزین بگیر دست

دستم بگیر که تا گاه رزم هست

باید ز جور ستم ها شوی رها
دست تو برتر است ز هر دسته دست ها
من را بکش و یا که فراموشیت بکش
بی دردی شب و خاموشیت بکش
من را بکش که به یاری تو نبود
دست من و نگاه من و این تن خمود
من را بکش که نبینم دگر جهان
این گرگ ها که تو را می درند جان
سوگند می خورم که به جای یکی چنین
سد از گناهکار کشم من به کیش کین
سرباز نیستم که نسوزانمی به بند
آن ها که چکه با زن فرهشته خون کنند

پناهم به یزدان ز خواهان بد   "به نام خداوند جان و خرد"

زندِ آتش

منم مزدک منم زندیک، انیرانی بگو یا هر
بگو تازی پرستم یا بگو تورم، و یا کافر
منم بهدین بگو بد دین
بخوان بی این بر برزین
منم یزدان پرست و تو بگو اهریمنم، باشد
منم سرباز مردم تو بگو من دشمنم، باشد

منم افسون کش دوران بگو افسونگرم، باشد
چو جادو بودنم باشد بگو جادوگرم، باشد
بگو حشاشم و چون باطنی داروگرم، باشد
چو با خون می کنم بازی بگو بازیگرم، باشد
منم بر سرخ خون همسر
منم بر مزدکی چون بابکی دیگر
قزلباشان نیاکانم
منم، سرباز قرآنم
که خون آریایی در رگ و جانم
نگاه شیعه سرخ نگهبانان نگهبانم
نه مزدک گفت کیشی نو بیاورده است
نه گفتا بینشی تازه بنا کرده است
تو کودک های مردم را چو کودک های خود می بین
به هر کیشی که باشی تو بُود نامِ تو خرمدین
به هر دینی و هر باور اگر دلسوز دهقانی
تو خرمدینی و خرم به خرم دین ایشانی
مسلمان بودنی هم که علی می گفت اینچون بود
دل مولاعلی هم چون دل مزدک پر از خون بود
نه یک شب دید آرامش ز درد توده مردم
نه یک نان خورد نرم و سیر و از گندم
قزلباشان سرخی جامهِ از ریشه مزدک

تبرزین های بی سستی، یلان میوه مزدک

همی در راه شیعه خاک و خون خوردند

هرآن سختی و هر تلخی به سر بردند

همه از مهر اشکان سراپا فر حیدر بود

دم سربازی ایشان ز لالایی مادر بود

بگو هر ناسزا بی کم به این سرباز، خشم ما ز این ها نیست

نه یکتا آرزو ما را مگر بستاندن یکباره خون ها و کین ها نیست

و هان مزدک، قبادش داد بال و پر و خود کشتش به نیرنگ پسر او را

بدان کاتوزیان پست، شکستندش کمر او را

و کسرا کِشت آن مرد خدا و یاورانش را به سر در خاک و خون خود

خوش و خشنود خود وانگه نمی دانست در پایان چه خواهد شد

نمی دانست ساسانی به دست موبدان بی خدای خویش خواهد سوخت

نمی دانست ایرانی ز چنگ خرقه کاتوزیان چشمش به هر بیگانه خواهد دوخت

نمی دانست مزدک جاودان گردید در سرخی پرچم های بی پروا

نمی دانست تخم مزدکی پاشیده شد در روشن دل ها

به ایرانشهر مزدک موبدان می بود و بر هر موبدی موبد

به پی می جست راه آسِش و آرامش مردم به ده ها سال، بی آید

نه یک واخورده بیکار و بی کس بود

نه یک اندیشه نوپا و نورس بود

ز آن آموزگار پاک خود زردشت دوم هرچه گر، آموخت

آن آموزگار از پیش تر آموزگار خود کمی ناپخته تر آموخت

نه مزدک گرسنه بود و نه اندر زر نمی زید او
یگانه او خوشی را از برای خویش و خویشانش خوش و شیرین نمی دید او
چنان بودا و چون زردشت و ادریسین
چو الیاسین چو الیاسین چو الیاسین
نه کیش ناب بودا بت پرستی بود
نه در آیین زردشت پیمبر ده هزاران گونه ایزد را سفارش بر درستی بود
اهورامزد یکتا ایزدان و جان هستی هست و هستی بود
نه کیش او چنین آیین زر ارزش و یا آتش پرستی بود
به هر آیین و هر کیشی چنان کاتوزیانی سر برآوردند با سد نام و با یک خو
شکم هاشان همه چون مَشک، همه کردارشان از کیش خود، هوش و خرد بیراه
چه در بودا چه در آیین خوش آوازه عیسی
چه در هر آنچه دین دانی چه در هر لوحه موسی
چه در آیین ابراهیم و یا یعقوب و یا داوود
چه در هر آنچه که از سوی یزدان بود
همین کاتوزیان هرگونه کار بت پرستی را
به هر یکتاپرستی خود به پا کردند در هر جا
به یکجا ریش تا زانو و یکجا سر تراشیدند
به یکجا چادری بر دوش، به یکجا موی پوشیدند
گرفته پاک مزدک را و اندر خاک پنهان کرده، نوشیدند
که ما بودیم و ما هستیم و تا پایان و ناگه رنگ بازیدند
بود خون سگان بس پاک تر از گریه ایشان

بود آه هزاران گرسنه بر گرده ایشان

چنین می گفت مزدک که چرا باید زر مردم به آتش ریخت

چرا موبد نباید ساده سختی را بیاموزد چرا چیزی به پایش ریخت

منم مزدک منم زندیک

بگو بد بوده ام یا نیک

منم نزدیک بی نزدیک

منم روشنگر تاریک

هوا برخاسته دودی که از گودال آتش هست

به روزی چاه های آتش خشم خدا بینی که مالامال آتش هست

که تن هایی چنان هیزم به زیر بال آتش هست

همه برپاست اردوگاه دشمن های دیروز و همان چنگال آتش هست

بدان پیروز، از سرباز بر تو پند آتش هست

به هرکه دشمن شیعه است خشم زند آتش هست

"به نام خداوند جان و خرد"   پناهم به یزدان ز خواهان بد

وَهرَز

چرا او بود در زندان؟ گناهش مزدکی بودن

که او را آرزویی بود؛ با دهقان یکی بودن

نیای او چو ساسان بُد نه کسرا چال کردش تن

به زندان زنده اش در گور و پیرش کرد در آهن

به پیری بود با یاران خود آن شیر

که اندر تاری زندان دگر هم رفته بودش گیر
به روز پورسر آن پیرسر، درزی سوزن تیر
همانا آرش دوران بُد اندر تیر و در شمشیر
دو چشمش را بپوشانید آن افتاده ابرو زیر
دگر از گردش گیتی دل و جان گشته بودش سیر
که کسرا گشت با کار یمن درگیر
حَبَش همدست با رومی ز آن سامان بکشتا دیر
جوان می کشت و می ماندند بر جا مردمانی پیر
چه مادرها و همسرها ربودند و نه چهره، سینه هاشان قیر
یکی مادر ربوده از برای دادخواهی سوی کسرا شد
چنان بر کین خود او سال ها بگریست، که خم اندر خم ابروی کسرا شد
بگفتندش همه دستورهای او که وهرز را، همان سردار بی همتا
و هر زندانی دیگر که باید کشتنشان فردا و در دهقان بسی آوازه شان برپا
فرست آنجا و آسان شو ز کار کشتن ایشان و در دریا
گمان یکسر بمیرند و نماند کینه ای برجا
که برجسته شده وهرز چو شاهنشا
به آن ها دِه هرآن بشکسته کشتی گونه از دور بیرون را
همین هشتی سد زندان که اندر کارشان ماندی
به وهرز می سپار و خواسته چندی که از آزارشان ماندی
حبش پنجه هزار و نیم سرباز سیه دارد
ز روم و بربر و یونان سپه پشت سپه دارد

یمن را هم اگر ایشان گشودندی
شگفتی کار ناآسان نمودنی
چه خوش بر تو که شاهنشاهیت افزون شود بی کار
رسد باژی و گنجی بیش بی خونبازی و دشوار
و سه اینکه به رومی های تازی کش، که تازان دیر هم پیمان ما باشند
بشاید سنجشی کردن که گر زندانیان کوشند تخم ترس در زهدانشان پاشند
و وهرز سوی میدان شد به همدوشی هم بندان
دوباره زاده شد شیرافکنی از مادر ایران
جهانگیری پی کشور و یا زندانی بی سر؟
چگونه می توان باور که او را نابُدی باور
چو از کار و بداندامی مردان حبش بشنید با دهقان
رگ مزدک در او گل کرد، رگ آتش، رگ سرخ جهان جنبان
یکی کشتی ز ایشان هم به دریا چوب و آهن شد
دوسد از آن گروه کم خوراک کوسه دندان چو سوزن شد
به ششسد کس به خاک آمد، حبش بشنید و زو خندید
برآن چندین تن خسته دو چشمان بست و جشنی دید
ز عام الفیل تازی از حبش سیلاب ها آمد ز مردان و ز پیل آفریقی گیر
و جولانگاه ایشان بُد یمن، هر روزشان درگیر با درگیر
چو وهرز دید درد و ننگ مردم را به آن بیچارگی زیدن
همه سرنیزه هایی را که از ایران به کشتی داشت، برای روز جنگیدن
به مردم داد و از تازی سپاهی کرد، سرخ سرخ

به پرچم هایشان خون بود، رنگ درد، سرخ سرخ
و پیش از این همان دم تا ز کشتی بر زمین بنشست
همه کشتی و کشتی ها به آتش کرد و راه بازگشتن بست
به یاران گفت یک راه است اگر آیید مرگ و رنج
وگر مانید، آزادی و شاید زندگی و گنج
نه تا پیروزی یکجا ز پا افتم، و یا میرم
نه باژی و نه خواهانی از این مردان و زن گیرم
بچید ابرو چو سربازان به سر کوتاه بودش مو
به جان جوشن به تن روتن به تنگی بست یزدان گو
کمان برداشت، کمان برداشت چون آتش به میدان شد
به هر تیری یکی را دوخت، شکاریچی شکار چوب چوپان شد
کجا وهرز، کجا نامی ز او آری کجا بر گِرد آن آتش
کسی سرباز او بود و ز یاد من رود نامش
یمن برپاست از وهرز و سرخ او به آن پرچم بگوید از تن جاوید و از جاهش
کجا دوزخ روان کسرا خدا و سرور و شاهش
خدا و پیشوا از هرچه من بنوشته ام خشنود
به یاد پاک سربازان جاویدانه باید بود

پناهم به یزدان ز خواهان بد "به نام خداوند جان و خرد"

راه شیعه

خوشا جنگ، خوشا زندان بی ننگ

خوشا آن سینه دیوار گلرنگ

خوشا خون، خوشا پژواک تیر و سنگ چاقو

خوشا زخمی چنان کیّز به ابرو

خوشا آتش خوشا مرگ

خوشا سوزاندن ارگ

خوشا فریاد، فریاد

رها، آزاده، آزاد

خوشا سرخی خون را

خوشا افت ستون ها

دلی که دل بریده

از این چشم دریده

خوشا پاهای بی نا

خوشا سرهای بی پا

خوشا تابنده بودن

ز جان کاهنده بودن

نه گل، پروانه بودن

ز خود آزاده بودن

خوشا زندان کنده

خوشا دیوان مرده

خوشا آزاد مردن

گِل و خونابه خوردن

خوشا سرخی خنجر

خوشا فریاد مادر

خوشا بانگ گلوله

رها آتش گشوده

سر از آزاد زیدن

خوشا آزاده دیدن

به آزادی آن دم

خوشا شادی آدم

خوش آن رگ های بیرون

خوشا دندان فشردن، کینه دون

خوشا هر رهرو راه فریدون

خوشا سرباز جاویدان هر گِردی ز گردون

خوشا در جنگ مردن خوشا بی ترس رفتن

به هر ویرانه خفتن به هر بیگانه گفتن

خوش آن بابک، خوشا خونروی بی باک

خوشا آن آریوبرزین چالاک

وضوی خون بابک گاه پایان

خوشا آن چهره سرخ فروزان

خوشا گردآفرید، ارياتس، یوتاب

پرین و ارتمیز، زهرا و زیناب

خوشا آن مادر فردوسی پاک

خوشا رودابهِ وارون زهاک

یکی پرورد آن دژبان میهن

یکی جان داد بر دیوان میهن

خوشا آن ها که در جنگ اند با بد

به تا اینک، به تا پایان که رستاخیز آید

که کام و کودک و کاشانه دادند

به سازش با بدی کی سر نهادند

برای پاک یزدان پیش رفتند

به جنگ دیو کژ اندیش رفتند

خوشا آن ها که بی سرباز رفتند

نه با پا با پر پرواز رفتند

رخ بی پرده را در جنگ دیدند

جهان را بی بو و بی رنگ دیدند

برای شادی بیچاره مردند

همی اندوه هر بیمار خوردند

خوشا جنگیدن آن شیرزن ها

خوشا رزمیدن آن پیلتن ها

خوشا سر خم نکردن بر دروقی

خوشا آزادی از هرگونه یوقی

خوشا بی تابی اندر روز خیزش

بریدن از فرود و باژ و سازش

خوشا سرباز و سربازان، خوشا هنگام یورش

خوشا جنگندگی، پیکار، شورش

پناهم به یزدان ز خواهان بد   "به نام خداوند جان و خرد"

کولی کشان

ای وای از برهنگی روزگار ما

از شیوه های زندگی نونوار ما

فرهنگ کولیان اروپاست اینکه هست

آرایش و برهنگی، پیمان شکستن و پتیارگی و مست

آرایشی چنان که چکد سرخ خون از آن

در پوششی که بدن شرمگون از آن

فرهنگ نه که بود کینه فرنگ

فرهنگ کش رهی که ندانی چه نام و ننگ

گو از دروق خسته شدم راه راست کو

مهر شبانه و شادی الکلی! از رنگ خسته شدم ماه راست کو

کولی پست شده شاه این جهان

زن ها برهنه و ز تن خود ترانه خوان

کولی پست یهودی، بلد و فیلسوف ما

بازیگر گناه و ابرقهرمان پوچ الگوی بچه ها

اهریمنی منش زشت کولیان

نامش دموکراسی شد و آزادی بیان

ای خاک بر سر این خاور و آن باختر، به هر
سرباز می رود به دل اژدر دو سر
سرباز می کشد همه این سگان نر
کولی کشان اوست همین روزها دگر

پناهم به یزدان ز خواهان بد "به نام خداوند جان و خرد"

سورنا سورنا

بخوان ای شیعه یار آریایی: بکشتا ارد آن نیکو و بد کرد
همان دستان کمربندش ببستند، و او آن دوستی ساده رد کرد
چو روم دد به ایران چنگ بگشاد
سورنا کرد خاک و مردم آزاد
کجا باشد کنون آوایی از ارد
کجا رفتند شه زادان بی درد
کجا ویرانهِ شاهانه کویش
کجا رفته است دستور دورویش
همه خاکند و سنگند و گیاهند
همی از کرده خود روسیاهند
روان هاشان به دوزخ گشته نزدیک
به برزخ دیده هاشان مانده تاریک
و گویم داستان را من ز آقاز
درست و ساده اش باید که پرداز

سه تن در روم بر پیمان نشستند

به پیمانی که بُد تا جان نشستند

سه اهریمن سه دیو زشت کردار

هیولاهای آدمخوار بیمار

سزار آن بُد که گل ها را درو کرد

زنان دزدید، زمین ها زیر و رو کرد

ز هر مردی که آنجا دید دستان

برید و پُر نوشته خویش دیوان

که کشتم من که بردم من به شادی

خداوندان مرا دادند یاری

همه زن های گل ها برده من

سگان، ابزارهای خانه من

بکشتم من هزاران در هزاران

که دیگر مانده بودم از شماران

و آن پومپه به ژرمن ها بتازید

درختان، روستاهاشان بسوزید

زن آزاده را دربند و دون کرد

به هر اندازه می شد نیز خون کرد

نه با مردان جنگی با زن و خرد

هرآنچه نوجوان را بردگی برد

بسوزانید جنگل های زیبا

نه کاری آمد از دست تبرها
تبرزین های جنگی بر زمین نقش
نژاد آریایی در زمین پخش
نه این ها وانگهی مغز سخن بود
کراسوس داستان خواه من بود
گلادیاتوری آزادپندار
بزرگی سروری آمد به بازار
که اسپارتک بخواندی نام و شورید
سپاه بردگان چون شیر، سورید
همه زنجیرها را پاره کرد او
ره آزاده ها را زنده کرد او
تنی چون پیل، دستانی چنان شیر
و خیزش کرد از آن بند و زنجیر
رخی چون سنگ و دل دلبرده ماه
دو مشت آهنین و بینش شاه
چه کس کشتش؟ کراسوس آن سگ روم
به دیواری ببست او شهرگ روم
چنان وهرز که کشتی های خود سوخت
شه آزاده اسپش بر زمین دوخت
سپس اسپارتاکوس سازید فریاد
بمیرم من همین امروز، آزاد

نخواهم کرد دیگر من گریزی

نگردم خسته از رومی ستیزی

همه آن ها کشم یا کشته گردم

دگر پایان رسیده شام سردم

بکشتم این یکی دلبستگی را

بریدم رشته وابستگی را

به میدان بود بر زانوی زخمی

که اندر خاک و خون گم گشت نامی

بکشتا آن شه آزادگان را

چلیپا دوخت بر ره زندگان را

چو آزادی دوباره آرزو شد

کراسوس خیره بر این مرز و کو شد

به آزادی و کیش و باور ما

به گردنبند و جان همسر ما

به نان و خانه و شادی ایران

به دشت و جنگل و رود نریمان

نسیم و دفتر و گلبرگ می خواست

زر و دام و زمین و ارگ می خواست

سورنا راه او بست و پسر کشت

سران لشگر و دیو پدر کشت

لژیون نام، خون آشام بی مهر

چنین گندم ندید از کشور مهر

سورنا اینهمه نه بهر شه کرد

نه در انجام این ناشد گنه کرد

ستاند او خاک و خون بردگان را

اونوماوس، کریکسوس، رستگان را

چو یک از آن سه پایه رفت بر باد

فرو پاشید روم از رو و بنیاد

سزار دیو با نیرنگ یاران بکشت آن چون برادر پیرداماد

سپس شاگرد خود او را بکشتا چو بر دامان مامش ننگ بنهاد

سورنا را به یاد اندر نمازیم بباید آرزوی او بسازیم

خدا با ماست و باید خدایی، به سربازان جاویدان بنازیم

پناهم به یزدان ز خواهان بد "به نام خداوند جان و خرد"

بوبو

کمی بوبوی من چرخید و من اینگونه گیتی را بچرخاندم

دمی از فاطمه بویی رسید و من به آن نیرو همه هستی را بچرخاندم

کمی بوبوی من چرخید، من اندر یقین مُردم

خدا را آن زمان در خود به روی سایه ها بردم

خدا را من نه اینگونه به باور یک نوا بودم

کسی با جامه سبزی برآشفت و برآسودم

همه چیز من از آن دم به این دلدادگی گم شد

خدا را شکر دیو من به یک روح اللهی دم پاک و مردم شد

به یامعشوق گفتن های من بر سجده شد او هم

به سربازی و دلبازی همو هم خیره شد بی کم

به رخت سرخ من گردید با هر آنچه می دانست

شد او هم همچو رآی من همانگونه که می بایست

شیاری روشنایی از علی و فاطمه ما را

چنین بیهودگی بگرفت و افسون کرد مینا را

در این گنبد که اهریمن به او بسیار روییده

من و او را چنین از هرچه هوش و دست برتر کرد، سنجیده

بخیزان آریایی را تو ای سرباز ورزیده

به چشم ای مادر هستی، به روی چشم، بر دیده

پناهم به یزدان ز خواهان بد   "به نام خداوند جان و خرد"

من برگ تازه ام

در میهن و مام و کنام آریایی

یک دانه سیگار، نباید یافت جایی

یک چکه نوشیدنی مست کننده

بایست یافت نشود در کنار بچه

چیزی که اهرمنی هست بودنش ز چه رو

باید که نیست شود، هر کژی ز ریشه او

یک موی گرده افیون به میهن من؟

باید بکشت هرکه بخواهد نگون تن من

هر آنچه می کند خرد آدمی تباه

باید بسوخت و باید بساخت اندر چاه

تا واپسین شماره آن دوستان راه

باید که پاک شود از زمین، نماد گناه

آری نژاد آریایی و مستی و دود و منگ؟

آلوده یورشی است که بی های و هوی جنگ

گام نخست کشور یزدان بود سپس

سرتاسر جهان خدا پاک کرد، پس

باید که هرچه زودتر به ره کودکان رویم

در راه آفرینش این داستان رویم

باید به روشنایی آینده هر نوجوان رویم

بی پا و با سر و همداستان رویم

باید که کودکان زمین را ز منگ و مست

ما آریاییان به رهایی کنیم و رست

باید که واپسِ از ما هرآنکه هست

از زهر اهرمن پست، شست، هست

من و تو راست، آینده این قنچه ها به دست

این راه سخت ز هر ساده ای به است

یک دانهِ سگ و گربه خانگی در خانه های پاک نژادی که برتر است؟

در شهر و کشور من جای جانور در نزد جانوری های دیگر است

من برگ تازه ام نه به تاریخ این جهان

یک تن بیامده مانند من میان

من برگ تازه ام و به هستی یگانه ام

سرباز نام من، و همینجاست خانه ام

گر موی هم چو پلیدی بود به ما

گردیم روسیاه بزرگان پارسا

پاسخ چه می دهیم به نیکان آریا

پرسند گر ز کرده نیاکان آریا

بین، خون آریوبرزن بسیار، دوش تو

سربازهای خون نفریبند هوش تو

پناهم به یزدان ز خواهان بد "به نام خداوند جان و خرد"

اسلام علی

به نام خداوند این خاک و آب

سریع العذاب و شدید العِقاب

خدای زمین و زمان و زبان

به هر هفت دنیای هفت آسمان

پدیدآوراننده پروردگار

پدیدار، پوینده پایدار

شنودار، بیننده رازدار

سزاوار، سازنده پاسدار

تکی سرو با سایه استوار

قوی هَرو بخشنده پرده دار

یکی واژه فرموده با مهر و مه

که بی دین بپایید و بی داد نه

چرا بنده او نبودن چرا

چرا دیگری را ستودن چرا

به تا کی تن و خویشتن پروری

که را می پسندی چه را پیروی؟

به بازی چرا سوگواری کنی

درخت خدا، چوبکاری کنی!؟

به یکتا و در تنگ یکتای خود

چه سودی به نالیده با نای خود

چه سودی که خود را بمالی به سنگ

و یا آهنی را بگیری به تنگ

و یا خاک اینجا و آنجا کنی

که خود را چنین در دلی جا کنی

چه آهی به چاهی که ماهی بود

تن رهنمای تو راهی بود

تو را مهدی از آسمان آیدی

نه بت، آدمی آدمی زایدی

نیاید اگر این زمان شاه نیک

نباید شما را دگر راه نیک؟

کسی راه میخانه تا جمعه بست؟

می ناب آسان نیاید به دست

چرا چاره را چار چین دیده ای

که یک اژدها مار چین دیده ای

تو را با چم چین و ماچین چه کار

به ایل جنین خوار بی دین چه کار

هزاران مسلمان به کین سلام

به سین کشته چین و چنین، بام و شام

خداوند ما گفته کام مرا

به زر ده! رها کن پیام مرا؟

چه کردی به فرهنگ بوم کهن

سزاران نکردند و شاهان زن

چرا کوروش آن نیک بی بازدار

پیمبر، بزرگ و شه ماندگار

که یاجوج و ماجوج را بند هَشت

حقوق بشر را مدون نبَشت

نباشد چو خاقان چینی دمش

ز نم ریختی خانقاه جمش

کجا مانده شاهین چوبین او

کجا خاک کردید ژوبین او

کجایند گردان رویین او

جهان پهلوانان موبین او

کجا رفته آن مردم خوش پرست

به ترسیم و اندوه و خامُش پرست

به این یکسره واژه گریه دار

بسی بوده لولیده کنج زار

زدی بر سر و روی و ابر بهار

نکردی چنین شیون اشک بار

چه خواهی شتابان و منگ و خمار

دگرگون شدی؟ نه، که این شد قمار

زبانی که پُرباد و پرگفتگو

چنان هست در خانه پیمان بدو

کجا پوشش ایل و احمد جدا

ردایی سپید و فرا از ادا

کجا بر تن یک خدایی پسند

تو رختی مگر جنگ دیدی به چند

یکی کرده آنگونه ببر بیان

یکی را نه پشت است خفتان جان

چه چاهی چو شیر خدا کنده ای

کجا چارپای یتیمی شدی؟

غِنا رقص زن های پتیاره بود

که با ساز و آواز شهوانه بود

کجا هر هنر را غِنا نام بود

و بی تو همه چیز، آرام بود

اذان گوی کعبه نبوده بلال

نه ذالش همی بوده مانند دال؟

به دیدار سنگ و به دیدار چوب

گِلی را ببوسی هماره به کوب؟

بخوان روی دل را نه از بهر و رو

نه اسلام دارد به تعلیم رو؟

زمانی که تقلید آبستن است

به نوزاد او تخم اهرمن است

خم و راه اسلام بس روشن است

و قرآن تو را راستی، جوشن است

مگوید سخن با مگر هوشمند

مگر کارگرهای اندیشمند

نه اندوه واپس، نه سودای پس

به هر داد و پرسشگری دادرس

زر ناب توبه، چرا مس کنی؟

به مهمانی و بزم و مجلس کنی

در این شیعه سرباز همداستان

امام حسین و همه راستان

چرا بر یکی گریه و جنبشی

برآن دیگری چینش و کوبشی؟

شهیدان همه گرچه یک تن بُدند

به سد کشور و کیش و آیین شدند

نه خود تیره پوشان دیگر بُدند
نه خشنود این رسم کافر بُدند
کجا بوده یک چکه اشک علی
به سوگ شهیدی سرشک علی
به قرآن و نهج البلاغه بخوان
نمردند هرگز شهیدانمان
شهیدان سرباز جاویدِ دوست
سواران راهی خورشیدِ دوست
چو دریای توفنده ماهی کشان
چه سردی بدین کوه آتشفشان
همه مزگت و بندگان شادمان
که جوری نکرده خدای جهان
همه بوده زیبایی اندر بلا
که بازنده گردید در کربلا؟
چو چیزی نگویی نیابی رها
جنین راست گریه برای هوا
به شهنامه مردی ز نو ساز کن
به تاریخ ایران زمین ناز کن
ز خام و ز خود پهلوانانه شو

به جان جهان پهلوان خانه شو

به پا کن تو بخشایش و مهتری

تو با این نژاد از همه برتری

به هر جای گیهان خروشی شدی

درفشش ز اسلام گوشی شدی

به سیمای تو یک هنرمند نیست

و با بی هنر فر و اورند نیست

همه دولتان جهان را هنر

سر کار آورده یا کنده سر

به یک خنده نامه هزاران دلیر

کشیده است یکتا هنرمند زیر

و ایران به تعزیه دان شیعه شد

به تک واژه یک دولتی چیده شد

شده چرخ گیتی چه وارونه دوز

دروقت به کار آید امروز روز

به روزی که از کان و از نفت ماد

نماند به آسان مگر سخت ماد

به روزی که نشناسدت آشنا

ستمدیده و تنگدستی چو ما

مرا با تو ای ساده پیکار نیست

که با سادگانم دگر کار نیست

چه سودی بدین خوک خویی چه سود

در این خوردن و خوب رویی چه سود

چه سودی بدین دیدن مرگ کس

به اخبار روز و شب تازه رس

چو اشکانیان دوره هفتسد

چو ساسانیان مزدک و باربَد

مهانی چو هوشنگ و اسفندیار

نباشد مگر واژه نزد ندار

فسان های ایرانی و آریا

همه پوچ پیش به نانی گدا

گلی همچو تهمورس دیوبند

نروید ز خاک روان نژند

چه ارزان به خون دل بی زبان

نمودی تو آلوده جان گران

که خلخال پای زنی گرچه بود

نه از ما و بی دوستدار و یهود

چو از پای او بر در آورده اند

زمین و زمان را سر آورده اند

و حیدر چنین رو به من، و تو گفت

چو دِق کرده مردید، کاری درست

چو از تو کسی در خراسان نگشت

رضا را نهادند زهری پلشت

چو از تو نبودی به پشت ولی

خلافت نمودند آن سه دَنی

خداوند آیین و کیش یلان

امامی بسازیده هم پهلوان

جهان پهلوانی و پیقمبری

هنرمندی و دانش و داوری

علی سرترین شاخسار کیان

تک و بی تو در جنگ زهاکیان

به هر ارتش و جنبش و پوی نو

همین هست، هر بینش و گوی نو

سواران توفان میتان و ماد

ندانند آرام در گردباد

دلیران میدان و مردان کار

نمانند در خانه، بیماروار

در این روز دیو و شب تیره بخت

هیولای خوش چهره نیک رخت

در این دوره سیل خون و سخن

که یا پیشوا یا نیاز بدن

مگر خواب دریا نیابی تو آب

پگاهی که سستی است باشد سراب

جوان راست دین، پوچی و نیستی

هنرمند را چون هنر نیستی

نه دانا برد باره ای را به لنگ

نه دانش کشی را درنگی، درنگ

به پول سیاهی چو روی کلاق

زنان بر سر کار دود چراق

تو پیچیده کردی خدایی نهاد

همه دین آسان آسان مراد

اگر شب ستم کردی و روز، شاد

ره دشمنی تو پاینده باد

یکی راستی چون مرام منی

چنین پاک و آماده و دیدنی

نیابی به هرآنچه بُد در جهان

نه یابی به منشور یک سازمان
به عیاری و باطنی و قزل
نه از جاه سرباز سِفری خجل
به ما کیش رندان خِلف الفضول
و ساده؛ نبردی است با دیو و قول
نه فرزانگان را بود شهریار
به گودی که دیو است کهنه سوار
به شب های راسو چگونه کنار
بگیرد دهاتی مرقابی و مرق دار
خدایا براهان به راه نخست
شب و سوی این کاروان نادرست
و بر تو کنون کرنش مردما
به دنبال بخت اند از تو هما!
ز بالای سر کوه آرامشی
به پایین پا تخت بی لرزشی
تو از گرسنه می کنی اینهمه
همه آنچه داری ز او یکسره
ببارد زر از این زمین و زمان
بمانی اگر هم همیشه جوان

وگر هم نمیری به گور زمین

بگردی به نزدیک و دور زمین

اگر آبرو آب دریا شوی

به دانش، هنر نیز یکتا شوی

وگر پیکرت تیز و مانا بود

نه پرخاش، خوی تو برنا بود

گرم آسمان را شکافی به مشت

کزو برکنی آن چراق درشت

اگر سیل و توفان و تندر شوی

شگفت است یک موی حیدر شوی

چنین خفته در خاک و پویا چو وی

به هر جنبشی زنده بر پا چو وی

چو آن رهبر و دست بیچارگان

ستمدیدگان، ایل درماندگان

تو که خورده ای نان ناپاکیان

شده باورت باور خاکیان

تو بیگانه از کیستی، دلبری

چه سودی در این یک دو شب سروری

که پتیاره تخت سودآوری

پلیدی، به چشم تو آید پری

تو بیگانه از شاه کوی برین

به آن تخت گردان دوشی برین

همیشه و هرجای یک پیشه‌ور

دهاتی و کارآفرین، کارگر

بزرگی که بی‌پول و ناآشنا

بود با نگاه تو؛ حزب خدا

به آن پرچم سرخ بابک درود

به پاکی بی‌چون مزدک درود

به گودرز و کاوه، به آرش درود

به گشواد و قارَن، سیاوَش درود

به جمشید و گرشاسپ، کاوَس درود

مه آبادیان و کیومَس درود

به زال و به سام و نریمان درود

به بوزرجمهر و به مهران درود

به سد پینه کفش رهبر درود

به پشمینه زبر یکسر درود

به آن پیکر پاک بی‌سر درود

به آن خطبه شام خواهر درود

به گهواره سرخ اصغر درود
به دستان عباس، نه، پَر درود
به هرآنکه از ما و در ما درود
به هرآنچه بر آنکه بر ما درود
خدا کیست؟ آن مه که ما را گزید
به دست هنر نقش ما را کشید
نه او بی میانه به گِل دست بُرد؟
و با دست خود خامه زد کالبد
به یزدان ایران و قرآن درود
بت آریایی، به جانان درود
زدی آستینش به بالا چرا
گِلین کرد دستان والا چرا
چرا اینچنین خود به کفران بداد
چنین زشت کوشی به گیتی بزاد
همه ایل ما هیچ بودیم و هیچ
هم از هیچ و در هیچ، پیچیده پیچ
نه یاری و یادی و لایی خَمود
که مهر خدا خاک میدان ربود
اگر خیزش و جنبش ما نبود

یکی آفرینش نمی یافت، بود

سواری که راهش به پایان رسید

خدا را رسید و به آسان رسید

گلستان و گلزار و گلخانه ساخت

کنون در شبستان خود خانه یافت

چرا ماه اندوه و زاری گاه

کنی بهر او که نبرده گناه

توی نرده و چاه و خارا پرست

مسلمان کاخی شش تا پرست؟

عرب، روس و افغانی و انگلی

قجر، سنجری، سنقری، غزنوی

که ایران گرفتید و ناموس او

تکاندید شولان قاموس او

ستاندید جان و زمین و کیان

همه فر و فرهنگ و کانی و کان

هزاری شد آن فرش ایل هزار

شدی میل چادر ستون و منار

به شاهی گیهانی پار و ماد

به نقش شما رنگ خواری گشاد

یهودی اگر پشت ایران شکست
به تخت شما دخت ایران نشست
نه یک دم دگر نیز گاه درنگ
به او که بود سینه اش زیر سنگ
به آنان که هر شب به بیدارند
نماز شب و روز، خوددارند
و در آزمون، مرق بی باد و بال
به سستی و خودخواهی و بیم و فال:
نبرد است نزد خدا گوهری
نه ورد و به تازی نذور و فدی
به دام تو آیا نیاز خدا
کنی مهر خوانی نماز خدا؟
بود دشمنت، بی زبان پاک دام؟
به نام پرستش دهی سور و شام
دگر چشم خود را به بینی منه
به میلیارد گشته کنون گرسنه
به هر کو هرآن کو که فرمان دهد
جوانی که نان می دهد جان دهد
هرآنکس که فرمان برد نان برد

همه کس بدان نام نادان برد

نه سرباز خسته شد از این نکوه

نه ما را مگر سربداران گروه

قزلباش، عیاری و باطنی

علوی و اشکانی و مزدکی

مسلمانی و موسوی، فاطمی

فزون پارسایی، حکیمی، و رندی کمی!

هخایی و زردشتی و دیلمی

و کیسانی و خرمی، پهلوی

همه بخش هایی ز بود من اند

همین نوزده، تار و پود من اند

منم بیست این شمارش به ارش

مرامی ز من نیست برتر به فرش

ز سرباز بودن کجا بهتری

کجا برتر از فاطمه و علی

پناهم به یزدان ز خواهان بد   "به نام خداوند جان و خرد"

خشم

چو من ای دل، دل ای دل گویم و قرآن بخوانم

نه با دیده که با دل، بزرگی های آن ایران بخوانم

کتاپ و گفته و دیوان بخوانم

پرنده باره دیوان بخوانم

نبرد رستم و اکوان بخوانم

ز دیوسنای آن توران بخوانم

به هر شب نامه یزدان بخوانم

گلستان و گل بُستان بخوانم

ببینم ارموی را چون بهلبد

نکیسا، نقشی از سلطان محمد

احُد را حمزه و حیدر بخوانم

نسیبه را، نگهبان چهار جان پیقمبر بخوانم

سر بر نیزه قرآن خوان آن سرور بخوانم

ز ماد مصر، بی گوش و زبان در پوستین خر بخوانم

ز تابوتی که تیرآگن بخوانم

اباصلت و سر مولاش بر دامن بخوانم

حسنک، بی سر آویزان بخوانم

سمک را بر سر قطران بخوانم

کوراقلی، کین پاشاخان بخوانم

ز عیاران کردستان بخوانم

ابولولو چنان سلمان بخوانم

روم سینا و بوریحان بخوانم

ز فارابی و صدر و سهروردی

نصیرالدین و خوارزمی، بهایی

حسابی، ماث، نیما و سپهری

عماد و عارف و سمع و عبیدی

ز خیام و می خامش بخوانم

ز آن دانش فزون جامش بخوانم

می پاکی که می گفتند ایشان

هرآنچه بود، بود از برتر از جان

خوشم من، کوروش و اشکان بخوانم

هخا و نیرم و ساسان بخوانم

نه آغا، لطفعلی را خان بخوانم

ز سربازان جاویدان بخوانم

امیر خفته در کاشان بخوانم

مصدق را و آن دوران بخوانم

امیر نامدار ارسلان را

کنام دیلم شیر ژیان را

چو ابراهیم مختاران کیّاز

آریو، سورنا، فرخ، دو سرباز

پلارک ها که ناپوسیده ماندند

گلاب ناب بر هستی فشاندند

الیا، پوریا، تختی بخوانم

به کینه، آنهمه سختی بخوانم

بخوانم مزدک و با آه و زاری

بخوانم پیشوایم را، علی، با چشم جاری

چو عبدالله و بابک پاسداری

چونان ستار و باقر سربداری

چو کاوه کوره گیر روزه داری

چنان شهرسپ و من شب زنده داری

خداوند بزرگ آسمانی

منم انباشت خشم جهانی

ببندم بند و پیمان با تو، آنی

بگیر این زندگی و این جوانی

به جای آن به دستانم برافراز

به بَذ آن پرچم سرخ سرافراز

به جای هرچه دارم ای سزیده

مرا می بخش پیروزی شیعه

نژاد آریایی برتری ده

به از سرباز، یاران بر علی ده

پناهم به یزدان ز خواهان بد "به نام خداوند جان و خرد"

بنفش

ای دختر دروق پوش بدهکار شرم و دین

باشد نژاد آریای، ز بود تو شرمگین

از این جهان چه خواهی و با خود چه می بری

اندیشه تو چیست، چرا رنجه می بری

در زیر اینهمه رنگ و خمیر و دوز

آیا ز چهره خود تو، چیزکی هنوز؟

آیا خودت، خودت بشناسی به آینه

آزرده می شوی کمی آیا ز اینهمه

این پوشش سر و ته تنگ، یوق تو

بر سینه تو بود سنگ، یوق تو

فردای تو چه؟ کجا ایستگاه تو

ابزار مردها، آینده همه زن ها تباه تو

سگ های نر به چو تو هار می شوند

راهی کوچه و بازار می شوند

زن های ساده پایین شهر جا

از کرده تو بخوردند زخم ها

کاتوزیان ز تو بر پای در زمین

پشت یهود گرم به تو هست، همچنین

مانند آنکه کسی گوشت کباب

بر جامه بندد و گردد، به پیچ و تاب

در پیش چشم هر آن مرد گرسنه

این نوجوان و کودک خام و ز جا شده

در پیش چشم هر آن تشنه نیاز

دود کباب تو به ستون است در فراز

پایان کار این گنه توست مرگ ما

در هر چه روزنامه بخوان ویژه برگ ما

اندر حوادث هر روزنامه ای

هست از تجاوز به تو، چون تو، شماره ای

گردد به کودکان تجاوز و موج گناه تو

در هر چه سر بود افتاده خواه تو

من تا کنون نه ز بودی مگر خدا

خواهش نموده ام و نه خواهم نمود تا

وانگه ز تو خواهش کنم ببخش!

کوتاه آی ز این کوشش بنفش

بخشش کن و از کوششت، بکاه

از دوز وسوسه در پوششت بکاه

با تو توان جنگ نباشد به هیچ دست

کوشش نکن که شود دود، هرچه هست

سرباز راست خدا یاور و پناه

می ترس از سگان نر باخترسپاه

تو راست باش و زبان های سگ ببند

آری دهان بهانه ز رگ، ببند

تو ارگ گاف و گریز از میان ببر

دست مرا تو باز کن و بر میان ببر

دست مرا تو بسته ای از یاری به تو

پای مرا شکسته ای از آز نو به نو

من جان دهم برای تو، آرامش چو تو

چون هست کیش و پیشه ام آسایش چو تو

وانگه تو هارسگان را گزیده ای

این هم ز سیل سخن ها گزیده ای

خود دانی و سپس از این دوباره کین

سرباز و دشمنی سازمان تین

پناهم به یزدان ز خواهان بد   "به نام خداوند جان و خرد"

سرباز و من

باشد، روزی ما هم آرام می گیریم

نگران نباش ای زمین گرسنه، ما هم می میریم

تا زنده ایم، نمی نشینیم و چون باد جهان را می گیریم

خرد و خسته چون نسیم می جنگیم و پا می گیریم

ای خاک خون گرم خورده سرد بدل پسند ما با تو کشتی می گیریم!

ما از رساله باران و حزب اشک نه تو، خط، به درشتی می گیریم!

باشد تو ما را خرد کن و پایمال کن که ما دوباره جان می گیریم

دوباره زنده خواهیم شد و ناآرام تر، دوباره تو را سخت، آسان می گیریم

آری، سرباز و من به نوک موی به تو دل نبسته ایم

سر می دهیم، سر، اگر دست بسته ایم

پناهم به یزدان ز خواهان بد   "به نام خداوند جان و خرد"

زادروز حیدر

بزن بر تبل و شادی کن که بهروزی به خاک آمد

گریزان پیشوای من به پیروزی، به پاک آمد

بزن بر تبل و شادی کن که اهریمن به خاک افتاد

بخوان آواز ای سرباز، دیو بی کسی جان داد

دگر دوران بی یاری تو مرده است، آسان باش

دگر بدبختی و بیچارگی مرده است و شادان باش

دگر بیماری تو پاک درمان شد

بُراق کعبه رخش جان قرآن شد

بزن بر تبل کینخواهی

شگفت از پیه و پی اینگونه آگاهی؛

بکوبد پا به شب دُلدُل بچرخد طاویه با کین

عقاب و ذوالجناح است این و آن هم اسپ عبدالله خرمدین

مارانکو تا به مسکو تخت می تازد چو آزررخش می تازد

و اسپ سرخ گوآن نیز، کنار رخش، می تازد

پرستو همپر بهزاد تا افسانه خواهد تاخت

و بخت دیوهای دون دوباره رنگ خواهد باخت

دگر پوچی و گمراهی تو را هرگز نخواهد دید

به دلداری این دلبر، هزاران سال خواهی زید

سراپا زخم و درد است و به هنگامی درنگش کو

خدا می داند و من هم، جهان بر دوش دارد او

درستی اوست، دین راستی دارد

به خاک خشک خو بی بند می بارد

بزن بر تبل، بزن بر تبل کینخواهی که سرداری چنین آمد

سر سربازهای جاودان ای دوست، سپهسالار دین آمد

بزن بر تبل کینخواهی، کیان را پهلوانان را بزرگ و پیشوا آمد

شه هر آنچه سرباز است خاکی ها به دستش نان و خرما پیش ما آمد

روان مزدکی چون من شود خاک در کویش

هنوز آن چشمه سرخی بجوشد از سر و مویش

از این رو سرخ را در تنگنا یارم

که سرخ سرخ دیدم چهره یارم

از این رو سرخ را رنگ خدا، رنگی فرا دیدم

که روی پیشوای خویش را سرخ از خدا دیدم

روان مزدکی چون من شود خاک در قنبر

کجا سرباز و کوی پیشوا، او حیدر قنبر

پناهم به یزدان ز خواهان بد   "به نام خداوند جان و خرد"

آرمان

با تو بودن، نگار دوروزه زیبا

بود برابر با، نبودن با ما

به هیچ خویش شمارش نکرده ای گویا

مام ما، آرمانِ هامان را

چشم بربسته ای به هرچه که هست
هرچه بیداد و هر ستم، هر پست
دل ببندد به تو چو تازی شاه
چون ابوخَلف! باز بوزینه ای تو سازی شاه
دختر بی نبید، یکسره مست
آدمیت دوباره رفت از دست
باز در کوچه کودکی جان داد
جان شیرین برابر نان داد
تو به چهره بمال سرخابه
یا بگویم درست؛ خونابه
مردها را دوباره کن باره
سخن و تو و است و درباره
تا هزاران هزاره اینچون بود
هوش سرباز از تو بیرون بود

پناهم به یزدان ز خواهان بد "به نام خداوند جان و خرد"

سرباز بر مزدور

سوی ما سرباز مردانند و زن
هست رهبر، پشتوانه، رایزن

بانوان در ارتش سربازها

مهد می باشند و اندیشه سُرا

رهبر ایشان اند و رهرو مردها

در سراسر پهنه آوردها

بوده فردوسی یکی رهرو، بدان

همسر و هم دختر او راهبان

مرشد ما بود زن ها، مادران

نیک بانوها و نیکو همسران

من که می گویم علی، زهرا بخوان

من اگر رستم بگویم، تو همان رودابه دان

من که می گویم همیشه خاک و خون

هرچه گفتم جنگ بوده، تاکنون

این مپندارید از پندار مرد

یکسره از زن بجوشد کار مرد

من نمی گویم که سربازان دوست

برده و بی خواه بودند و چو پوست

بوده اندیشه آن مرد و زنان

یک و یک بودند در کار و زبان

وانگهی زن بود رهبر، راهبر

مرد سربازی به خواه خویش سر

گر نبود عمره چگون مختار ما

راه خود می یافت تا ارش خدا

نام های مرد مانده در سخن

هر کدامین پرچم یک انجمن

نام مزدک نام بسیاری زن است

خواه آزادی بپروردند و دست

پاک شستند از همه شادی خود

وقف ما کردند، آزادی خود

گرچه زن هایی که خِفتان کرده اند

نیز بسیارند، با نامی بلند

پاکی زن های پیشین از من است

اینکه جانم با پلشتی دشمن است

در سپاه اهرمن وارونه این

زن بود سرباز، نه، مزدور کین

هست مزدور فراماسونری

زن پتیاره، برهنه، برده زی

در رسانه او خداوندی کند!

از جهان ابراز خرسندی کند

هر دو زن، یکتا تن و یکتا نما

وانگهی دل، این کجا و آن کجا

هست مزدوری چنین در جنگ ما

راست گو، سخت است گود تنگ ما

بهره در این سهمگین، بی پشتوان

باخت باشد، بی بر و برگرد، جان

گر زن ایران زمین چون او شود

خواب اندر چشم سربازان دود

من نگفتم این و نشنیده بگیر!

پرچم سرباز می گردد به زیر

می شوم من هم شهید راه رَست

می شود گیتی سراسر بت پرست

گند در هر هفت گوش آسمان

آفرینش را بگیرد در دهان

گرچه این ها هست افسانه همه

بر کف من هشت، یک، یک، هشت، بنوشته شده

بند می گردم به این سیلاب، من

می کشم یک شب چنین میراب، من

سر به سر سرباز، خشم ایزدی

مرگ بر هر آنکه خواهان بدی

"به نام خداوند جان و خرد"   پناهم به یزدان ز خواهان بد

شیعه زهرا

ماییم که می جنگیم، با سخت ترین دوران

ماییم که سر هستیم از هرکه در این میدان

ماییم که چونان کوه

ماییم چنین نستوه

ماییم نه آن مار در خانه شده پنهان

اسلام برای ماست، دارایی ما قرآن

ماییم نه آن دیو تقلید پسند کور

کاتوز چروکی در، البیت، به سان گور

پالایش هستی را ماییم سر و سامان

پیدایش گیتی را ماییم همان زروان

ما در همه گیتی ها بر پیشه نجواییم

ما برتر از این هاییم ما شیعه زهراییم

ای گریه شب هنگام

ماییم تو را انجام

با پادشه و با مام

بیداد مکن، آرام

ایران من و ما را امشب به خدا بسپار

یک شب به دلم ای کوه، چون سیل مشو آوار

روزی که تو را سرباز بر کشتن و زا کردند

مایی که چنین والاست، در دره رها کردند

بی یاور و بی یاران

بی رستم و بی گوآن

باران تو را هر شب همبستر ما کردند

از مهر علی با ما دیدید چه ها کردند

ماییم که می گرییم از گریه گریزی نیست

این گریه ما سرباز، گویند که چیزی نیست!

"به نام خداوند جان و خرد"   پناهم به یزدان ز خواهان بد

دو سرباز

پلی، آن سو سپاه دیو بسیار

در این سو هم دو سربازند هشیار

دو سربازی که بر شب، ایست دادند

و جان بر کف، و تا جان بود بر کف، ایستادند

سپاه روس آن سو بود و این دو

به این سو، تک، و بی تیر و فرارو

مگر از مرگ آیا بود چیزی

نبود آیا پساروشان گریزی؟

چه گویم من ز کیش مرزبانی

چه از رستم، چه از گودرز دانی؟

چه گویم از دوسربازان ایران

که خون آریایی در رگ جان

نه نامی مانده از این دو سپهدار

یکی گور است تک مانده و بی یار

همانجایی که ایران سخت جنگید

چنان دیرینه اش، با دیو رزمید

دو سرباز ارتش امید ایران

همانجا خفته در جاوید ایران

"به نام خداوند جان و خرد"   پناهم به یزدان ز خواهان بد

من ِ بی مهدی

من نه پیامبرم، که خدیجه ای، دلباخته ام شود

گنج ببخشد و بی نیاز کند، آوازه ام شود

من نه علی، که فاطمه ای، یاور و همکار من شود

این روزها، ام البنینی ماه زا، همیار من شود

تکم من، تک، بی کس و یکتا و ناشناس

همیشه تنگ دست و تنگ دل، بی یار، آس و پاس!

من سخت به دوران نادرست، زاییده گشته ام

بدبخت، به یاری یاران نادرست، سنجیده گشته ام

در دوره ای که زبان ها درازتر از پای دشمن است

با هرکه می کنی سخن از ترس جان خویش، گویای دشمن است

من مانده ام و هزاران هزار سال

نیرنگ خفته به تن های خرد و زال

من مانده ام و سپاهی که یک تن است

سرباز و کشته و فرمانده اش من است

"به نام خداوند جان و خرد"   پناهم به یزدان ز خواهان بد

دارا

همه دارایی من، ایزد یکتا

پگاه پایمرد پاسدار پاک بی همتا

در بخشش به روی دوستان بگشا

به روی دشمنان خویش، ببند این را

پایان ده دگر این پارسایی را

به خشم آ و نمایان کن خدایی را

و دوران شهی نیکوان آقاز می فرما

و سربازان جاویدان خود را باز می فرما

درفش سرخ بر میهن، به بام خانه ها باز آ

درفش سرخ آگاهی به رنگ لاله ها باز آ

خداوندا، به خون ما، خداوندا

به ما برگرد و ما را پاک کن دارا

تویی کینخواه ما خونخواه ما ای سرور دانا

تویی سرباز را ای دوست، یگانه یار این شب ها

پناهم به یزدان ز خواهان بد   "به نام خداوند جان و خرد"

آباد باد

ما در هزاره های دور ز هم گیر کرده ایم!

خود را به باور گاه و نشان و بخت زمین گیر کرده ایم

چندین هزاره ز هم دور مانده ایم

شاهیم گرچه، به یک روی، رانده ایم

یاران خوب کجایید و کیستید؟!

با کیستید که با بنده نیستید

جا، کوی و خانه تان به کدامین خراب شهر!

آباد باد هر که نخورده است جام زهر!

آباد باد جان شما گرچه همچو باد

از من گریز می کند این بی درنگ شاد

آباد باد جانتان که سخن های تند من

از مهر و رنج و تکی کمرشکن

آباد باد هر دم و هر جا که خاستید

سرباز را مانده و بیگانه خواستید

"به نام خداوند جان و خرد"   پناهم به یزدان ز خواهان بد

رآیت کاوه

شگفت از اینهمه اندوه، در ما

کزین شوریدن انبوه، بر ما

همه تشنه به خون کاوه رآیت

و گشت از گوشت آدم تجارت

جنین خواری شده می خواری خوان

بیا حافظ که خون نوشند رندان!

بسوزانند اهریمن پرستان

به آیین های خود هر شب جوانان

بگو فردوسی ای دهقان دانا

کجا بشنیده ای اینگونه دیوآ

کجا دیوی به این شاخ و بر و پا

بود در دفتری از پیش پیدا

کجا دیویسنا اینگونه بر پا

کجا مزدیسنا آواره بی جا

ربوده گوهر آدم ز آدم

یهودی، هرچه ما را بود از دم

پیمبر، چار تن، تک مانده بر سنگ

و ناسربازهای پشت بر جنگ

پناهم به یزدان ز خواهان بد "به نام خداوند جان و خرد"

ره آرش

من و یک کوه، رسوایی

من و پروردگار من، خودآگاهی

برای مردمان فرهشته ام وانگه

برای تو نباشم من کسی ای از همه آگه

مگر روی سیاهی و مگر شرمندگی اشکی

مگر پیمان شکن با تو مگر بر بندگی رشکی

ستمدیده تو هستی از همه بد دیده ای چون من

ز هر کس بود در پیمان خود رنجیده ای چون من

شکیبایی تو از هرچه داری بیشتر باشد

خداوندا تو را مهری است با ما، مهر نه، نه تیشتر باشد

بود چیزی فراتر از همه چیزی که من دیدم

ز هرچه آفرینش کرده ای از هرکه پرسیدم

تو ما را از همگان دوست تر داری

تو با ما گونه ای دیگر به دیداری

بود رویم سیه از اینهمه بیداد این گونه

تو ما را آدمی آموز بمان با ما همینگونه

نمک نشناس های سر به پا شایسته آتش

تو با نیروی یزدانی، بیاور بر ره آرش

تو ایران، آریایی را همه از خود، خدایی کن

تو کیش پارسایی را دوباره زنده با این پارسایی کن

و سربازی، نخستین خشم و کینخواهی، تو دین آریایی کن

و او را بر ره آن کوچه که بی بی، خورَد سیلی، ز قزوین رهنمایی کن

پناهم به یزدان ز خواهان بد   "به نام خداوند جان و خرد"

شهزاد پارس

باز آی، باز شکاری کیان، کیان من

کیسان، بُرنده دستان اهرمن

کیان، شکارچی دیوهای دون

کیان ز گرز تو اهریمنان زبون

آرام باش آرمیده اگر حیدرت به خون

گر خفته روی سرخ، جوان همسرت به خون

شهزاد پارس تو را آسمان پارس

هرگز ز یاد نبرده، روان پارس

ای گنج آریایی از باستان پارس

گلزار پهلوانی کز بوستان پارس

باز آی، ای همه نام و نشان پارس

اندیشه و ره و کیش و کیان پارس

سرباز، شیعه ترین مرزبان پارس

خفتان و خنجر و گرز و کمان پارس

پناهم به یزدان ز خواهان بد   "به نام خداوند جان و خرد"

شرم

توانگر می کند ما را همین شرم

به این یک گنج ما هستیم دلگرم

خدایا روی ما را بر زمین دوز

به خشم آ، دیوها را بر زمین دوز

خداوندا تو شرم و گویش نرم

فرود و کرنش و پروا و آزرم

به هفتم نیز خوش رویی و سیما

به ما سربازها یک جامه فرما

تو کیش پارسایی و شکیبا

نما آیین ما ای زیب و زیبا

ادب را آنچنان که در علی شد

به کینخواهی یکی گردان به ناشد

که تو پیقمبر پیوسته ما

تو سربازی گروه و دسته ما

"به نام خداوند جان و خرد"   پناهم به یزدان ز خواهان بد

درستی بر دموکراسی

توبه می کنیم، همچُنان دیروز

همچو فردا و همچنان هر روز

راستی، کودکی اگرچه هنوز

به ز نابخردی میهن سوز

پاکی و بازی و دو نیمه، دو سنگ

کوچه و توپی دولایه، قشنگ

گرچه ما را هزار کم باشد

این دَریک از میان، درم باشد

گرچه از دست ما ربوده شده

هرچه بود و نبود و هست! همه

توبه ما را ز نان شب، بهتر

همسر پاک خفته در بستر

گرچه هیچی نماند از فر ما

کودکی، گوهر سبک سر ما

گرچه هرچه رود ز باور ما

کودکی تا همیشه یاور ما

راستی راه و کیش و درگه ما

پاکی کودکانه هم شه ما!

او دموکراسی است و آزادی

راستی، پایه ای خدادادی

هرکجا هست آدمی باید

راستی را چنانکه می شاید

مو به مو، پو به پو، پیاده کند

گرچه سرباز و دین نهاده کند

پناهم به یزدان ز خواهان بد "به نام خداوند جان و خرد"

آهنگر کاوه

درود ای کاوه والا، درفش سرخ، بر گرده

درود آهنگر شمشیر و گرز و تیرهای ما، درود ای کشته زنده

درود ای کارگر ای سخت کوش دشمن زهاک

درود ای رنجبر، ای پیرمرد چابک و چالاک

درود ای مرد جنگی، اژدهاکش، پتک آهنگین

درود ای بر سر سندان و دیوان، کوبش سنگین

درودت باد ای پیقمبر آهنگر بی باک

درود ای تنگدستان را پناه و مرزبان خاک

درود ای کاوه ای کاوه درودت باد

درود آهنگر کاوه که بود ما ز بودت باد

به تا پیش از تو ای کاوه نه یک خیزش ز مردم بود

نه یک شوریدن و جنبش، بی شاه و سپاه ایزدان شالود

تو ما آموختی بی شاه هم کینخواهی و داد است

که از هرگون نیازی پاک آزاد است

تو ما آموختی که دادخواهی پیشه هر پیشه ورزان است

تو ما آموختی بس کینه دشمن سر از اندیشه اندیشه ورزان است

تو ما آموختی که داد، خود، آقاز و پایان است

تو سربازی نه من! خورشید روی تو نمایان است

پناهم به یزدان ز خواهان بد "به نام خداوند جان و خرد"

کاوُس پاک

واژگون باد، هرآنکس که تو را بست دروق

سر به زنجیر به دوزخ، ندهد دست، دروق

ای نیای پاک کیخسرو، سیاوش را نیا

ای که آدم را به نیکی و بزرگی رهنما

ای که بُبریدی سر از دیویسنای کهنه پا

دیوهای پیر مازن را براندی زین سرا

کاوُس ای شه، شهریار بی گنه

تخت تو زین بود و دربار تو ره

این سو و آن سوی میهن را زدودی تو ز دیو

گنج های باستان را درربودی، تو ز دیو

دیوها را بنده کردی تو به ساز شهرها

تو روان کردی به هر کوی و بیابان نهرها

راستی، آباد تو، آزاد تو، بایسته تو، بوم و بر شایسته، تو

پیش آ سرباز، رخ نما از راز کاوُس، ای بت وارسته، تو

پناهم به یزدان ز خواهان بد   "به نام خداوند جان و خرد"

موبد پست

گناه جم نشان کاوُس و گرشاسپ و کاوه

چه بُد، دانی چرا اینچون نکوهش می شوند این سه

فراموشی چرا از اینهمه تاریخ، بهره گشته بر ایشان

چرا مانند جمشیدند هر سه در مِهی پنهان

گناهی نیست این ها را مگر از ایزدان سرپیچی و خیزش

مگر باور به اینکه هست آدم برتر از هر آفرین دیگر و زایش

مگر افزونه خواهی از برای آدم در خاک و خون و خرده و خواهش

مگر این آرزو که آدمی را باشد و باید به دیو و ایزدان چربش

خدایان دروقی و پری و دیوهای روزگاران شگفت و کوبه و کوره

سپهر پُر ز ارابه گِرد روشن گردان، سَریتی گرزه و چاره

گزار جنگ گیهانی و گیتی های بیگانه، خداوندان بی خانه!

نبرد اهرمان و ایزدان، دو گیهان سازمان با زمین خسته همساله

زمین را از هزاران کهکشان اِسپَه برای زآن خود کرد و تبه، آمد

و روز آدمی چون پیش تر از آن به شام سرخ یا روز سیه آمد

در این هنگام بی هنگام با یاری دانش های برخی ایزدان و دیو

شماری پهلوانان سر برآوردند چون کاوه، به تا چون گیو

چنان رستم و هرکه بود از شاخ و بر نیرم
کیانی ها که در آن جنگ های کهکشانی تخمشان از جم
آری، هرکه آمد از سیامک بود و از تهمورس و گِلشا
هر آنکس بود از هوشنگ بود و برتر از این ها، ز گیهان شا
ز گیهان شاه جمشید بزرگ راستی کردار
برادر بود او را آبتین، بود او نخستین سربدار مردم بیدار
سه گرز آری، سه ابزار گران جنگ را جمشید جم از انگره آورد
سریت، آن سه چراق آتش بیگانه را او با هنر اندر هُکر پرورد
همو می بود، او بر دوش رستم گرز سالاری آدم را به مازن برد
هزاران گنج را از دانش دیوان به آن آیندگان بسپرد
همو می بود دوران درخشش آریایی را
که زهاکش دو نیمه کرد چونان کشور پاک خدایی را
بدان سرباز، شود دروازه باز و باز دیوان پا به گیتی های ما آرند
و آن ها بس دروگ، ارابه های باستانی، نو، به روز جنگ ها آرند
و کو جمشید! تو هستی، اهرمن هست و خدا هم هست
کجا مردی چنان دیدی که گیرد گرزه ای در دست!
بدان سرباز، کاتوزی و موبدهای زردشتی پست ایزدان یزدان
ز چه کردند نقش کاوُس و جم را چنین وارونه برگردان

پناهم به یزدان ز خواهان بد   "به نام خداوند جان و خرد"

نخستین سرباز

ما چرا باشیم با بیگانه جور
هم خدا یابیم و خرما را چه جور؟
در شمارش سِفر بودن ننگ نیست
سِفر اندر گوش ما چون زنگ نیست
پهلوان داریم ما گرشاسپ را
آن شکاریچی دیوان اسپ را
آن دروگ افکن به خاک نیست را
او که از گرزش گریزی نیست را
چند کشتی پرنده کرد، سرد؟
چند گونه دیو را زنجیر کرد؟
چند فر را از دل آهن گشود؟
چند مرق آهنین را درربود؟
گرچه او زهاک را خاموش کرد
آب جاویدان شدن را نوش کرد
گرچه او هفتاد خان را سر نهاد
نیست از او نامی اندر نامه، یاد
او نخست کیش ما سربازها، سرباز را

از هر آن نیروی آزرسازها، فرهی فره ترا

پناهم به یزدان ز خواهان بد   "به نام خداوند جان و خرد"

یورش مقول

چک چک باران تیر و چکاچاک پیکر و شمشیر

پیک پیکار بانگ می زند از بینش چاک تارک تکبیر

مرد چالاک و اسپ چابک او سخت اندر گریز از پَر تیر

نیز زیر توان شهر نبرد، مرد و زن از نژاد مرد، به زیر

مقولان، دیوهای آدم رو که نبردند ز آدمیت بو

همه را گرد کرده از زن و خرد هم کنون در کرانه بارو

آشکارا ببینم ایشان را که برآرند از گلو شیهه

شیون آنجاست گوشه دیوار، می کشد بر رخ زمین پنجه

شهر قزوین من به چنگ مقول می زند چنگ بر سر و سینه

ایل خونخوار می کشد از او هرچه را زندگی است تا گربه

شهر مردی نژاد من روشن سرخ و خاکستری است ز آتش و دود

کینه توزی دیر اهریمن، چنگ چنگیز نه، که چنگ یهود

شهر من، شهر سرباز به اندیشه نبود مگر از میهن و مردی کنون

نه به یک دوره به سد دوره به تک، واپسین سنگر ایران گلگون

پناهم به یزدان ز خواهان بد "به نام خداوند جان و خرد"

یا خاک، و یا پرواز

جنگ است میان ما با خاک گزینان باز
دستور من از قرآن، یا خاک، و یا پرواز
هرکو که گزینش کرد، دارایی رستاخیز
باید که برزمد با هر آنکه به شهوت تیز
راهی که رود سرباز راهی که نیازش نیست
بر خواهش تن، بر من، آزاده، نمازش نیست
خون رگ ما آن فر هوش سر ما آن سر
پوشال شدی بی او، بی هیچ اگر بی زر
هرکس که مگر با او، پوچ است، چو دیگرها
بنگر به همه بی او، بنگر، بر و باورها
جاندار ببینی، نه؟ آدم به کجا یابی
یک جانوری گونه در چهره ما یابی
می ترسم از آن روزی با اینهمه دارایی
بیهوده و بی سرباز، این فر اهورایی

پناهم به یزدان ز خواهان بد "به نام خداوند جان و خرد"

لبخند مرگبار

من میمون نیستم! با جانوری خویشوند نیستم
من به نزدیکی و برهنگی، نیازمند نیستم
کام من از جهان نبود جیر جیر تخت
زیباست شرم نه زن های کنده رخت
شیرینی زمین نبود بر زبان من
هرگز مگر ز همین ایزدی سخن
لبخند مرگبار بود نام نیک من
دندان بگیر تا بشناسی دَریک من
سر، سر به زیر باشم و دل سربلند، من
چشمی به زیر دارم و چشمی بلند، من
پیروز می شوم به خداوندگار، من
پرورده‌ِ پَر پروردگار، من
کینخواه، اوست و فرمان نگار، من
کین خواهِ اوست که سرباز یار، من

پناهم به یزدان ز خواهان بد "به نام خداوند جان و خرد"

من کژ نمی شوم

من کژ نمی شوم ز ره راستین دوست
من کژ نمی روم، ز دم آتشین دوست

هر آنچه می شود بشود من به راه دوست
هستم به تا که هست و به راه است خواه دوست
من کژ نمی شوم ز ره پیشوای خود
گامی نمی نهم به هرآن پیش پای خود
من خم نمی شوم که ببینم نمای خود
این پله پله را بروم تا خدای خود
من کژ نمی شوم به هواخواه رآی خود
هوش خداست در سر من نه برای خود
من هیچ هستم ای همه یاران من به خاک
یک تک درخت تاک که روییده بر مُغاک
آتش سر است و پای به آتش نشسته سرخ
خود راه را نشان دهد و خود شکسته سرخ
خود کژ بود به همه تار و پود خویش
وانگه نه کژ نشانتان بدهد راه مصر کیش
راه من است راست اگرچه که خم خودم
من زیر بار پیکر سرباز، گم شدم

پناهم به یزدان ز خواهان بد "به نام خداوند جان و خرد"

واژگونی

گونه ها واژگون شده اند

مسخ به تازی، دگرگون شده اند

می کِشد بر نیش در چین دیو آدم رو به جشن

گوشت نوزاد، مقز زنده میمون، رو به جشن!

شاد و می بالد به خود از گند خویش

می کشد بر نیش خود فرزند خویش

پست اشموخ است و باید سوخت او

دار زد، پیکان به پیکان دوخت او

نیست او آدم، چگونه هست او؟

هست از بوزینه های پست او

آدمی خوردن نشان پیشرفت

گشته اندر باختر، از دست رفت

هرچه بود از آدمیت در جهان

خون کن و می سوز سرباز جوان

پناهم به یزدان ز خواهان بد   "به نام خداوند جان و خرد"

از آنکس که دانش رها می کند

خداوند بیزار باشد به چند

یک اینکه به نام خداوند و کیش

رها می کند خودشناسی خویش

به فرزند و همسایه و ایل و خویش

ستم می کند با چنین کار و پیش

سه اینکه نه خود می رود هیچ پیش

و یک دنده، بی هوش، در هرچه پیش

هم آنکه دگرها بگیرد به پیش

زند بر هرآنکه رود پیش، نیش

شود بنده جامه و بند ریش

نیاموزد او هیچ، در گور خود، پیش پیش

روان ها شود کی ز دانش پریش

نه دانش بود این، تباهی است بیش

به دانش بود دست پروردگار

هرآنچه درست است و خوش روزگار

چو آهنگ او را بخوانی درست

به سربازی از وی نبینی نخست

پناهم به یزدان ز خواهان بد   "به نام خداوند جان و خرد"

اشک سرخ

به کوهی است پنهان کنون اشک سرخ
بود نیرویی برتر از درک سرخ
بود آتشی زنده در جان سنگ
که خفته است اکنون به سان پلنگ
بود گوهر مهر، خورشید خون
که سرخی خون پیش پایش زبون
کبوتر کند کوه آهن به ناک
برآرد به دم شهر آهن ز خاک
کند زیر و رو گر که خشم آورد
چو کوه است شولان به پشم آورد
زند پنبه دیو گیهان ستیز
به جا نیست از خشم ایران گریز
روا نیست ما را مگر از خدا
سپاسی ز سرخی اشک دِنا
روا نیست، سرباز را گفتِ این؟:
زمین حق شیعه است و ایران زمین

پناهم به یزدان ز خواهان بد "به نام خداوند جان و خرد"

سوگند به دلبر که نخواهم مگر از او

دلدار و دلارام من و نوح من و ژو

سوگند به تو هرچه که خواهم من از این کو

لیلی من ای ایزد بخشنده خوش رو

هرگز نکشم دست ز کینخواهی خون ها

سرخی نفتاده است ز افسردگی از پا

سوگند به خون می خورم امروز، همینجا

سوگند به خون، من ننشینم ز پی و نا

سوگند به خون، جنگ، به کاری که درست است

سوگند به خونی که چنان روز نخست است

سوگند به خونریزی و جنگ و تبر و تیر

سوگند به آزادی کیشی که به زنجیر

سوگند به کاری که جهان را بکند نو

تا رفتن پایان، من و سرباز و خود تو

پناهم به یزدان ز خواهان بد   "به نام خداوند جان و خرد"

پرچم بی ستاره جورج

نادان، این ها ستاره نیستند، گلوله اند

پنج پر تیز، به زخم زرد زبانه گشوده اند

این تیرها ز زر ناب نیستند

در آسمان آبی و در آب نیستند

آن رنگ پس زمینه نشانی ز بود ماست

آری تن به سر از پا کبود ماست

این راه راه پهن که از تازیان روز

بر پشت ماست نمایان به شب هنوز

مهر ستاره های درخشان او چه تیز!

دیواره های سنگر او، پشت خاک ریز

از گوشت تن من و تو بر فراز ما

آن پرچم ستاره نشان، نفت و گاز ما

آن سرزمین ارتش موشا که سرخپوست

در زانوهای زخمی بسیار، کند پوست

چون چشم چپ که خانه آزادگان پست!

سوزاندن سیاه به بالای داربست

مهد دلیر مردم ترسوی دیوخو!

پنجاه کشور بی کیش و آبرو

واشنگتن بسوزد و ویران رود ز یاد

سربازها دهند ز ایران سرش به باد

این بی ستاره پرچم آمریکیان شاد

سوگند می خورم به تو سرباز، مرده باد

پناهمِ به یزدان ز خواهان بد "به نام خداوند جان و خرد"

مرگنامه من

این نامه سر به مهرترین نامه من است

این ناله ناسروده ترین ناله من است

گویی به فارسی وصیت نامه من است

این مرگنامه منِ یک دانه من است

هرچه سروده ام همه امید بوده است

شادی و روشنی که چو خورشید بوده است

هرگز نگفته ام چو دگر گفتنی سران

از خودخوری و مردن و افسردگی یکان

زهرا و پیشوا نبود کیش ناخوشی

برتر گناه زمین هست، خودکشی

هرگز نخفته است در این کیش مات ما

سزده هزار ساله بود زند و گات ما

وانگه، اگر که دم ز دمم سرد گشت و رفت

این پند و خواسته؛ که مرا خون کنید رخت

با هرچه بود ز دریای گاز و نفت

از آن من، بدن من کنید تفت

خاکم به سر کنید چنانچه زمین نبود

از تازیان خشم من از سر به پا کبود

آتش زنید پیکر بیهوده ام به داد

گر آتش من از سر سربازها فتاد

پناهم به یزدان ز خواهان بد   "به نام خداوند جان و خرد"

سازش نیک و بدی؟!

هیچ سخن مگو و فریاد هم مزن

از آریایی و از شیعه و از داد دم مزن

اندیشه را رها کن و آزاد شو ز من

این یکدلی تو را می کشد سخن

یورش ببر و نخوان ورد، واژه ای

نابود کن، و نیندیش گفته ای

آیین و باور تو برترین، درست

هر واژه واژه سخن تو برین، درست

روی یهود تیره چو شب روی تو چو ماه

تو نقش پاکی و دینی و او گناه

جای سخن کجاست در این رو به رو شدن

کوته نیاید ارش، به این چانه ها زدن

یا شب بماند و یا روز، آسمان

سرباز، سازش نیک و بدی، گمان

پناهم به یزدان ز خواهان بد   "به نام خداوند جان و خرد"

من همان هستم

بیست و نه سال ز کف رفت و مگر از سرباز

نیست با من همراز

مگر این مرد ستمدیده بی آز و نیاز

کیست با من همساز

من همان هستم، خداوندم خواست

من همان هستم، و بر خواهم خاست

همچو ذوالقرنین، کوروش، از کوه

کوله بار جور چون شد انبوه

باز خواهم گشت، ستم کیشان را

سبک آرم ز ردا گرده درویشان را

باز خواهم کرد، ستم را بر دار

اگر امروز بیفتم از کار

سی که نه گر برسد سیسد هم:

برتری، در، سرنوشت آدم

بیست و نه سال ز کف رفت و به کام سرباز

زندگی شرم کن و ایست! به نام سرباز

پناهم به یزدان ز خواهان بد "به نام خداوند جان و خرد"

ب الف ی دال

کودکی را دیدم مادرش پتیاره

در خیابان ها بود همچو شب آواره

سر او می چرخید این سو و آن سو را

دو سه ساله کودک، بود ای جان گویا

می کشید او را سخت مادر بی دین ها

پشت فرمان سگ ها، زوزه ماشین ها

بشنوید ای هر که می شناسد آوا

خون کنم من گیتی تا نبینم این ها

به خدا کینخواهی از همین یک کودک

جان هستی را هم گر بگیرد اندک

گرچه من را شام تیره ای سی سال است

شاید سربازان، ب، الف، ی، دال است

این نهم تیر آری، زادروز من نیست

یک دو روزه سرباز، روزه کشتن نیست!

پناهم به یزدان ز خواهان بد "به نام خداوند جان و خرد"

رهایی

این بوده سرنوشت من از روز آفرین
شرمندگی خداوند پیش بین
او آفرید و بفرمود؛ آفرین
رویم سیاه ز بی چشم تیزبین
من دوزخی شدنم رفته بر کتاپ
امید نیست به این استخوان قاپ
با خویش می کشم به دو مچ، با لب و دهان
بس دیو و اهرمان و چه بسیار ایزدان
زالوی من همه بودند در جهان
سربارشان بشوم من به کین آن
با سر بیفکنم همه را من به چاه مرگ
چون گشت رستخیز، منم پرتگاه مرگ
کاری کنم که به دوزخ ز ده یکی
از دم، تبر گزشته سرباز مزدکی

پناهم به یزدان ز خواهان بد "به نام خداوند جان و خرد"

تازی پرست

اهل سنت، سنت جاهلیت عربی:

یک: پرستیدن عرب، دو: کین علی

دین خطاب و کیش کینه وری

تیره روزان بی رگ عمری

می پرستند بد ستاره دیو

قاچ ماهی که آرواره دیو

وانهادند کیش قرآن را

ساده دستور روشن آن را

می پرستند تازیان از لام

تا به کام از سپیده اسلام

کامشان کام تازیان باشد

کامرانی اهرمان باشد

ای مگر تازکی نژاد شما

می پرستید از چه رو این ها

شیعه اسلام بی نژاد و رها

هست قرآن، خدا، علی با ما

دست یزدان پاک بی همتا

بر سر شیعیان بی پروا

خون سرباز سرخ، خون خدا

کیش پاک حنیفتان اینجا

پناهم به یزدان ز خواهان بد "به نام خداوند جان و خرد"

زن جادو

نیزه ای کشنده تر از تو ای زن بدکار

نیست در دست یهودی از خدا بیزار

جامه توست چاله کشتار

تار و پود نگاه تو آزار

چهره ات چرب لقزش بسیار

ای به دیده شدن خراجگزار

گفته فردوسی از تو در شهکار

رخ بیاراستی به سان بهار

تا تن پور زال در دستار

باز داری ز مازن و پیکار

ای پلشت پلید زشت نگار

ای هیولای پست مردمخوار

گرچه سرباز می شود آوار

دست یزدان به پشت این دیوار

پناهم به یزدان ز خواهان بد   "به نام خداوند جان و خرد"

تبر قزلباشی

پدربزرگ به پا خیز، موزه جای تو نیست
تبر بجنب که جنبیدنی به پای تو نیست
هزار میله تو را دوره کرده اند از زر
به گرد تو از شیشه خانه ای بی در
برای دیدن تو چرک کف رود از کف
برای تو نه! برای "شر اعظم" و "نقی" لاشخوری می زنند، کف
بلند شو، ببین به مهدی من ناسزا روا کردند
نگاه کن، دوباره علی را همه رها کردند
پدربزرگ، تن تو اگرچه پولاد است
وگرچه سینه پاک تو از دل آزاد است
به زیر بار سترگی که هست بر دوشم
تن تو بود اگر، می شکست و می کوشم
مباد تن من شکسته گردد وای
و کربلاست همینجا و مرگ بی پروای
بدان حسین همینجا به دشت قزوین است

به روی سینه او شمر پست بی دین است

همین دم و این گاه، گاه عاشوراست

و واپسین دم و گاهی که می توان برخاست

سر حسین به قزوین میارد ای سرباز

و خون ز چشم فاطمه دیگر مبارد ای سرباز

پدربزرگ به پا خیز کوفه جای تو نیست

تبر بجنب که سرباز، بی تو دیگر چیست

پناهم به یزدان ز خواهان بد   "به نام خداوند جان و خرد"

من چه می گویم

دوست دارم هرچه داریم، هرچه تاریخ، قهرمان و پهلوان

هرچه سردار، هرچه نامی، هرچه بوده هرکه بوده در میان

پاس داریم من و تو چون جان

گنج ما، دارایی ما، ایران

هرکه بر خاک من و تو بوده، هرکه بوده پایگاهی دارد

هرکه بر میهن ما کوشیده، در تن تو در تن من، جایگاهی دارد

هرکه دین پرورده، هرکه بوده نزد ما جاوید است

هرکه چون ماه شبی تابیده، پیش ما خورشید است

هرکه هرچند به کم خوبی داشت

هرکه بود و، هرچه سان می پنداشت

هرکه یک دانه در این خاک بکاشت

هرکه یک مشت از این جَرگه ز بیداد بداشت

هرکه بیگانه و دژخیم بکشت

یا که با دشمن ما بود، درشت

هرکه بر خاک نبردی جان داد

دشمن از مردن او روزی، شاد

هرکه کارش به چون من ها افتاد

و به ما از هنر و دانش، دین، در تازه بگشاد

آشنا آمد و با دوستی و دست بداد

دمی از دینگری از دیدن او دست بداد

هرکه بر داد به بیداد بر این خاک افتاد

هرکه نانی به سر آورد، گره ای بگشاد

هرکه فرهیخته و هر آزاد

هر هنرمند و هرآن دانشپاد

بایدش پاس بداریم چنان جان گران

نام او را به بلندی و بزرگی به زبان

باید از خویش بدانیم هرآن قرآن خوان

مرزبانان یل و ایران بان

وای بر ما که گشاییم دهان

ناسزا گفته و کوشیم به جنگ ایشان

همه دارایی مایند همه از یزدان

همه یک بخش ز پیشینه ایل میتان

بنده می گویم از این زیباتر؟

به خدا نیست از این پیداتر

هرکه سرباز خدا بود ز ما هم ماتر

گرچه یک موی بلقزید و ز ما، رسواتر

هرکه سرباز به این میهن بود

هرچه هم بود، درودش به درود

پناهم به یزدان ز خواهان بد "به نام خداوند جان و خرد"

مرگ بر زایون

سر به سر بکوبند، گاو و قوچ

کله های پوک، مقزهای پوچ

گربه های سگ پرست، میش های گرگ

گرگ و میش، مِه و، زوزه های گنگ

یک شیر تاجدار، و یک اسپ شاخدار

یک چشم در میانه یک تاج زرنگار

وای از یهود، ز این دیوها و دود

وای از سیاهی این سینه کبود

وای از یهود، از این مرگ سخت و زود

وای از تباهی این زندگی و بود

دشمن مباد و نبوده مگر یهود

زهری به جور جام، به جورکشان کارگر یهود

برزین آریو که چو هامان ستوده بود

باید درود، دشمن نمود، سرباز بگو مرگ بر یهود

پناهم به یزدان ز خواهان بد   "به نام خداوند جان و خرد"

فلوریان گیر

Florian geyer

در شب گروهی پنهان است، گروه گیر، ماییم، هی هی هوهو

و ما ستم را به داد، ریشه کن می نماییم، هی هی هوهو

هان ای نیزه داران به پیش، یورش به پیش، ستون ستون

چه باک از پگاه سرخ این دژ، به بانگ هشدار و هشیار خون

هان ای نیزه داران به پیش، یورش به پیش، ستون ستون

چه باک از پگاه سرخ این دژ، به بانگ هشدار و هشیار خون

شهنشاه و سرور برین پاک ما خدا، به درگاه تو ناله می کنیم، ببخشابیامرز

که ما زندیک های بی نیاز به موبد، به دم به دم گمان که جان کنیم، ببخشابیامرز

پدر به دست خویش! زمین را شیار می کرد و مادر به سخت خویش، ببخشابیامرز

نه آقازاده ای نه شهزاده ای نه خودکامه ای بود! چنین باد خواه کیش، ببخشابیامرز

نه دین فروش راهبی، نه کاهنی، مگر خدا کسی خدایی نمی کرد، هی هی هوهو

نخواهیم ما مگر کتاب آسمانی، در این زندگانی و دستور بر نبرد، هی هی هوهو

فلوریان گیر، فراتر از گناه و باید و نبایدها، کند به راه راست، دوباره رهنمایی

بدان که گیوهِ دهقان نشان پرچمش بود اگر به جوشنش شکوه برتری به خودنمایی

او، بیاورد با خود به این دژ، چنین آتش کین و بانگ دود، هی هی هوهو

و ما مردن سخت دژخیم ها را نوازش نمودیم، هنر ز او بود، هی هی هوهو

دختران زراندوزها و شهان و کاهنان، نشانه نمایید، لاشه های کسانتان را به بهترین روی، هی هی هوهو

و ما هم به بهترین روی! به ژرفاترین ژرف دوزخ فرستیمشان! بسوزانیمشان در همین کوی، هی هی هوهو

چه فرسوده ایم و چه زخمی، و پنهانی اندر شب و در سرا، میهن و خانه خود، چو بیگانگان می رویم، هی هی هوهو

پسرهای ما آیندگان، ز ما نیز بهتر نبرد آورند، و این تازه آقاز جنگ است و ما، انوشه در این داستان می شویم، هی هی هوهو

نی، رو، های گیر که می گویند، ماییم، پوشیده در سیاه شب ماییم، هی هی هوهو

و ما ستم را ریشه کن می نماییم، سرود خون به زیر لب ماییم، هی هی هوهو

هان ای نیزه داران به پیش، یورش به پیش، ستون ستون مگر به یورش نیندیش

چه باک از پگاه سرخ با، رو، های این دژ، به بانگ هشدار بیگانه هشیار خویش

پدر، چو ما، به دست خست خویش زمین را شخم می زد و حوآ به سخت خویش، ببخشابیامرز

و هیچ شهزاده و جهانگشایی در آن هنگام چپاول نکرد سرزمین آن ها را ز تخت خویش، ببخشابیامرز

هان ای نیزه داران به پیش، یورش به پیش، ستون ستون مگر به یورش نیندیش

چه باک از پگاه سرخ با، رو، های این دژ، به بانگ هشدار بیگانه هشیار خویش

گویند! خدای ما بزرگ زادگان خدای سربلندی بود نه ایزد شما که کار می کنید، ببخشابیامرز

گوییم، کتاب آسمانی یگانه رهنمای ما نه موبَد شما که توده را گرفتار می کنید، ببخشابیامرز

هان ای نیزه داران به پیش، یورش به پیش، ستون ستون مگر به یورش نیندیش

چه باک از پگاه سرخ با، رو، های این دژ، به بانگ هشدار بیگانه هشیار خویش

ببین! ابرمردان دلیر گیر چو ژوبین خویش را پرتاب می کنند

شوالیه های دژخیم مزدور، چه آرام و بی آزار خواب می کنند

نشان درفش او گیوه پاره دهقان

که دوست را و دشمن دهد نشان

هان ای نیزه داران به پیش، یورش به پیش، ستون ستون مگر به یورش نیندیش

چه باک از پگاه سرخ با، رو، های این دژ، به بانگ هشدار بیگانه هشیار خویش

اگرچه راست می گفتیم، زدند ما را و ننگ دیدیم، هی هی هوهو

پسرها نبرد را ادامه خواهند داد پیروز اگرچه ما بازنده زیدیم، هی هی هوهو
هان ای نیزه داران به پیش، یورش به پیش، ستون ستون مگر به یورش نیندیش
چه باک از پگاه سرخ با، رو، های این دژ، به بانگ هشدار بیگانه هشیار خویش

پناهم به یزدان ز خواهان بد "به نام خداوند جان و خرد"

مُشبا

از هزار و سیسد و هفتاد و سه
می نویسم، می نویسم از زمان مدرسه
مثنوی اندیشه ام را همچو رخت
از هزار و سیسد و هفتاد و هفت
وز هزار و سیسد و هشتاد و هفت
من منم، من؛ هفتسد و هفتاد و هفت
با سروده بوده ام از این زمان
اژدها، مزدک، تبر، پیروز، زآن
دوزخی، مرد یخی، هفت و یدی؟
من خودم هستم، یکی، سرباز، سرباز علی
تا دگردیسی به سربازی رسید
تا به پایان گاه خودسازی رسید
بیشه زندیک و سرخ دادگر
شیعه سرخ دوباره بارور
بر سر راه خداوندان زر
خان این اژدرسوار خیره سر
گشت روشن چُون بود و مرگ او
زنده بادا خون، تبر بر ترگ او
گشت روشن این نوشتن را چرای

راز خسته ناپزیری، رآی کِلک بی نوای
جم پدیدار آمد از بی جام جم
بی سریت و دانش ناکام جم
روی دوش او بود انجام جم
رهبر سربازی گمنام جم
چهره ای بی روشنای فر جم
تخت گردونه گیهان پر جم
پیکری افتاده جانی ناتوان
این کجا و آن جهان را پهلوان
دست خالی گرزه و رخشش کجاست
کِلک او را گرز و رخش و این به جاست
تا چو روشن شد بر وی هست خویش
روشنا سازد چو موسی دست خویش
مجتبی، موسی، به هم آمیخته
تا که مُشبا، ریخته و آخته
کاوه کوبنده، آتشبان جم
پتک آهنگین آهن جان جم
رخش جم، آن کشتی پران جم
آزرخش افشان دَم سوزان جم
از برای من همین کِلک است و میز
کی مگر اندیشه ام در دست چیز
این تبر، همدم، زنم دم هم ز او
نیست در چنگال اندیشه به مو
او درون من به سربازی خویش
من درون او به پیگیری کیش
او درون من به میهن پروری
من درون او به بیگانه سری

او درون من به برپایی جنگ
من درون او دلی هستم ز سنگ
ما یکی هستیم و مُشبا نامِ ما
مجتبی، موسی، سهِ دو، یک خدا
چون یکی هستند سربازان جم
بود سرباز است سر از چون و کم

پناهم به یزدان ز خواهان بد "به نام خداوند جان و خرد"

یورش

اکنون زمان یورش و جنگ است، برخروش
این موش بی بهانه به چنگ است ای تو قوش
در خون دشمنان تو من غسل می کنم
سر از هرآنکه با تو به جنگ است می کنم
پاداش من همین بود و سرخ تر از این
خون هدیه من است به تو، سبز سرخ دین
نه پادشاهی گیهان مرا خوش است
نه اینچنین نوشتن دیوان مرا خوش است
نه برتری به سرودن، سخنوری
گفتن، ز درد و ز اندوه تو بری
ماسون کشی به سرم آرزو بود
بس آفرین به هرآن راستگو بود
هر او که دشمن تو بود دشمن من است
تا دشمن خدای جهان با تو دشمن است
سهیون و ماسون و هر اهرمن پرست
دیویسنا و کیش لجن مال زن به مست
هرگز گمان مکن که مرا کار دیگری
ای کودکی که ز پس مانده می خوری

ای آنکه روی دوش تو یک کوله بار کار

ای روی چرک و دست سیاه چروک و خوار

ای رخت ژنده تیپاخوراک سرد

بیگانه از همه و آشنای درد

در خون دشمنان تو من غسل می کنم

سر از هرآنکه با تو به جنگ است می کنم

شیعه به هوش باش که سهیونیان به هوش

یک بار تا همیشه چو آتشفشان بجوش

سرباز را تو ز آتش برون بکش

روی زمین و زمان رنگ خون بکش

پناهم به یزدان ز خواهان بد   "به نام خداوند جان و خرد"

درختِ

یک برگ جدا گشته از درخت با گوش باد گفت؛ ای وای بر درخت

ای وای بر درخت کهنسال زندگی، از این خزان سخت

من زرد، من شکسته و بیگانه، تیره بخت

من خشک گرچه هرچه بودمش همچون شهانه رخت

این خون ماست گوشه لب های موش ها

بر بوم زم کشیده زمین نقش نوش ها

آنوسیان نشانده به هر آنچه هست تخت

آباد و دار و سبزه نمودند، تختِ تخت

ای وای بر درخت کهنسال زندگی از ایل اسرئیل

ای وای بر نوادگان خداجوی اسمعیل

فرزندهای بی کس عِمران پاک دین

پنهان به پرده های پری پوش پاک بین

پاییز پست و شام کهن آمده ز راه

پروای پاس به دل راه داده ماه

پروای پاس و پیروی از پیشواعلی؟
پس آی و وای بر درخت کهنسال زندگی
من زرد، من سیاه دست و سیه روی و پایکوب
بر روی دست توام باد مرده روب
من پست، نادرست و کژ و چند روزه خوب
اکنون کجاست سبزی دلبستگی به چوب
من مرده، من به زیر پی رهگزار مرگ
ابزار دیگران و زبون و دو روزه برگ
مُردم من اینچنین و اگرچند، بی درود
گفتم برای لشگر سربازها سرود

پناهم به یزدان ز خواهان بد "به نام خداوند جان و خرد"

به نام پیروز

ای آبروی من آبروشده
فرهشته نگاهبان من زیر و رو شده
فرزند پاک من که به گیتی نیامده
ای هرچه خوبی من از تو سر زده
پرسیده ام هزار بار ز خود و بیشتر خدا
این آبرو و روشنی از چیست و چرا
شایسته ام به چنین مهر مهردار
آیا سزاست به من اینچنین گزار
من خشم و کینه ایم بی تو ای پسر
بی تو بدان که به هیچ است این پدر
تو پاسبان من و پاسدار من
تو بوده ای به همه روز یار من
آوای رهنمای درون سر منی
مشت گره شده و باور منی

ای فر و ای سروش من بی فر و سروش
من خنگ و سست، توام هوش و تو خروش
من در بلند کردن چنگال مانده ام!
من بر تبر به نام تو چنگال برده ام
این لخت سرد تیز ز پولاد و داد و درد
چون پر بجنبد از سر نام تو در نبرد
پیروز من، پنهان به پیدا نیامده
پیروزی من بیمار شب زده
ای مرد، ای چرایی بود و نبود من
در آفرینش من از تو بُد سخن
پیروز پاک، پیک پور پس پیشواعلی
فرمانده سپاه خدا در نبرد سی
ای سیدحسنی و تو ای سوشیان پارس
بهرام و پادشاه ترس دوم و جاویدبان پارس
ای پایه درفش جم و جم نشان پارس
کابوس روز و شب دشمنان پارس
فرمانده بر آمده از آیه ها و خون
سرباز راستین فاطمه، مام گلابتون

پناهم به یزدان ز خواهان بد "به نام خداوند جان و خرد"

سرخ(سرباز رآیت خون)

این است، درفش من، درفش سرخ با سپید

این است، چلیپآی علی، نشآن ابرکشور جمشید

درفش ابرمیهن سیمرق اسلآم که سی کشور است

نشان زمین، ایران و قرآن، و دین، برتر است
بدانید این است پرچم خداوند و آدم و بینش
یگانه رآیت برافراشته، به تا پایان آفرینش
درفشی که الله مجتبی برافراشت، درفش من است
درفش سپاه سربازهای پیشواعلی، و جم، میهن است
که در کنار پرچم جاوید سبز و سپید و سرخ ایران می درخشد
و سی کشور اسلام را بزرگی و برتری به زیر سایه ایران ببخشد
خداوند علی و فاطمه نگهدار این پرچم است
و این آقاز شکست دیوهای دون پیروزی آدم است
درفش جم، درفش من درفش مآ
درفش خیزش سربازها درفش پیشوآ
تلمودیان یاجوج و ماجوج زایون!
شوالیه های پرستشگاه فراماسون!
سقیفه، دیوان، اهریمن، و هر پلیدی که می تواند
بیایید! به سوی من! این تبر شما را می خواند
بیایید! که مرگتان، منم منم، من من من، کنون
به نام خود، رسیده ام، به نام سرباز رآیت خون

سرباز مجتبی عبدالهی. یافاطمه و یاعلی.